은미희 장편소설

나비야 나비야

나비야 나비야

초판 1쇄 인쇄 2009년 4월 15일
초판 1쇄 발행 2009년 4월 20일

지은이 은미희
펴낸이 임인규
펴낸곳 동화출판사/문학의 문학

주소 (413-756) 경기도 파주시 교하읍 문발리 509-3(파주출판단지)
전화 (031)-955-4961
팩스 (031)-955-4960
등록번호 제3-30(1968. 1. 15)

ISBN 978-89-431-0355-2(03810)

- 이 책의 판권은 동화출판사에 있습니다.
- 값은 뒷면에 표기되어 있습니다.
- 잘못된 책은 구입하신 서점에서 교환해 드립니다.

은미희 장편소설

나비야 나비야

문학의
문학

작가의 말

어느 날 한 지인이 조선시대의 여류 시인인 이옥봉의 이야기를 써 보라고 권유했다. 한 남자를 사랑하다 비극적 죽음을 맞은 애달픈 여인의 이야기라니. 처음에 나는 썩 내키지 않았다. 한데 그는 이옥봉이는 은미희만이 쓸 수 있다고 부추겼다.

청승맞게, 되도록이면 슬프게 써 보라고 주문했는데, 그 순간 내가 느끼는 감정은 두 가지였다. 아, 내가 그간 참 청승맞았던가 보구나, 싶었고, 또 하나는 이옥봉이가 지니는 순정이 나한테서도 읽혀지는 모양이구나, 싶었다.

순애. 나한테서 그런 게 느껴지다니. 한편으로는 고맙고, 또 한편으로는 마뜩찮았다. 요즘 세상에는 나쁜 여자가 더 사랑받는다는데, 그렇다면 나는 결코 이 세상의 적자가 아닌 셈이다. 도태되어도 진즉에 도태되어야 할 사람이었다.

요즘 누가 절절한 사랑에 목을 맬까. 누구나 다 순애에 대한 꿈은 갖고 있겠지만 자신의 자존감에 상처받는 일 따위는 하지 않는 것이다. 정말, 이 세상에 지순지고한 사랑이 있을까? 자신을 희생하는 사랑. 자신은 없고 오로지 대상만 있는 사랑. 더욱이 이성간의 사랑에 있어서 말이다. 과연 이 세상에도 그런 사랑이 있을까?

간혹 타인이 자신을 더 정확히 꿰뚫어 볼 때가 있다. 타인이 그렇다면 그런 것이다. 아무리 내가 내 자신을 숨긴다하더라도 엽렵하게 감출 수가 없었던 모양이다. 그저 얼굴만 가린 채 잘 숨었다, 하고는 나의 모든 것을 온전히 타인들에게 들키고 있었던 모양이다.

그 사람의 말이 옳았다. 나는 쉽게 내 안에 사랑을 들이지 못하고, 한번 가슴에 들인 사람을 잘 내보내지 못했다. 그게 나를 더 힘들게 만들었다. 때문에 나는 처음부터 도망을 쳤다. 사랑에 빠질까 봐. 사랑이 내 발목을 잡을까 봐. 사랑에 내가 망가질까 봐. 에둘러 도망치거나 눈 질끔 감고 사랑을 피해 나갔다.

사랑은, 언제나, 사랑을 더 많이 하는 쪽이 약자일 수밖에 없다. 그리고 모든 사랑은, 아프다.

이옥봉. 그녀의 잘못은 한 사람을 너무나 사랑했다는 데 있었다. 왕실가의 여식으로서, 사랑받는 여류 시인으로서 한세상, 고아하게 살다 갈 수도 있었을 텐데 왜 한 사람을 사랑하여 그리 아파야 했을까. 그리 죽어야 했을까. 그런 끔찍한 주검으로 바다를 떠돌아야 했을까.

시를 위해 결혼도 하지 않고 한평생을 바치겠다고 결기 세우던 그 마음대로 살았더라면 행복했을 텐데. 아니, 정말, 그랬더라면 그녀는 행복했을까? 사랑 없이 시로 인생을 탕진하다 가는 것이 진정 행복한 일이었을까? 그녀처럼 가슴에 불덩이 하나 안고 살다 그렇게 가는 것이 더 행복하지 않았을까? 그 질문의 답은 알 수 없다. 나 역시 소설을 위해 모든 걸 포기했던 사람이다. 결혼도, 사랑도 다 포기했다.

헌데 소설이 위안을 주었던가. 차라리 내 존재를 위태롭게 할지언정 한 사람을 사랑하고 가슴앓이를 했더라면 그게 더 가치 있는 삶이 아니었을까…….

이 대목에서 나는 이옥봉과 내 자신을 혼동했다. 이옥봉이 나였고, 내가 이옥봉이었다.

나 역시 살아오면서 실연에 대한 기억이 있다. 죽을 만큼 아팠었다. 하지만 나는 죽지 않았고, 여기까지 왔다. 이옥봉이와 다른 점이 있다면 나는 지금껏 용용하게 살아있지만 그녀는 사랑 때문에 죽었다는 것이다. 나는 여전히 다른 사랑을 꿈꾸지만 그녀는 하나의 사랑으로 생을 마감했다는 것이다. 그녀의 생에는 단 하나의 사랑만 존재한다는 것이다.

단 하나. 단 한 명의 남자. 그 하나가 갖는 절대성이라니.

쓰면서 가슴이 무너져 내렸다. 그녀의 사랑으로 숨을 쉴 수가 없었다. 화도 났다. 조금만 사랑했더라면 살 수 있었을 텐데…… 사랑에 목숨을 건 그녀가 부럽기도 하고, 화도 났다.

지금은 그렇다. 소설이 위안이 되지 않는 시절, 진정 내 자신이 살아있다는 사실을 깨닫게 해주는 건 사랑뿐이라고. 사랑에 목숨을 걸 그런 사람이 내 옆에 있으면 좋겠다고. 딱 한 명. 나도 그 절대성을 갖고 싶다고.

　이 책을 쓰도록 나를 부추긴 정길연 선생과 《문학의 문학》 사람들에게 고마움을 전한다. 그들이 있었기에 이 책이 나올 수 있었다. 그리고 이옥봉의 한시를 번역해 주신 이근배 선생님께도 이 자리를 빌려 심심한 감사를 전한다.

　무엇보다 지금 이 순간 사랑에 아파하는 모든 여인들에게 이 책을 바친다.

2009. 봄날에
은미희

목 차

작가의 말 … 5
매화꽃 지던 날 … 13
간청 … 25
거문고는 바람소리로 울고 … 43
집을 떠나다 … 52
한양살이 … 61
방 안의 나비 … 80
첫 만남 … 90
저 별에게 묻노니 … 105
사랑에 젖다 … 118
그리워, 또 그리워 … 135
사랑, 그 병 … 141
연모의 시간들 … 150
꽃이 되어 꽃을 보다 … 161
사랑아, 내 사랑아 … 169
어머니의 병환 … 174
어머니의 죽음 … 182
운강의 방문 … 190

여름을 희롱하다 … 199

붉은 비단 너머 … 206

죽음의 자리 … 214

다시 살다 … 222

소문 … 228

시를 버리고 사랑을 얻다 … 233

베갯머리 사랑에 … 239

꿈인 듯 생시인 듯 … 247

삼척으로 가다 … 255

막례의 해산 … 268

편지 한 통 … 275

10년 전의 약속 … 282

이별 … 287

그리워, 그리워, 임 그리워 … 293

흰나비로 날다 … 302

슬픔은 피처럼 붉고 … 308

당신 곁으로 … 314

매화꽃 지던 날

하늘은 유난히 맑은 쪽빛으로 사방으로 풀려 있었다. 저게 봄을 앞둔 하늘이런가 싶을 정도로 푸른빛이 창창하고 맑았다. 어제까지만 해도 갈퀴손을 세운 바람이 대지를 들쑤시고 장지문을 긁어대더니만 오늘은 바람도 얌전하고 햇빛도 충일했다. 그 충일한 햇빛 속에 벌겋게 맨살을 드러낸 채 낮고 유순한 모양으로 엎드려 있는 앞산이 왠지 불경스러워 보였다. 음부 같은 계곡마다 우거진 나무들로 가림막을 삼고 살아있는 목숨들을 유혹해야 했거늘 그 산은 전설만 무성할 뿐 정작 나무 한 그루 거방지게 키워내지 못했다.

정중동이라고, 정지해 있는 듯싶던 구름이 어느새 앞산 등허리를 넘고 먼 산 산마루를 넘고 있었다. 서로가 서로를 희롱하듯 앞서거니 뒤서거니 날아가는 새들도 구름의 높이를 따라잡지 못하고 착지할 곳을 찾아 그때그때 날개에 실은 바람을 털어내며 쪽빛 하늘에 원만한 포물선을 그렸다.

사람이라는 게, 살아있다는 게 옥봉은 무언지 몰랐다. 살아있으되 죽어있는 것과 같고, 사람이되 사람이 아니었다. 죽어있는 것과 같고, 사람이 아니라면 꿈틀거리는 이 목숨은 무엇이란 말인가. 한 번씩 가슴을 긋고 지나가는 싸한 통증은 무엇이며, 희노애락애오욕, 오욕칠정의 허방에 빠져 허우적대는 이 육신은 또 뭐란 말인가. 부질없네, 부질없네, 세상 것 부질없네 하루에도 수천 번 수만 번 되뇌어 보지만 그악스럽게 살아나는 이 서러움은 어찌해볼 도리가 없었다.

 옥봉은 저도 모르게 낮게 한숨을 내쉬었다. 그 숨결에 옥봉의 자주색 비단 옷고름이 희미하게 나붓거렸다.

 옥봉은 차라리 저 구름이 부러웠다. 순한 바람에도 저항하지 않고 제 몸 흩트리며 소멸하는 구름의 체념이 부러웠다. 저를 고집하지 않고 건듯 부는 바람에도 저렇듯 자신을 해체할 수 있다니. 그럴 수만 있다면 가슴에 지옥불로 타고 있는 생각들을 쉽게 부려놓을 수 있을 것이다.

 글을 익히지 않았더라면, 아니 차라리 마소로 태어났더라면 더 좋았을 뻔 했다. 아니, 아니, 아예 이 세상에 태어나지 않은 게 나았을지도 모른다. 인간의 몸을 받고서도 인간으로 살지 못할 바에야 그저 한 방울 물이거나, 한 결의 바람이거나, 한 톨의 흙먼지거나, 불의 기운으로 우주를 떠돌다 그렇게 흔적도 없이 사라져야 했다.

 언감생심, 세상 것에 대한 욕심은 없었지만 자신을 지우는 일은 힘들었다. 그저 그림자로, 살아있는 허깨비로 하루하루를 살아내자고 다독여도 마음속에 묵직하게 들어앉아 있는 생각들은 어떻게 떨쳐버릴 수 없었다.

 자신을 지우는 일, 자신 안에 이는 욕망을 털어내는 일, 눈 감고 귀 막고 입 닫으면 되는 줄 알았다. 유령처럼 살아가면 되는 줄 알았다. 그렇게만 하면 자신을 무화시킬 줄 알았다. 헌데 복병은 다른 데 있었다. 언제부턴지 가슴속에 불티들이 날아다니더니 이내 불땀 좋은 불덩이로 살아 너울거렸다. 불덩이들은 사납고도 질겼다. 옥봉은 그 불덩이의 정체가 무엇인지 알 수 없었다. 알 수 없으므로 어떻게 다스릴 수도 없었다.

 "또 넋을 잃고 있는 게냐?"

 곁에서 나리의 물색 도포를 짓고 있던 어머니가 수심 가득한 얼굴로 옥봉을 바라보았다. 둥근 얼굴에 가는 목, 작은 몸피가 애달파 보이는 여자였다.

 "요새 무슨 생각을 그리 골똘히 하는 게냐? 사람이 불러도 도통 듣지를 못하니. 한두 번이야 그런다 치지만 요새는 숫제 생각에만 사로잡혀 있는 듯하니 걱정스럽기 짝이 없구나."

 어머니의 말에 옥봉은 애매하게 웃었다. 웃는 것도 아니고, 그렇다고 웃지 않는 것도 아닌. 한순간 툭하고 연꽃 벌어지듯 입가가 열렸지만 이내 닫히고 말았다. 옥봉의 낯빛이 물위에 뜬 백련처럼 희고 윤기가 흘렀다.

 "아무래도 너에게 글을 가르치는 게 아니었지 싶다. 여자가 글을 익혀 무얼 한다고. 게다가 언문도 아닌 한시라니. 나리가 원망스럽구나."

옥봉은 어머니를 향해 다시 웃어주고 싶었지만 마음속의 울증이 깊고 무거워 이번에는 입가 한 번 씰룩이지 못했다.

어머니. 가슴속에 불덩이가 살아요. 어머니는 이 불덩이의 정체를 아나요? 아시면 가르쳐 주세요. 하지만 말들은 한 마디도 입술 밖으로 빠져나오지 못했다.

노란 비단 저고리에 남색 치마를 입은 여자는 어머니였다. 노비문서에 이름을 올려두고 고달픈 삶을 살아가는 목숨. 어머니의 저고리에 달린 푸른 고름이 슬퍼보였다. 어머니는 푸른 고름 하나로 여자이기를 드러내고 싶었을 것이다. 고름을 매듯 제 삶에 인연인 것들은 제 생에 단단히 묶어두고 싶었을 것이다. 그리하여 마음 한 번, 육신 한 번 편히 놓아두지 못했을 것이다.

천첩. 누대로 솔거노비에 마름노비로 살아온 가계 태생인 천민 출신의 첩이 바로 이 여자였다. 첩이로되 가족이 아닌 재산 목록으로 분류되는 여자.

어느 날 밤 아직 열리지 않은 처녀의 몸으로 나리를 받은 뒤 첩이 되었노라 했다. 수줍고 두려워 제 몸을 더듬는 남정네의 손길을 비껴내지도 못하고 그저 그렇게 몸을 여는 대로, 몸속으로 들어오는 대로 눈 질끈 감고 어머니는 한 남자의 여자가 되어야 했다.

매화가 난분분 떨어져 내리던 밤, 천지에 스며 있는 매화 향기는 홀리듯 그녀를 후원으로 이끌었다. 요요한 달빛에 흩날리던 흰 매화는 서기마저 서려 있더란다. 그 상서로운 빛들이 어머니의 신체에 난 아홉 개의 문으로 함부로 쳐들어와서는 정신을 아득하게 만들더라고 어머니는 꿈꾸는 얼굴로 말했다. 그 매화가 바로 너라고. 그날 밤의 매화 꽃잎이 자신의 몸속으로 들어와 함부로 몸 안을 헤집어놓더니 옥봉이 네가 생겼느니라고 어머니는 아련한 표정으로 이야기했다. 자신이 안은 것은 나리가 아니라 꽃이었노라고도 했다. 그 꽃을 안고 난 뒤 얼마 안 돼 달거리가 끊기더니 배가 불러오기 시작했다고, 낳고 보니 너였다고, 지금도 매화꽃만 보면 가슴이 뛰고, 아랫도리가 설렌다고, 영락없이 봄바람 난 여자라고 어머니는 얼굴 붉히며 이야기했다.

옥봉은 그렇게 말하는 어머니가 매화꽃 같다고 생각했다. 바람 끝에 파르르, 떨리는 꽃술은 어머니의 기다란 속눈썹 같았고, 앙증맞은 작은 꽃잎은 어머니의 하얀 얼굴과도 같았다.

첩의 자식은 첩의 자식으로 평생을 살아야 했고, 노비의 자식은 노비로 대를 이어야 했다. 똑같은 사람 형상을 하고, 사람의 말을 하고, 사람의 구실을 했지만 사람은 아니었다. 비록 제 몸속을 떠도는 절반의 피는 이 나라 지존인 왕실의 피를 물려받았지만 그건 마음속의 미망만 키울 뿐이었다.

"내 딸이라서가 아니라 참 곱기도 하구나. 날아가던 나비도 꽃인 양 날아와 놀다가겠구나. 너한테서 나는 향인지, 매화 향인지 방안이 다 향으로 환하다. 좋은 시절 가기 전에 어서 빨리 좋은 남자 만나 혼인을 해야 할 텐데……."

어머니는 말끝에 긴 한숨을 내쉬었다. 그 얼굴에 분홍빛 그늘이 잠시 드리워졌다 사라졌다.

옥봉은 아무 대답도 하지 않았다. 두 번 다시 혼례 같은 거는 치루고 싶지 않았다. 원앙금침 위에서 운우지정을 나누며 부부의 연을 맺었던 사람이 일 년을 넘기지 못하고 덜컥 목숨 줄을 놓아버렸을 때 옥봉의 세상도 끝이 났다.

한동안은 밤에 자다가도 벌떡 일어나 울렁이는 가슴을 진정시켜야 했다. 그런 날은 푸르스름한 박명이 장지문에 엉겨 있거나 마당가 매화나무의 그림자가 귀신 형용으로 방안을 굽어보고 있었다. 이마에 송글송글 맺힌 땀을 훔쳐내며 자리끼 한 대접 들이켜고 나면 마음은 서늘하게 가라앉았지만 몸은 여전히 뜨거웠다.

"이러다 너까지 잃겠구나. 저승으로 떠난 사람은 하는 수 없다지만 이렇듯 살아있는 사람까지 맥을 못 추스리니 하루하루가 불안하구나. 우리야 일부종사하라고 너를 붙잡고 싶지만 따져보면 이 세상은 죽은 사람 몫이 아니고 살아있는 사람 몫이 아니더냐.

더러는 가문의 명예를 위해 청상과부가 된 며느리들을 홍살문과 바꾼다고 들었다만 그것은 살아있는 사람에게 할 짓이 아니라고 생각한다. 그렇게 세운 열녀문이 무슨 소용이 있으며 그 가문에 무슨 덕이 있겠느냐. 자식이라도 있다면 그 자식 보고 남은 세월 입 닫고 귀 닫고 눈 닫고 살라 하겠지만 자식마저 없으니 너에게 살아있는 귀신으로 우리 가문에 남아 있으라 못하겠구나.

그래서 내린 결정이다. 네 친정으로 돌아가거라. 서운하게 듣지 말고 네 친정으로 돌아가서 이곳은 잊고 새 삶을 살아라. 우리도 어렵게 내린 결정이니 불복하려 들지 말고 수긋이 따르거라. 아마 모르긴 몰라도 네 친정아버지 역시 네가 오기를 기다리고 있을 게다. 떠날 거면 서로가 힘들지 않게 빠른 시일 안에 떠났으면 싶구나."

옥봉이 핏기 없는 얼굴로 자리에 몸져 눕던 날 시아버지는 며느리가 있는 별당에 들어서는 흔들림 없는 음성으로 말을 했다.

옥봉은 지아비를 잃은 죄인의 마음으로 시아버지를 맞았다. 팔자 사나운 며느리 들여 생떼 같은 아들 잃었다며 옥봉의 등 뒤에서 수군대는 하인들의 귀엣말을 모르는 바 아니었다. 질기디질기고, 독하디독하게 사람들 사이로 그악스럽게 퍼져가는 흉한 소리들에 옥봉은 그저 차가운 얼음장 밑에서 노랗게 떠는 복수초 같은 얼굴을 하고 있을 뿐이었다.

사주단자 오가기 전, 생년월일 짚어가며 길흉화복을 점쳐 볼 때 유난히 광대뼈가 툭 불거져 나온 중신어미는 다복하니 부부가 금슬 좋게 백년해로 한다고 했었다. 흠이라면 며느리 될 옥봉의 어미가 천한 노비 출신의 첩이라 꺼려지지만 그래도 장인자리가 지금 임금과는 가까운 혈통이라 그 위세로 반쪽의 흠은 얼마든지 덮고도 남는다며 술 석 잔에 두둑한 웃돈을 타내기까지 했다.

헌데 초례청에 섰던 남자는 급사하고 말았다. 무어 그리 바쁜 일이 있었을까. 아직 서로의 살에 익숙해지지도 못했는데 서둘러 저승의 문턱을 넘고야 말았다.

머리 풀어헤치고 곡을 할 때 울음이 덩어리져 자꾸만 목을 틀어막았다. 악악, 몸 안에서는 피맺힌 소리들이 덩어리로 돌아다니는데 소리 하나 나오지 않았다. 울음들이 쌓이고 쌓여 턱밑까지 차올랐을 때 옥봉은 숨을 쉴 수 없었다. 곡비에게 대신 울음을 울게 하고 저는 흰 소복으로 자지러질 때 아득하게 먼 곳에서 산 사람의 소리를 들었다.

"아가, 아가, 정신 차려 보거라. 아가."

꿈결인 듯, 생시인 듯 소리는 가깝고도 멀었다. 그대로 숨을 보냈어야 했다. 급작스럽게 떠나버린 남자를 따라 옥봉 또한 명부전에 이름을 올리고 훨훨 푸른빛의 혼령으로 떠돌았어야 했다. 혼령을 인도하는 천도제의 장구 장단에 아쉬운 듯 서러운 듯 지칫지칫 그렇게 떠났어야 했다. 아버지의 상심을 제문으로 삼고 어머니의 눈물을 노잣돈 삼아 그렇게 머나먼 저승으로 떠났어야 했다. 그렇게 푸른 혼령으로 구천을 떠돌면 먼저 간 남자는 꼬리가 긴 노란 불빛으로 옥봉을 마중 나왔을 것이다. 푸른 불빛 노란 불빛 두 불빛이 허공에서 춤을 추듯 얽힐 때 사람들은 긴 한숨을 내쉬며 잘 가라고, 부디 이승은 잊고 저승에서 잘살라며 비손을 했을 것이다.

허나 그러지 못 했다. 목숨은 질기고 질겨 곡기를 끊고 숨이 잘려도 씨불처럼 남아 있던 숨이 끝내 돌고 돌아 몸 안의 피를 데웠다.

지아비를 잃었을 때 옥봉은 명주 천을 손에 감고 천장의 높이를 가늠했다. 죽는 것은 두렵지 않았으나 끝내 명주 천에 목을 갖다 대지 못했다. 천장의 높이도 맞춤했다. 세상에 대한 미련도 없었다. 죽어 얻는 열녀 칭호에 대한 욕심도 없었다. 살아있어도 죽어있는 것과 같았다. 매일 밤 죽어있는 사람과 동침하니 숨 내쉰다고 해서 다 살아있는 것이 아니었고 굳이 살아있는 송장으로 하루하루를 연명

할 이유가 없었다.

하지만 사랑채 시아버지의 마뜩찮은 심사를 뒤로 남겨 두고 그렇게 허청허청 돌아왔다. 후원에 있던 동백나무의 선지 같은 꽃송이를 보고 싶었는데 그 꽃이 채 피기도 전에 옥봉은 가마 타고 가던 길을 죄인의 마음으로 되돌아와야 했다. 죽어 그 집 귀신이 되지 못하고 살아 무정한 세월을 살고 있는 것이다.

"이번에는 멀리 보내지 않고 가까운 데로 보내야겠다. 내 눈길 닿는 데 있어야 안심이 되지. 헌데 이 옥천 땅에 우리 옥봉을 품을만한 남정네가 있을지 모르겠다."

어머니는 또다시 낮게 한숨을 내쉬었다. 이리 곱디고운 딸자식이 청상의 과부로 별당에 들어앉아 속절없이 산 목숨 버리고 있는데 어느 어미인들 자신의 육신에 부여되는 호사와 부귀가 고마울까. 하지만 옥봉은 마당가 매화나무 가지에서 장난치고 있는 까치들에게 눈길을 주었을 뿐, 아무 대답도 하지 않았다.

그러고 보니 어머니의 얼굴이 예전보다 많이 상해 있었다. 붉은 입술에 희고 고운 피부는 윤기까지 흘러 무슨 표정을 지어도 곱다니 보이더니만 오늘은 그렇지 못했다. 유난히 얼굴의 그늘이 어두워보였다.

천첩의 운명은 꽃과 같은데. 어머니의 변화가 옥봉에게는 칼에 베인 듯 아프게 다가왔다. 나리가 매정하거나 야박한 사람이 아니란 걸 알지만 그래도 예전처럼 어머니를 자주 찾지는 않은 듯했다. 하긴 밖에만 나가면 사향 주머니를 가슴팍에 달고 단가 한 가락 구성지게 뽑거나 너울너울 나비처럼 춤을 추는 동기들이 외씨버선 치맛자락 안으로 감추며 나리를 극진하게 모실 텐데 시나브로 시들어가는 어머니가 생각날 까닭이 없었다.

정실부인은 예로 대하고 첩실은 사랑으로 대한다고 했는데, 첩실이 남자의 사랑을 잃으면 세상을 잃은 거나 무어 다르랴. 첩실 같지 않은 품격은 지니고 있으되 교태는 없는 어머니가 어찌 나리를 붙박이로 방 안에 매어둘 수 있을까.

옥봉은 한 남자만이 세상의 전부인 어머니의 운명이 가여우면서도 한편으로는 딱하기도 했다. 그리 키워진 까닭이었다. 사내의 부속물로 평생을 움직이도록 세뇌가 된 이유였다. 지아비를 다른 여자 품에 내어주고도 싫다 밉다 말 못하고 혼자 가시밭길 헤쳐 나가야 했다. 가슴속에는 광포한 바람이 일고 살점 뚝뚝 떨어지는 듯한 통증에 오한 들린 사람처럼 이를 떨면서도 자신의 자리를 벗어나면 안 되었다. 그게 여자의 운명이었고, 여자의 미덕이었고, 여자의 삶이었다. 칠거지악의 시퍼런 칼날은 언제 어느 때고 여자의 목을 치기 위해 팽팽히 줄이 당겨진 채 허공에 매달려 있었다.

"어머니 얼굴이 안 좋아 보여요. 어디 편찮으신 데는 없으신지요."
"늙어가는 거겠지."

옥봉의 말에 어머니는 쑥스러운 표정을 지었다.

"그런 말씀 마세요. 제 보기에는 어머니처럼 아름다운 여자가 이 고을 안에는 없어요."

"아서라. 네 어미라서 그런 거지."

어머니가 가볍게 눈을 흘기며 웃었다.

"어머니보다 나이가 많은 안방마님은 아직 곱잖아요. 어머니도 그리하세요."

"마님이야 귀한 몸이 아니더냐. 이제까지 힘든 일이라고는 모르고 살아온 분인데, 어떻게 마님하고 견줄 수 있겠느냐?"

"아니에요. 아니에요. 어머니. 그렇지 않아요. 나이가 들었다 체념하지 마시고 나리의 사랑을 잃지 마세요. 밤마다 나리가 어머니를 찾도록 치성을 드리세요. 나리가 어머니를 찾으면 몸과 마음 모두 열고 나리를 품으세요. 어머니의 품 안에서 나리가 길을 잃게 만드세요. 부끄럽다 빼지 마시구요."

옥봉의 말에 어머니의 얼굴이 빨개졌다. 새로 단 듯 하얀 동정이 목에서 칼처럼 꼿꼿했다.

"그래도 나리가 고맙지 뭐냐. 너를 이리도 귀여워 해주시는데 그것만으로도 감사할 따름이지. 무얼 더 바라겠냐?"

"그런 말씀마세요. 나리가 어떤 분이세요? 유난히 여자를 좋아하지 않으세요? 그러니 나리의 사랑을 어머니가 안으세요. 어머니는 하실 수 있으세요."

"오늘따라 네가 이상하구나."

"어머니를 위해 드리는 말이니 그냥 흘려듣지 마세요. 몸단장도 하시고 나리를 뵈면 외롭다 말씀을 하세요. 자주 찾아달라 투정도 부리세요."

사내를 받아들인 몸은 사내의 몸을 기억하는 법. 어머니는 그 기억들 때문에 홀로 눕는 이불 속이 더 헛헛하고 쓸쓸하리라. 차라리 같은 노비 출신의 남정네와 통정을 하고 일가를 이루었더라면 앙탈도 부리고, 교태도 부리고, 손톱 세우고 덤벼들어 싸우기도 하며 한 평생을 살았을 텐데. 높디높은 상전을 품은 뒤로 외떨어진 별채에서 혼자 빛을 잃어가고 있는 어머니가 안쓰러웠다.

어머니는 다시 나리의 도포를 집어들고 바느질을 시작했다. 치수대로 마름질 된 물색 비단 천을 맞잡아들고 한 뜸 한 뜸 정성들여 기워 나갔다. 비단 천을 대하는 어머니의 손길이 다정하고 진중한 양이 마치 나리를 대하는 듯 했다.

언제 봐도 어머니의 바느질 솜씨는 공교로웠다. 한 뜸 한 뜸이 촘촘했지만 우줄거리지 않았고, 바늘밥도 적고 알뜰했다.

나리는 어머니가 지은 옷을 좋아했다. 옥천 땅의 내로라하는 침모에게 지어와 나리께 내밀면 한번 쓱 입어보다 이내 벗어버리고는 어머니가 지은 옷을 찾았다. 어머니가 지은 옷은 솔기 부분이 편했지만 다른 이가 지은 옷은 금방 표가 날 정도로 불편하다는 이유였다.

한 땀에 사랑과, 한 땀에 정성, 한 땀에 기복과, 한 땀에 사무친 연모의 정과, 한 땀에 첩살이의 한을 담았으니 어찌 같은 천, 같은 재료라 할 수 있을까. 그래도 어머니는 나리의 옷을 짓는 동안은 행복할 터이다. 그렇게 그렇게 운명에 순응해 주어진 삶을 살아갈 것이다. 그러면 됐다.

간청

"글공부를 하고 있는 게냐? 이 좋은 봄날에 꽃구경도 하고, 바깥 바람도 쏘이지, 이렇듯 책만 들여다보고 있으면 되느냐? 내 너의 영민함을 사랑하고, 네 공부하는 모습을 대견하게 여기지만 그래도 쉬엄쉬엄 하려므나."

언제 왔는지 나리가 애애한 얼굴로 방문 앞에 서 있었다.

옥봉은 얼른 자리에서 일어나 가볍게 고개 숙여 인사를 차렸다.

"오셨습니까?"

"그래. 어지간히 하여라. 세상의 이치와 운행과 원리가 책 속에 있다지만 그보다는 직접 보고 듣고 느끼고 생각하면서 깨닫는 것이 더 중요한 법. 그렇게 책만 보지 말고 세상에 나가 직접 보고 들어 보거라."

소일 삼아, 재미 삼아 세상 유람하기를 좋아하는 나리다운 신칙이었다. 내로라하는 승경 가운데 나리의 발길이 닿지 않은 곳이 그 어디 있으랴. 그늘이 관동 팔십 리를 간다는 금강산은 물론이요, 설악의 빼어난 준령과 백두산의 신령스런 형세와 두류산 화엄의 계곡 구석구석까지 톺고 또 톺아 그곳의 기운을 고스란히 몸 안에 들이고 온 나리였으니, 나리의 범상치 않은 기상은 책 밖의 세상에서 터득된 위엄일 것이다.

옥봉은 그런 나리가 부러웠다. 가도 가도 산이 보이지 않는다는 중국의 그 너른 땅에서부터 팔도의 명산대천에 이르기까지 그 유유자적한 길에서 얼마나 많은 사람들을 만났을 것이며 또 얼마나 많은 세상을 목도했을까. 때로는 목에 들이댄 칼로 목숨을 흥정하는 도적들도 만났을 테고, 하룻밤 운우지정을 나누었던 애틋한 여인네도 있었을 테며, 어느 웅숭깊은 계곡에서는 이빨을 드러낸 맹수도 만났을지 모른다.

세상 거칠게 없고, 세상 두려울 게 없고, 세상 심난할 게 없으니 나리는 그 한 몸으로 완벽한 바람이었다.

옥봉은 나리처럼 살고 싶었다. 신분의 굴레에서 벗어나 자유롭게, 세상을 정면으로 바라보며 살고 싶었다. 평생 시나 지으며, 세상의 아름다움을 시로 표현하며 살고 싶을 뿐이었다. 미움도 증오도 사랑도 다 부질없는 짓. 그저 시로 세상을 보고 시로 세상을 노래하고 싶을 뿐이었다. 여자이기에 더더욱 그러고 싶었다.

"너의 문재를 칭찬하는 소리가 고을에 자자하더구나. 내 그 소리를 듣고 어찌나 흐뭇하던지. 내 너를 보아서 알았구나. 재주라는 것은 갈고 닦아서 되는 게 아니고 타고난다는 사실을 말이다. 노력해서 되는 일이 있고, 아니 되는 일이 있는데, 너는 어려서부터 하나를 가르치면 둘을 알고, 둘을 가르치면 넷을 아니, 얼마나 기특하고 대견스럽던지. 내 너로 인하여 자식 키우는 재미가 어떤 건지 알았구나."

"그랬지요. 태어날 때부터 사내아이는 가죽으로 띠를 두르고 계집아이는 실로 띠를 두르는 엄혹한 남녀유별의 세상에서 나리는 저에게 사내아이들이 배워야 할 것을 가르쳐 주셨지요. 나리가 아니었으면 어찌 제가 숫자를 세고 동서남북의 방위를 알겠습니까. 게다가 음력 초하루와 보름을 세는 법도 몰랐겠지요."

"그랬지, 그랬어. 곧잘 알아듣는 네가 귀여워 하나라도 더 가르쳐 주고 싶었다."

"그런 저에게 옥봉이란 호도 지어주셨지요. 손 안에 든 옥구슬처럼 귀한 아이라고."

"그래, 그래. 옛일이 다 새삼스럽구나. 아무튼 그렇게 영특하고 총명한 아이가 이렇듯 하릴없이 빛을 잃어가고 있는 게 안타깝구나. 내 그래서 말이다. 특별히 너의 문재를 사랑하고 너를 귀여워 해 줄 사람을 골라 너를 혼인시킬 작정이다. 네 어미가 부탁하더구나. 네 혼인을 서둘러 달라고 말이다. 욕심으로는 너를 내 곁에 두고 좋은 그림을 완상하듯 네 시를 듣고 싶지만 그래도 인생에는 때가 있고 정도가 있는 법. 도요 시절이 따로 있더냐. 가야겠다고 마음먹고, 보내야겠다고 생각하고, 임자가 있으면 그때가 가는 때인 게지. 네 어미 부탁대로 서둘러 혼처를 찾아봐야겠다. 이번에는 좀 더 진중하게 사람을 골라야겠다. 아마도 너를 데리고 가는 사람은 특별한 복을 받고 태어난 사람일 게다."

나리의 얼굴에 은은한 웃음이 실려 있었다.

옥봉은 낮고 단호한 음성으로 말했다.

"나리의 말씀은 고맙기 그지없으나 저는 더 이상 혼인을 하지 아니할 것입니다."

"뭐라고 하였느냐?"

나리는 미심쩍은 표정으로 되물었다. 그 얼굴에 웃음은 가시고 없었다.

"혼인을 하지 않겠다고 했습니다."

옥봉의 대답이 이번에도 강단졌다.

"혼인을 하지 않겠다니?"

"이 나라의 법도에는 여자의 재혼은 금지돼 있습니다. 그래도 정 가야겠다면 첩실자리로밖에는 갈 수 없습니다. 외람된 말씀이지만 저는 첩실은 싫습니다. 첩이 될 바에는 차라리 시나 지으며 살고 싶습니다. 시를 지아비 삼고, 시를 자식 삼아 한평생을 살겠습니다."

"여자의 행복이 무엇인지 알고 있느냐?"

"네."

"시집가 남편의 사랑을 받고 자식을 낳아 그 자식의 효도를 받는 게 여자의 행복이다."

"그렇겠지요. 한 남자를 사랑하고, 한 남자를 위해 절개를 지키고, 그 가문을 위해 대를 이을 자식도 생산하며 그렇게 사는 게 행복이겠지요. 하지만 제가 아무리 아들을 낳는다 해도 무슨 소용입니까.

첩의 자식은 그저 첩의 자식일 뿐. 그러니 시를 지으며 살게 해 주십시오."

옥봉의 간청이 비장했다.

"허허, 거 참! 미물도 다 제 짝을 찾아 음양의 조화를 이루며 살거늘 어찌 너는 도를 거스르려 하느냐?"

나리는 난감한 표정을 지었다. 기개가 높고 호방한 성품도 옥봉의 청 앞에서는 쉬 대답을 내리지 못했다.

"내 아무리 풍류를 즐기고 네가 짓는 시를 좋아한다 해도 혼자 몸으로 시나 지으며 살겠다는 네 말에는 선뜻 허락하기가 어렵구나. 네 처지에 명망 높은 선비의 첩실자리라면 그래도 괜찮을 자리가 아니더냐. 헌데도 싫다니. 게다가 네 시를 사랑하는 사람이라면 풍류 반려로 평생 시나 지으며 살고 싶다는 네 청도 들어 줄 수 있을 게 아니더냐? 여자 혼자 이 풍진 세상을 어찌 살겠다고 그런 말을 쉽게 하는 것이더냐?"

"아닙니다. 첩실의 자리는 싫습니다. 저더러 어찌 권세가의 붙이로 들어가 구차한 삶을 살기를 바라시는지요. 허깨비처럼 살아가는 허망한 목숨은 싫습니다. 그렇게 살 바에야 차라리 이대로 시를 지으며 살게 해 주십시오."

"부모의 뜻을 거스르겠다는 게냐?"

사뭇 나리의 음성에 힘이 실렸다.

"당연히 삼종지도를 따라 나리의 뜻을 받들어야 마땅하나 그보다는 나리, 저는 시가 좋습니다. 강릉 태생의 규방 출신 허난설헌 역시 시문이 뛰어나고 아름다워 명성이 자자하지만 그이의 재주를 탐탁지 않게 여기는 시댁의 박대로 말 못할 고초를 겪고 있다고 들었습니다. 그이 또한 여자로 태어난 것과, 여자에게 학문을 가르치기를 꺼려 하는 조선에 태어난 것과, 출가한 것을 한탄한다고 들었습니다.

허난설헌의 말처럼 어디 이 나라가 글자깨나 익혔다는 여자에게 관대하고 너그러운지요. 저 또한 나리께서 특별히 사랑해 주시는 재주가 또 다른 불행의 화근이 될지 몰라 두렵습니다. 그러니 평생을 시만을 생각하고 시만 짓다 가도록 허락해 주십시오."

옥봉은 가슴이 뜨거웠다. 그 뜨거움이 전신으로 퍼지더니 이내 옥봉의 몸이 달아올랐다. 그 열에 얼굴이 복사꽃빛이 되었다. 세상에 태어나 시로 세상을 읊다 가는 것. 아니, 제 스스로가 시가 되는 것. 이보다 더 근사한 일이 어디 있을까. 제 몸이 공명통이요, 제 음성이 활이요, 제 생각이 현이 되어 평생을 살다 가겠다는 생각을 하니 가슴이 설렜다.

옥봉은 그제야 알았다. 자신의 가슴속에서 일렁이던 불덩이의 정체가 무엇인지. 바로 시였다. 티끌 하나 없이 맑고 순정해야만 얻을 수 있는 시. 불덩이가 마음속의 번민을 깨끗이 태워 없애야만 그 안에서 맑은 수정 하나 건져 올릴 수 있을 것이다. 시는 의식의 다비 끝에 얻어지는 사리였다. 저를 남김없이 태워야만 얻을 수 있는 맑은 구슬 하나.

나리는 잠시 말없이 그윽한 눈빛으로 옥봉을 바라보더니 고개를 끄덕이며 말했다.

"내 어렸을 때 하나를 가르치면 둘을 알고, 둘을 가르쳐 주면 넷을 깨우치는 네가 신기하고도 기특했다. 오히려 네 오빠들보다 나았지. 내 속으로는 그랬느니라. 차라리 네가 사내로 태어났더라면 얼마나 좋았을까, 하고 말이다. 허나 운명이 어찌 마음대로 되는 것이더냐. 아무튼 네 뜻을 알겠으니 생각해 보겠다. 정 네 뜻이 그러하다면 하는 수 있겠느냐?"

이때라고 옥봉은 생각했다. 기왕에 말머리를 빼물었으니 마음에 두고 있는 말도 꺼내 놓아야 했다.

"한양으로 가고 싶습니다. 이제껏 저를 귀여워해 주신 나리가 계시고, 사랑으로 길러주신 어머니가 계시고, 올곧은 정기로 나를 품어준 옥천 땅도 좋지만 그보다는 한양으로 가 더 많은 것을 배우고 싶습니다. 나리는 허락해 주실 것으로 믿습니다."

내친 길이었다. 옥봉은 목에 걸려 있던 말까지 끄집어냈다.

"저를 다시 혼인시켰다 생각하시고 한양으로 보내주십시오."

"허허. 갈수록 어려운 말만 하는구나. 어쨌든 네 뜻을 알겠으니 생각해 보고 답을 주마."

나리는 잠시 허공을 바라보더니 말없이 고개를 끄덕이고는 몸을 돌렸다. 나리의 표정이 무얼 뜻하는지 옥봉은 알 수 없었다. 마음속에 가시처럼 박혀 있던 말을 꺼내 놓으니 그것만으로도 편해졌다.

나리의 처분만 기다리면 되는 일이었다. 어머니에게는 죄송한 일이었지만 생각이, 마음이 시키는 대로 따라할 것이다. 옥봉은 마음을 그리 먹었다. 조금만 모질어지자고, 어머니에게 불효의 죄를 짓더라도 조금만 더 이악스러워 지자고 결기를 다졌다. 지금 당장은 야속타, 무정타, 서운타 하시겠지만 나중에는 잘 살라, 눈물로 배웅해 주실 것이다. 어머니는 그런 여자였다.

옥봉은 차분히 서안에 놓인 책을 들여다볼 수 없었다. 가르마와 일직선을 이루는 콧날이 의젓하고 단아해 보였지만 마음속에서는 갈피 없는 생각들이 그악스럽게 뒤엉키고 있었다.

떠나자고 마음먹으니 이 옥천 땅이 한없이 답답하게 느껴졌다. 믿지 못할 게 인간의 정리라고 했는데, 이제까지의 편안함이 답답함으로 여겨지는 것은 마음이 빚어낸 얄팍함 때문일 것이다.

옥천 땅이 어떤 땅이던가. 못나면 못난 대로 잘나면 잘난 대로 오롯이 품어주던 땅이었다. 아니, 그러다가도 한 번씩 매정하게 내치기도 하던 땅이었다. 저를 품어줄 때는 차분히 가라앉을 수 있었고, 저를 내칠 때는 어디 한 군데 마음을 갖다 붙이지 못하고 첩첩이 들어찬 산과 척박한 땅을 원망했다. 저를 품어줄 때는 나무와 새와 구름들이 자신의 시 안으로 들어왔고, 저를 내칠 때는 시 한 구절 마음에 담지 못했다. 시 한 구절 마음에 두지 못할 때는 몸이 아팠다. 뼈마디마디에 숭숭 찬바람이 드나들고, 마음은 지옥 불 속을 헤매는 듯 새까맣게 타들어갔다.

그 옥천 땅이었다. 저를 키운 곳. 저를 괴롭힌 곳. 지아비를 잃고 다 죽어가는 목숨으로 숨어들어온 옥봉을 다시금 부추겨 일으켜 세운 곳도 옥천 땅이었고, 홀로 스스로 가시밭길 헤쳐 나가도록 심지 세우게 만든 곳도 옥천 땅이었다.

옥봉은 기어이 책을 덮었다. 큰 바람 불 때마다 웅웅, 짐승의 소리를 내는 앞산이 옥봉을 밖으로 이끌었다. 반빗간의 찬을 만드는 일은 물론 이일저일 걸리는 대로, 주어지는 대로 일을 하는 막례를 동무 삼아 따라붙게 했다.

한낮에도 반빗간 안으로 들어서면 구석에 어둠과 함께 고여있던 서늘한 기운이 옥봉을 막막하게 내몰았다. 그 막막함의 다른 빛깔은 아마도 설움이었을 것이다.

물일을 하다 나왔는지 막례의 손은 빨갛게 퉁퉁 불어있었다. 사방의 기운이 따스하게 풀려 가고 나뭇가지 마다 잔털로 뒤덮인 움들이 한낮 햇볕에 제법 굵게 여물어가고 있었지만 물은 아직 지난 계절의 냉기를 고스란히 품고 있었다. 그 차가운 물에 무시로 담가야 하는 막례의 손은 거칠어질 대로 거칠어져 있었다.

옥봉은 남색 치마에 노란 저고리를 입고 쓰개치마를 둘러쓴 채 대문을 나섰다. 키가 옥봉과 엇비슷한 막례는 솜을 얇게 누빈 저고리에 발회목이 겅중 드러난 치마를 입고 손에는 대바구니를 들고 있었다.

"뭐니?"

옥봉이 막례의 손에 들린 바구니를 바라보며 물었다.

"나물 캐러요. 우리 같은 종년들이야 어디 편하게 봄꽃 구경이나 하면서 놀 수가 있나요? 밥값을 해야지요."

막례의 어투가 퉁명스러웠다. 하지만 사납지는 않았다. 옥봉은 그런 막례를 이해했다. 석 달 터울. 옥봉의 어머니가 나리를 안고 배가 불렀을 때 막례의 어미는 집안의 잡일을 도맡아 하는 같은 노비를 안고 석 달 뒤에 막례를 출산했다. 턱이 고집스럽게 각이 지고 손목과 발목이 굵으며 유난히 몸에 터럭이 많던 힘 좋은 사내였다. 말소리도 우렁찼다. 나락 한 가마니를 메고 일어설 때도 끙, 신음 한번 빼물지 않았고, 일을 더넘차게 시켜도 싫다, 안 한다 짜증 한번 부리지 않았다.

막례는 제 어미를 따라 반빗간 일을 하고, 물을 긷고, 허드렛일을 하고, 잔심부름을 했다. 같은 나이에 누구는 쓰개치마까지 둘러쓰고 조신한 양반 행세를 하고 누구는 바구니를 끼고 찬거리 마련해야 하는 일이 마뜩치 않았을 것이다. 하지만 천성은 제 부모를 닮아 착하고 어질었다.

옥봉은 막례가 편했다. 동갑이라는 이유도 있었지만 입을 내밀며 양냥거리면서도 어느 순간 옥봉의 편에서 옥봉의 마음을 이해하고 지 알아서 손발이 돼주는 막례가 동기간처럼 든든하고 고마웠다.

막례의 어미 또한 밥상 하나에 보잘 것 없는 반찬 올려놓고 함께 퍼져 앉아 언니동생 불러가며 밥술 뜨다 하루아침에 무명 치마저고리 벗고 비단 옷으로 갈아입은 옥봉의 어머니를 향해 참 세상 더럽고 얄궂다며 투덜대면서도 정작 옥봉의 어머니가 정실부인에 홀대를 당할 때는 옛 정리를 떠올리며 내실을 향해 눈을 흘겼다.

막례의 얼굴이 봄볕에 벌겋게 달아올라 있었다. 넉넉히 옷감을 사용하지 못한 막례의 치마는 걸을 때마다 엉덩이가 씰룩씰룩 그대로 드러났지만 그 엉덩이가 암팡지고 실했다. 쑥쑥 애도 잘 낳겠고, 사내도 잘 받아들이겠다. 아니, 아니, 사내가 저 엉덩이에 묻힌다면 진이 고갈될 것이다.

옥봉은 공연히 제 얼굴이 빨개졌다. 그 붉어짐을 감추기 위해 머리에 둘러 쓴 쓰개치마를 더 조여잡았다.

"참! 지난번 웃골에 사는 김 선비가 아씨를 꼭 한번 만났으면 하던데요."

막례가 옥봉의 걸음에 보폭과 보속을 맞추며 심드렁 이야기했다.

"누구 말이냐?"

쓰개치마 속에 갇힌 옥봉의 눈이 물었다.

"왜요? 일전에 아씨에게 편지를 썼던 선비님 말이에요."

막례는 옥봉의 기억을 환기시키며 작년 이맘때의 일을 들추었다. 옥봉은 그 선비를 기억했다. 해끔한 얼굴에 옥빛 두루마기를 입었던 선비는 옥봉이 짓는 시 한 수에 길게 날숨을 내뱉더니 눈도 제대로 마주치지 못했다.

옥천의 내로라하는 집 자제들이 모여 공부를 하던 자리에서였다. 그 자리에 옥봉은 부름을 받고 나아갔다. 부름보다는 초대였다. 명이 아닌, 청이었던 것이다. 아마도 명령이었다면 옥봉은 이런저런 빌미를 대며 거절했을 터이다. 간청이었기에 엷은 분단장에 동백기름 발라 꼼꼼하게 빗질한 머리로 참석했었다.

과거 시험에 대비해 그동안 익혔던 경서의 구절들을 암송하던 중에 누군가 호기롭게 만죽을 걸었다.

"어떻소? 다들 경서 공부는 할 만큼 했다고 하는데, 오늘 이 자리에서 경서 공부가 아닌, 문장을 지어보이는 것이. 과체에 대한 비판의 소리들이 일고는 있지만 그래도 경서 공부의 꽃은 문장이 아니겠소? 꽃을 보아도 각자의 정서와 감상에 따라 다르게 보이는 법. 거기에 시를 읽는 재미가 있는 게 아니겠소? 어떻소? 이만하면 서로 그간 공부해 오던 실력을 확인했으니 이제 문장으로 넘어감이."

"좋지요."

어떤 이는 손사래를 치면서 뒤로 물러났고, 어떤 이는 한 자 한 자 염과 운을 채워 나갔다. 때로는 새가 울기도 하고 비가 오기도 하고 눈이 나부끼기도 했다. 봄에 내리는 눈은 더 희고 차가웠으며 내염하게 고왔다. 이런저런 면찬의 소리들이 오가고, 누군가 던진 운을 서로가 질세라 청아하고 낭랑하면서도 어딘지 절제된 음성으로 읊었다. 그 소리에 허허, 탄식과 웃음이 난무했다.

번번이 옥봉의 차례에서는 선비들의 칭찬이 푸졌다. 그들은 학문을 연마하는 유생들이기에 앞서 사내들이었다. 그녀의 마음에 드는 말들을 골라하기 바빴다. 학문은 남자들만의 고유한 세계라며 여자들의 참여를 완강히 반대하면서도 소매 넓은 도포 차림의 그들은 옥봉의 시 앞에서는 유순하고 관대했다.

"왜 대답을 안 하신대요?"
"무얼?"
"그 선비가 아씨를 보자고 하는 거 말예요."
"만나서 무얼 한단 말이냐? 나는 싫다."

옥봉의 대답이 강단졌다.

"왜요? 한번 만나보시지 그래요. 얼굴도 잘 생겼겠다. 조부가 승정원 부승지까지 지낸 명문가이겠다, 인물도 빠진데 없겠다, 일찌감치 생원시는 붙어 놓았겠다, 그만한 사람도 없지 않겠어요? 게다가 공부도 열심이라는데, 과거 급제 또한 따 놓은 당상 아니겠어요?"

"나는 싫다. 쓸데없는 소리 마라."

옥봉의 거듭된 거부에 막례의 표정이 바뀌었다. 은근하게 부추기던 방금 전의 태도에서 뾰루퉁 불퉁스럽게 갈마들었다.

"하긴. 아씨가 뭐가 아쉽겠어요. 얼굴 곱겠다, 글공부도 제법이겠다, 마음만 먹으면 얼마든지 그보다 더 좋은 사람 골라서 혼인 할 수 있겠지요. 개 팔자만도 못한 이년의 팔자와 어디 같겠어요? 하긴 마소 값보다 헐한 값이 우리 같은 노비 목숨 값이니 무얼 더 바라겠어요."

지덕사나운 길을 걷는 듯 막례의 걷는 품새가 사나웠다. 그래도 형편이 좋은 집에서 종살이 하는 터수라 세 끼 따뜻한 밥에 배고픈 줄 모르고 살아왔으니 그것만으로도 감사하고 고마워해야 옳은 일이었다.

하지만 사람 마음이란 게 요사스러워서 서 있으면 앉고 싶고, 앉아 있으면 눕고 싶고, 누워 있으면 자고 싶은 탓에 배부른 것, 마른 자리에 눕는 것만으로는 당장의 삶이 행복하고 만족스럽지 못했다.

어쨌든 옥봉은 막례가 있어 오늘까지 자신의 운신이 편하고 안온했음을 부정하지 않았다. 저 역시 천첩의 몸을 빌려 세상에 나왔지만 반쪽의 위세만으로도 이때껏 궂은일에 손 담그는 일은 피하고 살 수 있지 않았던가.

옥봉은 새삼 막례에게 미안했다.

"헌데 나리께 혼인 같은 거는 하지 않겠다고 여쭈었다면서요?"

막례가 금방 표정을 바꾸어 물었다. 진한 갈색 얼굴에 슬쩍 천진함이 비쳤다.

"응."

"어쩌려고요? 남들은 좋은 데로 시집가려고 안달인데. 어쩔 작정으로 그러셨는데요."

"어쩔 작정이라니? 말 그대로 혼인 같은 거는 안 하는 거지."

옥봉이 웃었다.

"혼인 안 하면 무얼 하게요?"

"무얼 할까?"

"생각 있어서 그렇게 여쭌 거 아니에요?"

"그래, 너는 내가 무얼 했으면 좋겠니?"

옥봉은 애달아하는 막례가 재미있다는 듯 되물었다.

"어물쩡 저한테 넘기지 마시고 아씨 생각을 말해 보세요. 다 생각이 있으니 나리께 그런 말씀을 여쭌 거 아니에요?"

자꾸만 농으로 받아치는 옥봉의 대답이 답답했는지 막례의 어투가 사뭇 불퉁스러웠다. 옥봉이 또다시 웃었다. 이번에는 눈 꼬리에 부챗살 같은 주름이 잡혔다. 막례 하는 양이 고맙고도 예뻤다. 내훈과 명심보감과 여교서의 가르침으로 무장해서는 좀처럼 속내를 드러내지 않는 규방 여자들과는 달리 순박하게 자신의 의중을 있는 그대로 드러내는 막례가 좋았다. 사람이라면 저리 살아야 할 것이다.

"나는 말이다. 혼인을 해도 내가 좋아하는 사람과 하고 싶다."

"그런 사람이 있어요?"

옥봉의 말에 막례의 눈이 동그랗게 벌어지며 흰 자위가 제법 크게 드러났다.

"아니. 아직은."

"그럼, 그런 사람을 평생 못 만나면 어떡해요?"

"그럼 안 가는 거지. 평생 시나 지으며 살란다."

"아씨도 참. 그게 할 소리에요? 그리고 어디 이 나라가 여자가 평생 시나 지으며 살라고 내버려 두나요?"

막례가 짐짓 걱정스럽다는 듯 옥봉의 얼굴을 살폈다.

"그래도 도리 없지. 내 마음이 안 가는데 어찌 몸이 갈 수 있겠니? 이래도 헛헛하고 저래도 허망하다면 차라리 사내들을 제 마음대로 주무르며 살았다는 황진이나 평생 한 남자만을 사랑했다는 홍랑 같은 기생처럼 살다 가고 싶다."

"그들은 출신이 그러니 하는 수 없지만 말예요. 아씨는 그들과 다르잖아요."

"어찌 내 신세가 그들과 다를 수 있겠니."

파르르, 옥봉의 얄따란 눈꺼풀이 떨렸다. 그녀는 시와 사랑이 자신의 운명처럼 여겨졌다. 전생의 어느 길목에서 시와 사랑에 포한이 들어 죽었던가. 그 시가 자꾸만 죽을 자리를 살피며 옥봉을 유혹했다. 그 시가 자꾸만 옥봉을 죽음의 골짜기로 내몰았다. 허나 옥봉은 죽음의 골짜기도 좋았다. 죽음의 웅숭깊은 골짜기도 눈부셨다. 죽음의 덤불도 찬란했다. 그 시에 몸을 매달 수만 있다면 그 시에 목숨을 바칠 수만 있다면.

"작은 마님이 알면 얼마나 상심하실까 걱정스러워요. 유난히 심성이 약하신 분인데. 아씨도 참 대책 없기는."

막례가 뒷말을 흐렸다. 옥봉은 슬그머니 입을 다물었다. 쑥과 냉이의 여린 순이 푸른빛으로 추위에 떨고 있었다. 햇빛은 환하였지만 온기는 작았다.

"막례야. 너 말이다."

옥봉은 잠시 말을 멈추고 막례를 쳐다보았다. 나리가 어떤 결정을 내릴지 모르는 데 너무 앞서 가는 게 아닌가 싶었다.

"무슨 일이에요? 왜 말을 꺼내 놓고 안 하는데요?"

막례가 이제껏 들고 있던 손에서 다른 손으로 바구니를 바꿔들며 그녀를 바라보았다.

"아니야."

"왜요? 아닌 게 아닌 것 같은데요. 하실 말씀 있으면 해 봐요. 아씨 덕에 이 좋은 봄날 예까지 나왔는데 무슨 말이든 다 들어줄 수 있어요."

"너 말이다. 나 따라 한양 갈래?"

"한양요?"

"그래. 한양."

"임금님이 계시는 한양 말이에요?"

"그래. 임금님이 계시는 한양."

옥봉은 또다시 동그랗게 벌어지는 막례의 눈을 보고 알듯 모를 듯 미소를 지었다. 하지만 일순 막례의 표정에 그늘이 졌다.

"내 처지에 어떻게 갈 수 있겠어요?"

"가겠다는 마음만 있으면 돼."

그 말에 막례의 표정이 더욱 어두워졌다.

"아씨는 한양으로 가실 거예요?"

"응. 아침에 나리께 말씀드렸다. 나 혼자 가는 것보다 너랑 같이 가면 나도 좋을 것 같아서 하는 말이야."

"한번도 멀리 떠난다는 생각을 해 본 적이 없어요. 헌데 한양은 가보고 싶어요. 하지만 어머니랑 아버지가 보고 싶어 어떡해요?"

막례는 이제 막 올라오기 시작하던 쑥의 여린 순을 캐내다가 이내 칼을 놓은 채 자리에 털썩 주저앉았다. 그런 막례의 뒤로 봉분이 허물어진 낮은 무덤이 온기 없는 햇살에 허약하게 누워 있었다. 군데군데 떼가 벗겨져 드러난 흙은 하얀 살얼음으로 지난겨울을 품고 있었다.

그래, 그럴 것이다. 옥봉은 막례를 이해했다. 저도 한번도 가보지 않은 그 길이 두렵고 암암하기만 한데 막례라고 왜 그러지 않겠는가. 자신이야 제 꿈을 찾아, 제 살 길을 찾아 떠난다지만 막례는 아닌 것이다.

"그래, 가요. 저도 데리고 가요."

문득 막례가 고개를 들어 옥봉을 바라보며 대답했다. 막례의 얼굴빛도 음성만큼이나 결연했다. 그 얼굴에 봄 햇살이 얼룩처럼 엉겨 있었다.

"나도 아씨 따라 한양 가볼랍니다. 언제까지나 어머니하고 살 것도 아닌데 이런 기회가 언제 또 나한테 오겠어요. 기왕지사 살 거라면 나라님이 계시는 그곳에서 살고 싶어요. 그곳 물은 이곳과 다르겠지요. 떠세를 부리는 도성 안 벼슬아치들도 구경하고 팔도 명물이 다 모인다는 시전에 가서 실컷 눈요기도 해 볼 테예요. 모르긴 몰라도 햇빛도 다를 거예요. 해가 어떻게 다르냐고 묻는다면 참으로 바보 같은 질문이에요. 제가 보는 해와 아씨가 보는 해가 서로 다를 텐데 어찌 옥천 땅에 돋는 해와 한양 땅에 돋는 해가 같을 수 있겠어요? 아씨가 나리께 잘 말씀드려서 저도 데려가 주세요. 저 데리고 가면 아씨도 편할 거예요."

막례의 말속으로 봄 햇살이 섞여들었다.

거문고는 바람 소리로 울고

　벌써 여드레가 지났지만 나리한테서는 아무런 말도 없었다. 혼인을 안 하겠다는 옥봉의 말에 어머니의 한숨은 이전보다 더 깊고 무거웠으며 유장해졌다. 그 한숨을 통해 기운이 새나가는 듯 얼굴빛이 더욱 하얗게 변해 갔다. 저러다 바람 한 번 불면 난분분 떨어지는 매화 꽃잎들처럼 떨어지지나 않을까 저어됐다.

　옥봉은 어머니의 애닲을 모른 체 했다. 모질어지자고 처음부터 작정을 하였던 터였다. 소매부리 붙잡고 눈물바람 하여도, 야속타, 무정타 원망을 들어도 제 갈 길을 가자고 작심을 하였다. 정에 이끌려 어머니처럼 살지는 말자고 독기를 품었었다.

　어머니의 가슴속에는 지금쯤 매화꽃에 대한 설렘보다는 지옥 불이 타고 있을 게다. 하나밖에 없는 딸년, 첩실이나마 운신을 편안케 하고, 풍진 세상으로부터 안전하게 지켜 줄 그런 짱짱한 집안의 남자를 골라 붙여주려 했더니만 이게 웬 날벼락 같은 소리냐 싶을 것이다.

옥봉은 어머니의 한숨 소리를 들었으되 듣지 않은 듯 행동했고, 어머니의 근심 가득한 얼굴을 보았으되 보지 않은 듯 대했다. 그렇다고 저 또한 마음 편한 것은 아니었다. 책을 보고 있으되 글자는 들어오지 않았고, 먼데를 바라보아도 눈에 맺히는 것은 없었다.

마음은 이미 한양에 가 있으나 몸은 옥천에 머물러 있는 탓에 무슨 일이든 엽렵하게 해낼 수 없었다. 이것은 아니다, 갈 때 가더라도 이렇게 지내서는 안 된다, 마음먹어도 이내 결기는 흐트러졌고, 나리가 계시는 사랑채에 시선이 머물렀다.

하늘을 향해 살짝 턱을 쳐든 사랑채 처마와 기둥이 이전의 단아하고 기품이 넘치던 것과는 달리 완고하고 고집스럽게 보임은 옥봉의 마음이 빚어낸 또 하나의 거짓일 것이다. 마음에 따라 사물의 빛깔도, 형상도, 느낌도 달랐다.

모든 게 마음이 빚어냈다. 마음을 비우면 세상은 원래의 모양을 되찾았고, 마음이 각박하면 세상은 비루해 보였고, 마음이 즐거우면 세상도 찬란해 보였다. 아니, 아니었다. 태어나 한번도 마음이 텅 비어 본 적이 없었으니 어찌 세상의 본디 모습을 알 수 있다 하리요. 늘 보이던 것들이 본연의 모습이라고 믿고 또 속을 수밖에.

갈래갈래 흩어지는 옥봉의 마음처럼 날씨도 심술궂었다. 바람은 작은 회오리를 만들며 흙먼지를 일으켰고, 그 흙먼지에 세상은 금빛 보늬를 씌운 듯 누렇게 보였다.

입으로 흙이 들어갔는지 퉤퉤, 마른 침을 뱉어내며 막례가 장독대로 가더니 커다란 장 항아리의 뚜껑을 덮었다. 바람이 이번에는 막례의 치마를 함부로 들췄다. 바람이 파고 든 막례의 치마가 항아리처럼 부풀어올랐다가 어떤 때는 홀러덩 치마를 뒤까불기도 했다. 막례가 미간을 찌푸리며 치맛자락을 단속해도 바람은 이쪽저쪽 옮겨 다닐 뿐 쉬이 수그러들 줄 몰랐다. 바람의 희롱이 짓궂은 사내가 벌이는 응큼한 수작 같았다.

옥봉은 웃음이 났다가도 금방 가셨다. 바람과 실랑이를 벌이고 있는 막례의 모습이 더없이 태평해 보였다가도 이내 마음은 사랑채의 움직임으로 옮겨 갔다. 한양에 가지 않으면 옥봉은 저 바람에 말라 죽을 것이다. 저 바람 끝에 묻어오는 세상의 온갖 소리들과 향기에 마음을 다치고 몸을 뒤채이다 종내는 시름시름 여위어갈 것이다.

옥봉은 거문고를 꺼내들었다. 마음이 이리저리 부대끼고 물결이 칠 때 저절로 만들어지는 것이 시라면 거문고는 마음이 산란할 때, 그 번잡함을 다스리고 차분하게 가라앉기 위해 필요했다.

옥봉에게 거문고를 가르치러 집에 오던 마늘각시 같던 기생방 스승은 그랬다. 거문고를 무릎 위에 올려놓고 숨을 고를 때 작은 옥구슬처럼 단단하게 보이던 기생방 스승은 엄한 목소리로 일렀다.

"거문고를 탈 때는 무엇보다 마음자세가 중요하다고 그랬다. 금사심. 깊고 진중한 소리를 얻기 위해서는 마음을 깨끗이 비우지 않으면 안 된다. 마음에 삿된 기운이 있는데 어찌 깊은 소리를 얻을 수 있겠느냐."

하지만 옥봉은 산란한 마음을 그대로 현 위에 풀어놓았다. 슬기둥, 슬기덩. 농현을 따라 출렁이는 음의 여운은 곧 마음의 움직임이었고, 마음의 그림자였으며 마음의 번뇌였고, 한풀이였다. 둥 당 당 시작은 고적했다. 깊은 산 속에 들어있는 양 외로웠다. 가끔씩 아래로 잦아지고 낮아졌다. 그러다 차츰 소리가 빨라지기 시작했다. 안으로 안으로 삭이고 참아내는 듯한 인내의 상령산에서 중령산 세령산으로 넘어갔다. 상령산에서 중령산으로 넘어갈 때 숨을 골랐다가 중령산으로 넘어가서는 바쁜 길을 살폈고, 세령산에 가서는 토혈하듯 염원을 쏟아놓았다.

나리. 저는 한양에도 가고 싶고, 중국에도 가고 싶습니다. 나리가 보고 밟으신 그 팔도의 땅들과 넓디 너른 중국의 땅을 소녀도 만나보고 싶습니다.

옥봉은 거침없이 대나무 술대로 현을 퉁기고 뜯었다. 바람이 따라 춤을 추었다. 마당의 흙들이 덩달아 일어나 바람결에 따라 춤을 추었고, 졸가리들도 나붓나붓 흥을 돋우었다.

"오랜만에 들어보는 소리구나. 그리도 견디기 어렵더냐? 오늘은 네 거문고 소리가 깊지를 못하구나."

거문고 소리가 나리를 일으켜 세웠는지 어느 틈에 옥봉의 방문 앞에 나리가 서 있었다. 나리의 정자관이 오늘 따라 더 높고, 더 각이 져 보였으며, 더 위엄차보였다.

옥봉은 거문고를 한쪽으로 치우고 일어서서 예를 갖췄다.

"어지간히 심란했던 모양이구나. 거문고를 타는 것을 보니."

나리가 태사혜를 벗고 방으로 들어섰다. 옥봉은 나리가 앉기를 기다렸다 윗목에 나부시 앉았다.

"그래. 계속해라. 오랜만에 네 거문고 소리를 들어보자꾸나."

나리의 청에 옥봉은 눈인사를 하고는 밀쳐 놓았던 거문고를 다시 끌어당겼다. 나리는 지그시 눈을 감고 옥봉이 타는 거문고 소리를 들었다. 숨을 참았다가 숨을 뱉을 때 술대를 퉁겼고 숨을 참았다가 숨을 뱉을 때 술대를 멈췄다. 그러다 어느 순간부터 숨도 잦아들더니 숨을 쉬는 듯 멈춘 듯 소리만이 낭자하게 풀어졌.

"영산회상이로구나. 영산은 인도에 있는 영취산이라고 했다. 어느 날 부처님이 영취산에서 제자들을 가르치고 있는데 하늘에서 갑자기 꽃비가 내렸다고 했지. 부처님은 그 꽃송이 가운데 하나를 들고 제자들에게 보였는데, 다들 영문을 몰라 어리둥절해 하더란다. 헌데 가섭이라는 제자만은 부처님의 의중을 알고 슬며시 미소를 지었다고 했다. 영산회상은 그런 부처님의 모습을 그리워하며 만들어진 곡이라 했다."

옥봉이 마지막 음을 뜯고 난 뒤 오래지 않아 그 묵음까지 사라졌을 때, 나리가 음의 여운인 듯 말했다.

"거문고를 이루는 몸체의 넓고 좁음은 존귀함과 비천함을 상징함이요, 위가 둥글고 아래가 네모난 것은 하늘과 땅을 본받은 것이며, 금의 길이가 네 자 다섯 치인 이유는 사계절과 오행을 본받은 것이라 했다. 하여, 거문고는 백악지장이라고 그랬다. 백가지 악기 가운데 으뜸이라는 말이지. 선비들이 거문고를 즐겨 하는 것도 그런 세상 우주 만물의 이치가 스며 있기 때문이다. 헌데 네 소리에는 번민만 가득하구나. 그래 아직도 한양으로 가겠다는 마음에는 변함이 없더냐?"

온화한 얼굴이었지만 눈빛만큼은 형형했다.

"지금까지 나리의 허락만을 기다리고 있었습니다."

"뉘 고집을 닮아 이리 한결같을까. 네 어미는 한없이 무르고 약하기만 하던데 너는 네 어미를 조금도 닮지 않았구나."

"정신의 뼈와 살은 나리가 주셨습니다."

옥봉의 음성도 당당했다.

"허허허."

나리는 잠시 옥봉을 쳐다보더니 이내 큰소리로 웃기 시작했다. 자신의 기운에 조금도 위축됨이 없는 옥봉의 당돌한 태도가 마뜩찮을 법 한데도 나리는 호방한 웃음으로 받아넘겼다.

"시경에 이르기를 명석한 남자는 나라를 이루고 똑똑한 여자는 나라를 망친다고 했는데, 너는 총명하고 영특한 아이니 나라를 망치는 일 따위는 없을 것이다. 분수를 지켜 나아가고 물러남을 아는 일만큼 세상살이의 중요한 지혜도 없는 법. 진퇴의 그 절묘한 순간을 아는 자는 생명을 얻을 것이다. 더더욱 너는 여자니 진퇴의 순간만 잘 지킨다면 네 일신은 지킬 수 있을 것이다. 가거라. 가서 네가 원하는 세상을 살아보거라. 시로 세상을 질타하고 시로 세상을 구하고 시로 사랑을 얻어보거라. 네 시에는 기개가 있고, 올곧음이 있고, 또한 밝고 강건하며 고아하면서도 씩씩함이 있으니 내 너를 믿는다. 네 재주로 충분히 네가 얻고자, 구하고자 하는 것을 얻고 이룰 수 있을 것이다."

나리가 흔쾌히 승낙하였다. 아니, 흔쾌히는 아닐 것이다. 여드레 동안 나리는 생각하고 생각하고 또 생각했을 것이다. 그 장고 끝에 옥봉을 세상에, 저자거리에 내어놓자 결심하였을 것이다.

"우선 자그마한 집이나마 네가 머물 곳을 마련해 주마. 조금만 기다려라. 사람을 시켜 집을 알아볼 테니."

"고맙습니다. 기왕에 허락해 주신 일. 막례도 함께 데려가게 해 주십시오."

"그래. 너 혼자 외로이 지내는 것보다 옆에서 말벗도 돼주고 훈김도 더해 줄 사람이 있는 게 낫겠지. 그리하여라. 내 막례한테는 따로 일러두마."

나리는 그윽한 시선으로 옥봉을 바라보았다. 그 그윽한 시선 속에 안쓰러움과 걱정과 애틋함이 섞여있었다.

"쉬어라."

나리가 일어나 방을 나갔다. 나리의 움직임을 따라 등황빛 비단 두루마기에서 은은한 윤기가 미끄러지듯 흘러내렸다. 방금 전까지 곧은 등으로 정좌하고 앉아 있던 나리의 모습이 환영인 듯싶었다.

옥봉은 나리가 나가고 난 뒤 한동안 그 자리에 그대로 앉아있었다. 왠지 허망했다. 왠지 허수했다. 왠지 허전했다. 바람이 숭숭 가슴 속으로 드나들었다. 신분의 굴레 때문에 자유롭게 살고자 작정했는데 새삼스레 도는 이 허탈함은 또 뭐란 말인가.

마당에는 여전히 바람이 놀고 있었다. 저 냉한 기운 속에서도 마당가 매화나무는 부지런히 바람과 통정을 하고 서둘러 꽃부터 틔워

내느라 분주했다. 냉랭한 바람 탓에 꽃잎은 작고 앙증맞았다.

"네가 기어이 떠나려 하는구나."

기별을 받았는지 어머니가 잰걸음으로 달려왔다. 그녀의 얼굴이 반 울상이었다. 황망히 방 안으로 들어온 어머니는 덥석 옥봉의 손부터 잡았다. 그녀의 손이 떨렸다.

"안 간다고 하여라. 한양에는 가지 않겠다고 하여라. 네가 없으면 나는 못 산다."

기어이 어머니의 눈에서 눈물이 보였다.

"어머니. 어머니 마음은 이해하지만 제 말씀 좀 들어보아요."

"아니다. 아니야. 무슨 말을 들을 필요가 있겠니? 나리께 안 가겠다고 해. 네가 재가해 가는 길이라면 생 살점을 떼어내는 듯 아프고 쓰라려도 내 정화수 떠놓고 조상님께 네 갈 길이 무탈하게 보살펴달라고 빌고 또 빌겠지만 이건 아니다, 아니야. 어디 네 갈 길이, 네가 가고자 하는 길이 녹록한 길이더냐. 아서라, 관둬라."

옥봉의 손을 잡은 어머니의 악력이 차꼬처럼 드세었다.

"어머니는 누구보다도 제 행복을 빌어주실 분이에요. 전 행복해지기 위해 한양으로 갑니다. 그러니 너무 염려하지 마시고 웃음 지으며 저를 보내주세요. 그게 절 위하는 길이에요."

"기어이 네 재주가 너를 망치는구나. 나리도 너무하시지. 한양으로 가겠다고 조른다고 그러라고 허락해 주실 게 뭐라니?"

"언제든 어머니가 보고 싶으면 달려올 테니 너무 마음 아파하지 마세요. 약조할게요."

"예서 한양이 어디라고 쉽게 오간단 말이냐?"

"마음이 있으면 그깟 천 리 길이 대수겠습니까? 그러니 환한 얼굴로 제 가는 길을 밝혀 주세요."

옥봉은 어머니의 손등을 쓰다듬었다. 옥봉이 가고나면 이 애처로운 여인은 삶이 쓸쓸할 것이다. 난분분, 어지럽게 날리던 매화 꽃잎들이 정신을 아득하게 만들더니 이내 몸속으로 들어 오더라며 몽환적인 표정을 짓던 이 여인은 매화가 필 때마다 슬픈 표정을 지을 것이다. 옥봉이 없는 빈 방을 지나칠 때마다 쑥 꺼진 아랫배를 쓸어내리며 긴 날숨 한 번 내쉴 테고, 그 한숨은 수상한 바람으로 옥봉에게 당도할 것이다.

"걱정 마셔요. 그래도 나리께서 한양에 집을 마련해 주신다 약조하셨고, 막례도 데려가라 했으니 생각보다는 한양살이가 편할 것입니다. 재미도 있을 것입니다."

"야박한 것. 참으로 야박한 것."

어머니는 손등으로 눈물을 훔쳐 냈다. 바람이 곡소리를 냈다. 귀곡성이었다. 옥봉은 저도 모르게 진저리를 쳤다.

집을 떠나다

드디어 내일이었다. 장지문에 어둠이 감겨 들고 다시 날이 밝으면 옥봉은 먼 길을 떠나야 했다. 먼 길 끝에 있는 세상에서 다시 태어나는 마음으로 살아야 했다. 그 먼 길에 어떤 삶이 기다리고 있을지 옥봉은 알 수 없었다. 때에 따라서는 허방에도 빠질 테고, 간신히 그 허방에서 빠져나오면 뜻하지 않은 길운도 만날 수 있을 테다.

옥봉은 잠을 이루지 못하고 밖으로 나왔다. 하늘에 별들이 총총히 밝았다. 주변이 어둘수록 별빛은 더 밝았다.

나리도 잠을 이루지 못했던지 옥봉이 서성이는 마당가로 다가왔다.

"별을 보고 있었느냐?"

"네."

"그래, 두렵기도 할 테지. 저 북두칠성이 보이느냐?"

옥봉은 나리가 가리키는 손끝을 따라갔다. 나리의 손끝에 달이 걸려 있었다.

"아직 못 찾았느냐? 일곱 개의 별 말이다. 국자 모양의 별이니라."

옥봉은 나리의 손끝을 다시 따라갔다. 뭇별들 가운데 국자 모양의 별 일곱 개를 찾아 하나 둘 모양을 만들어 나가다 보니, 거기, 나리가 말한 국자 모양의 별이 있었다.

"찾았습니다. 정말, 국자처럼 생겼군요."

"천체를 관장하고 비를 주관하며 인간의 수명을 관장하는 별이니라. 칠성이야. 저 별이 있는 곳에 옥황상제가 계시는 자미원이 있단다. 자미원은 우주의 궁궐이며 중심이기도 하지. 이왕지사 세상에 나가 혼자 살기로 작정했다면 네가 우주의 중심이 되어야 할 것이야. 이 세상이 어떤 세상이더냐. 아녀자가 제 이름 내세우며 살 수 있는 세상이더냐. 더구나 한양이 어디더냐. 그러니 한 발 밀리면 두 발 앞으로 나아가고, 두 발 밀리면 세 발 나아가야 할 게야. 그러지 않고서야 어찌 네 세상을 살았다 할 것이냐. 여느 바람에도 여느 햇볕에도 흔들리지 말아야 할 것이야.

한양에서 홀로 두렵거든 저 별을 보거라. 이곳에서 나와 함께 보았던 기억을 떠올리면서 말이다. 길을 잃었을 때도 보거라. 그러면 다시 길을 찾을 수 있을 것이다. 아무쪼록 저 별들처럼 네 스스로 우주의 중심이 되고 저 별들처럼 빛나거라."

나리의 음성이 가라앉아 있었다. 적막한 밤기운 때문만은 아닌 듯싶었다.

"가라. 가서 네가 원하는 세상을 살아보거라."

나리는 그 국자 모양의 별에 시선을 던져둔 채 말했다.

"감사합니다."

"아니다. 내 너로 인해 자식 키우는 재미가 무언지 알았구나."

나리의 음성이 그 밤의 어둠처럼 깊고 무거웠다.

"나리를 결코 실망시키지 않을 것입니다."

"고맙구나. 내 너를 보고 싶을 때 저 별을 볼 것이다. 저 칠성의 별 말이다."

왠지 나리의 말끝이 허전했다. 허전해 순간 옥봉은 울컥했다.

"저도 그리할 것입니다. 나리가 뵙고 싶을 때 저 국자 모양의 별을 찾을 것입니다."

"오냐."

나리의 정자관에 달빛이 내려와 앉았고, 일곱 개의 별은 청람빛 어둠 속에서 창백한 빛으로 흔들렸다.

가져 갈 짐이라곤 많지 않았다. 나리가 어여뻐 여겨 금강산 여행길에서 선물로 사다준 벼루와 붓, 옷가지 몇 벌, 그리고 거문고와 보던 책들이 전부였다. 애잔한 목숨을 연명하기 위해서는 자질구레한 살림도구들도 필요하겠으나 없다고 해서 당장에 죽는 것도 아니었다.

오히려 없음으로 해서 정신이 더 맑아질 수 있는 법. 천상 여자인지라 기왕이면 곱디고운 여자이고는 싶었지만 비단 옷에 금비녀, 옥가락지에 산호, 호박, 마노로 꾸며진 삼작노리개 따위에 미혹되지는 않았다. 그보다 살아있는 정신으로 살고자 했다. 그러기 위해서 권문세가의 날개 밑으로 들어가 호의호식하는 첩살이를 마다하고 한양으로 가는 것이다.

"아씨."

잘못 들었으려니 했다. 아니면 바람에 장지문이 떨리는 소리라 생각했다.

"아씨."

허나 낮고 은밀한 호명은 계속되었다. 바람소리는 아니었다. 문풍지 떨리는 소리도 아니었다. 뒤꼍 댓잎 스치는 소리는 더더욱 아니었다. 옥봉은 긴가민가하는 얼굴로 방문을 열었다. 막례였다. 막례가 발갛게 물든 얼굴로 방문 앞에 서 있었다.

"무슨 일이야?"

먼저 머리를 쑥 들이밀고 방안부터 살피는 막례의 행동이 평소 같지 않았다.

"아씨, 지금 당장 청석교 쪽으로 나가봐야겠어요."

밑도 끝도 없이 막례는 마을 초입에 있는 돌다리로 가라고 일렀다. 방안에 아무도 없다는 사실을 확인했으면서도 막례의 음성은 여전히 낮고도 은밀했다.

"빨리요."

막례의 채근에 짚이는 게 있었지만 옥봉은 모른 체했다.

"무슨 일인 줄 알아야 갈 게 아니냐?"

"나가보면 알아요."

"말해 보거라."

"아휴. 속이 터져 죽겠네. 그냥 나가보면 알아요."

막례의 은근하면서도 계속되는 채근에 옥봉은 나무라듯 말했다.

"안 간다. 무슨 일인 줄도 모르고 어찌 나간단 말이냐?"

"김 선비가 아씨를 꼭 봐야겠답니다. 아씨가 내일 한양으로 떠난다는 소리를 어디서 들었나 봐요. 김 선비 하는 양이 애처로워서 더는 못 봐 주겠어요."

막례는 다른 귀가 엿들을까 걱정되었는지 목소리를 한껏 낮추었다. 그러고도 안심이 되지 않는지 연신 주변을 살폈다.

"어여 나가 봐요. 아씨를 꼭 만나야 한다고 하세요."

"안 간다. 내가 왜 거길 가느냐. 제 몸 하나 간수하지 못하고, 제 마음 하나 다스리지 못하는 선비가 어떻게 인을 구하고 의를 논하며 예를 들이며 지를 추구한단 말이냐. 그런 한심한 사람을 어찌 선비라 할 수 있겠으며, 무슨 큰일을 도모할 수 있겠느냐. 나는 싫다."

"아씨 올 때까지 기다릴 텐데 어떡해요? 정 싫으면 김 선비 얼굴 보고 싫다고 하세요."

막례가 김 선비의 편을 들며 우는 소리를 쳤다.

"그런 소리 하려거든 네 처소로 돌아가 짐이나 꼼꼼하게 챙기거라."

옥봉의 곧고 단단해 보이는 이마에 푸른 핏줄 하나가 도드라져 있었다. 막례는 잠시 머뭇거리더니 입을 삐죽이며 자리에서 물러났다. 아씨가 올 때까지 기다리신답니다. 막례는 가고 없었지만 막례가 던져 놓고 간 낮고 탁한 음성은 환청으로 남아 옥봉의 귀를 어지럽혔다.

간들 그 선비에게 해 줄 수 있는 게 없었다. 공연히 짓물렀을 상처를 덧나게만 할 뿐. 차라리 그대로 두는 게 꾸덕꾸덕 상처가 더 빨리 아물 것이다. 그리 오래지 않아 옥봉이라는 이름을 잊은 채 조신하고 지혜롭고 아결한 규수 만나 혼례도 올리고 총명한 아이도 얻을 것이다. 모든 게 시간이 해결해 줄 터. 허나 청석교 돌다리 위에서 초조한 마음으로 이쪽을 바라보며 바장이고 있을 선비의 모습이 눈에 암암했다.

옥봉은 한쪽 무릎을 세우고 그 위에 두 손 단정히 포개어 올려놓은 채 꼿꼿한 허리로 앉아서 청석교 쪽을 바라보았다.

희디흰 얼굴에 경중 키가 크고, 골격이 약한 선비는 선량해 보였다. 그 선량함으로 인해 성정이 유약해 보이기도 했다. 선비는 이 미망에서 벗어나지 못한다면 아무것도 이룰 수 없을 것이다. 누대로 벼슬길에 나선 가문의 영광도 그 대에서 끊길 것이다. 명문가 자제로서 자신을 사모한다는 일은 고맙기 그지없는 일이었지만 그 마음은 받아들일 수 없었다.

옥봉은 방 안에 앉아 선비가 돌아가기를 기다렸다. 마음을 다하여 김 선비가 아파하지 않기를 허공에 대고 빌었다. 정성을 다한다면 옥봉의 발원은 김 선비에게 이를 것이다. 정념으로 들끓는 마음이 숙지근 잦아들어서는 본디의 마음을 되찾을 것이다. 평상심으로 돌아가 학문에 정진하고 세상의 진리를 구하고 깨닫기를 기원했다. 그게 김 선비가 살 길이고, 옥봉 또한 사는 길이었다.

밖은 그새 어슬어슬해졌다. 막례가 길게 제 그림자를 앞세우거나 뒤로 끌며 마당을 오가고 짝지어 날던 새들도 제 둥지를 찾아 날아갔다. 새 한 마리 날다 잠시 옥봉의 방 앞에서 낮게 원을 그렸다. 단 한 번의 칼침에 숨줄이 끊기며 터져 나오는 단말마의 비명 같은 고성의 울음도 들은 듯 했다. 신호였으리라.

 옥봉은 그제야 천천히 몸을 풀었다. 김 선비는 마음에 새로운 결기 하나 품고 집으로 돌아갔을 것이다. 오지 않는 처자를 원망하며 사무친 그리움에 동백꽃처럼 붉디붉은 피멍으로 변했을 옥봉의 이름과 모습과 기억들을 청석교 아래 흐르는 물에 점점이 꽃잎으로 실려 보냈을 것이다. 부디 소원성취하소서. 옥봉은 마음으로 김 선비에게 큰절을 올렸다.

 초립을 쓴 천 서방이 나귀에 짐을 싣고 대문 밖에서 기다리고 있었다. 옥봉은 나리께 큰절을 올렸다. 노란 저고리에 자주색 치마가 움직일 때마다 댓잎 스치는 소리로 사각거렸다.

 세상에 태어나게 해준 것. 자유로이 삶을 운용할 수 있도록 해준 것. 일찌감치 글을 깨우치게 해준 것. 모두 다 나리의 은덕이었다.

 나리는 무거운 얼굴로 옥봉의 절을 받았다. 일자로 굳게 다물린 입가에 그늘이 서려 있었다. 옥봉이 나부시 절을 마치고 일어나자 나리의 눈썹 한 쪽이 희미하게 움찔거렸다.

 높디높은 솟을대문에 중문과 후원까지 딸린 대갓집 규방의 곱디곱고 귀하디귀한 마나님으로 만들고 싶었는데 일 년도 안 돼 낙화의 신세로 되돌아와서는 세상의 진창 속으로 나가겠다는 옥봉의 원대로 세상으로 보내면서도 한편으로는 마뜩치 않았을 터이다.

"기어이 네가 가는구나."

위엄이 섞여 있으면서도 어딘지 다정했다.

"반포지교라고, 까마귀도 효를 안다지요. 알을 품어주고 날개가 자랄 때까지 먹이를 물어다 준 어미 새가 늙어 힘이 없으면 죽을 때까지 봉양한다지요. 미물도 이럴진대 하물며 사람의 몸을 받고 태어난 소녀, 어찌 나리의 은혜를 잊겠습니까. 효를 알고 삼강오륜의 기본을 알며 인의예지를 실천하는 것이 곧 사람의 도리요, 이게 짐승과 인간의 차이가 아니겠는지요. 소녀, 나리의 과분한 애정과 보살핌을 받고 이제까지 비바람 피하며 편안하게 살아왔습니다. 제가 어디에 간들 제가 무엇을 한들 천륜이 변하겠습니까? 가까이서 나리께 효도를 하지 못하나 다만 어디서 무엇을 하며 어떤 모양으로 살아가더라도 나리에게 흠이 되는 일은 하지 아니할 것입니다. 그게 나리께 하지 못한 효라고 생각합니다."

"역시 너답구나."

그제야 나리의 얼굴에 고여있던 그늘이 가시더니 안도의 빛이 어렸다. 나리는 옥봉의 앞에 자그마한 궤를 하나 내놓았다.

"무엇이옵니까?"

옥봉이 눈으로 물었다.

"풀어보거라."

옥봉은 나리의 말이 끝나자마자 검은 옻칠이 돼 있는 상자의 뚜껑을 열어보았다. 하지만 서둘지는 않았다. 상자 안에는 남색 바탕에 꽃이 무늬져 있는 비단과 조각이 정교한 두꺼비 모양의 연적이 들어 있었다.

"이게 다 무엇이옵니까?"

"네가 보는 그대로다. 내 너를 그냥 보내자니 너무 서운해 넣었구나. 연화만초문의 비단이다. 연꽃은 흙탕물 속에서 피어나 한껏 고고함을 자랑하지 않더냐. 너 역시 세상에 나가더라도 연꽃처럼 고귀한 자태를 잊지 말라고 주는 거다. 연적 또한 평생 시나 지으며 살고 싶다는 너에게 특별히 주는 거다. 마음 같아서는 단계벼루를 주고 싶으나 어디 그게 쉽게 구할 물건이더냐. 해서 내가 아끼던 연적을 넣었느니라."

"감사합니다."

옥봉은 울컥 가슴 속에서 뜨듯하고 습한 덩어리가 뭉쳐지는 것을 느꼈다.

날은 화창했다. 흰나비 한 마리 팔랑팔랑, 그 환한 햇살 속에서 노닐다가 기와를 얹은 돌담을 넘었다. 저 나비처럼 이 집 대문을 나서고, 저 나비처럼 길을 가고, 저 나비처럼 살 것이다. 옥봉은 눈으로 나비를 좇으며 그리 마음을 먹었다.

한솥밥을 먹던 사람들이 하던 일을 놓고 잘 가라, 잘 살아라 문밖까지 배웅할 때 가여운 어머니는 끝내 방에서 나오지 않았다. 차라리 그게 더 나은 일이었다.

한양살이

집을 떠나올 때 햇빛 속을 날던 나비처럼 살고자 했는데, 옥봉은 화창한 봄날에 또 다른 어둠으로 방에 들어앉아 하루하루를 살고 있었다. 마당가에 장승처럼 버티고 서 있는 오동나무와 자귀나무는 환한 햇살 속에서 제법 생기가 돌았고, 막례는 부지런히 집 밖과 집 안을 오갔다.

옥봉은 금빛으로 여문 햇살에 알 수 없는 울렁증을 느꼈다. 옥천의 햇빛과는 달리 한양의 봄 햇살은 어딘지 더 수선스럽고 번잡스러웠다. 막례가 물고 들어오는 바깥 이야기들도 그악스럽거니와 담장 밖 너머로 들려오는 사람들의 기척도 옥천의 그것에 비해 소란스러웠다.

한밤중도 마찬가지였다. 투명한 달빛에 고즈넉하게 가라앉아 있던 옥천의 집 마당과는 달리 이곳에서는 사람들의 발자국 소리가 간단없이 넘어왔고 수상쩍은 움직임도 감지되었다.

옥봉은 내처 방 안에만 있었다. 시로 세상을 얻고, 시로 세상을 살고자 했으나 무슨 이유에선지 모르게 햇빛 환한 이 봄에, 온갖 꽃들이 다투어 색색으로 피어나는 이 봄에, 뼛속까지 시리게 하는 한기에 시달렸다.

"아씨. 언제까지 이렇게 방에만 계실 거예요? 나가 꽃 구경도 하고, 사람 구경도 하고, 저자거리 구경도 하고 그러세요. 그렇지 않아도 희디흰 얼굴이 더 하얘지다 못해 속이 다 드러나 보일 지경이에요."

옥봉은 막례의 말에 희미하게 웃었다. 멀리 인왕산이 보였다. 봄기운이 제법 산허리까지 차고 올라와 이끼를 두른 듯 푸른빛으로 엎디어있었다. 틈만 나면 시를 짓고 읊었으나 마음속의 허전함은 그대로였다.

한양에만 오면 늘 가슴 한쪽에 묵직하게 들어있던 설움이 가실 줄 알았는데 정작 오고 보니 설움은 근수를 더해 이전보다 더 무겁게 내려앉았다. 자꾸만 떠나온 집이 생각났고, 두고 온 어머니가 눈에 밟혔다. 그것들이 마음을 어지럽히고 새로운 삶을 방해했다.

"그래, 나가자꾸나. 이러고 있을 게 아니라 세상으로 나가자꾸나."

옥봉은 거울을 찾았다. 거울 속에 비친 자신의 모습이 그새 초췌하고 거칠어져 있었다. 새로운 삶을 살고자 집을 떠나왔으면서도 아직 방 안에 웅크리고 있는 자신이 미욱해 보였다.

"나가시게요?"

막례가 봄볕만큼이나 환한 표정을 지으며 물었다.

"가자. 세상은 이리 눈부신데 나만 이렇듯 살아야 되겠느냐? 나가서 세상 구경도 하고, 사람 사는 품새도 엿보자꾸나. 게다가 마침 종이도 떨어졌구나."

"그새 종이가 떨어져요? 사온 지가 언젠데 벌써 종이가 다 떨어졌어요?"

"그래."

"하긴 꼼작 않고 방에 틀어박혀 시만 써대시니 종이인들 남아나겠어요? 그래요. 나가서 사람 구경도 하고, 봄이 오는 소리도 들어보고, 육의전 상인들의 괄괄한 음성도 들어봐요. 마름 집 개도 봄이라 코 벌름대며 여기저기 발발거리며 돌아다닐 텐데 우리는 이게 뭐에요? 생감옥살이나 마찬가지지. 이렇게 방에만 있을 거면 옥천에 그냥 계시지, 뭐 하러 고집 피워 한양에 왔대요? 어쨌거나 마음 잘 잡수셨어요. 잘했어요. 지금이라도 그리 마음먹었다니 다행이에요. 나가보면 잘했다 싶을 거예요. 담장 밖의 세상에 얼마나 재밌는 구경거리가 많은데요. 한 번 나가보면 다음에 또 가고 싶어질 거예요."

정작 신이 난 쪽은 막례였다. 그렇지 않아도 펑퍼짐한 막례의 콧방울이 위로 헤벌어진 입 꼬리를 따라 옆으로 더 퍼졌다.

막례의 표정이 환한 봄날만큼이나 밝았다. 옥천의 산세 좋은 풍경도 풍경이지만 그보다는 사람 구경이 더 신난다며 틈만 나면 살집 좋은 엉덩이 씰룩대며 밖으로 나돌던 막례였으니 어찌 좋지 않겠는가.

피붙이건 친구건, 이 남자건, 저 남자건 헤프다 싶을 만큼 정 퍼주던 남정네들 다 떼어놓고 옥봉을 따라 한양으로 떠나올 때, 사람 그리운 것만큼 힘든 일도 없다며 눈물 찍어내더니 그게 사흘도 못 가 눈물이 콧바람으로 바뀐 게 막례였다.

사람 구경이 별것이라고, 막례는 나갔다 돌아오면 제가 본 것을 입가에 하얀 버캐가 낄 때까지 옥봉에게 들려주었다. 떠세를 부리던 어떤 양반이 자기 집 하인을 개처럼 두들겨 패더라는 이야기며, 어떤 양반집에서는 청상과부 며느리가 소금장수와 야반도주했다는 이야기며, 한 기생을 놓고 여러 양반들이 두루마기자락 펄럭이며 대낮에 싸움질을 했다는 이야기들을 마치 자신이 본 일인 양 세세하게 들려 주었다. 더러는 한 이야기를 하고 또 하고, 진즉에 들려 준 이야기를 새것인 양 되새김질했지만 막례는 언제나 신이 난 표정이었다. 그 막례의 걸진 입담과 얼굴에 피어나는 화색을 보면서 정작 속병이 난 사람은 옥봉이었다.

어머니도 보고 싶었고, 나리의 그늘도 그리웠다. 겨우내 꽁꽁 언 땅이 봄 햇살에 질척하게 춘니로 녹아가고, 한겨울 서릿발 같은 추위를 온 몸으로 받아내며 견뎌내던 솜털 보송보송한 움들도 졸가리들 사이에서 슬그머니 속살을 드러내는데, 옥봉의 마음만은 여전히 한겨울처럼 시디 시렸다.

옥봉은 알았다. 화사한 봄꽃으로도, 따듯한 봄 햇살로도 마음의 한기를 달랠 수 없다는 사실을. 그 한기는 무엇으로도 다스릴 수 없다는 사실도 알았다. 평생 동안 자신이 짊어지고 가야 할 운명이었고 숙명이었으며 형벌이었다. 외로움, 적막함, 고독, 헛헛함, 쓸쓸함, 고적함. 그것들은 늘 자신을 닦달하고 단애 끝으로 내몰거나 날이 시퍼렇게 벼려진 칼날 위에 맨발로 세울 것이다. 그렇다고 멈출 수는 없었다. 혼자가 무서웠다면 애초에 옥천을 떠나오지도 않았다.

외로움이 두려웠다면 어머니의 겨드랑이 죽지 밑에서 하루하루를 졸린 듯 꿈꾸듯 지냈을 터이다.

하지만 자꾸 수상쩍은 바람이 속살거리며 등을 떠밀었다. 자꾸만 비밀스러운 바람이 발길을 이끌었다. 발밤발밤, 그 바람 속을 발탄 강아지처럼 돌아다닐 것이다. 더러는 치이고, 더러는 엎어지고, 더러는 으깨져도 앞으로 나아갈 것이다. 시간을 되돌릴 수는 없는 일. 저 역시 그렇게 앞만 보고 갈 것이다. 절대 뒤돌아서서 지나온 자리를 물기어린 시선으로 더듬지는 않을 것이다. 뼈를 에이는 외로움이 저를 만신창이로 만들어도 좋았다. 한겨울 이부자리가 얼음장에 누운 것처럼 추위도 좋았다. 그 모든 것들을 질료삼아 시로 빚으리라. 결기가 가상했다.

경대를 치마폭에 닿게 끌어당겨 놓고 얼굴에 분을 토닥이다가 잠시 앞마당을 쳐다보던 옥봉의 미우가 움찔거렸다. 어질증이 일었다. 수백, 수천의 살들이 마당에서 춤을 추었다. 세침 같은 것들. 만질 수도 잡을 수도 없는 것들은 형체가 없어도 무쇠보다도 단단하고 옹골찼다. 그 빛살들이 함부로 옥봉의 방안으로 쳐들어와서는 눈을 찔렀다. 옥봉은 저도 모르게 눈을 감았다. 감은 눈꺼풀 안에서 잘게 잘린 빛의 편린들이 점점이 무리지어 떠도는가 싶더니 이내 세상은 암흑이었다. 그 빛이 가져다 준 암흑은 장렬했다.

명순웅이 찾아오고 옥봉은 속눈을 뜨고 함부로 쳐들어오는 빛살들을 걸러내며 봄날의 마당을 보았다. 마당이 그 빛살에 난도질당하고 있었다. 저리 살아가야 할 것이다. 저 빛살 속에 서서 당당히 살아가야 할 것이다. 옥봉은 화장을 하다말고 마당에 마음을 빼앗기고 있었다.

"아씨, 뭐하시는 거예요?"

막례의 채근이 있고서야 옥봉은 다시 경대로 시선을 돌렸다. 흰 낯빛에 흰 분단장을 한 옥봉의 얼굴이 흰 눈처럼 창백했다. 하지만 이마에서 시작해 정수리로 곧게 난 가르마만큼은 희다 못해 푸른빛으로 결연했다.

오랜만에 외출이었다. 옥천을 떠나올 때 여자로서의 규범이고, 습속이고 다 떨치고, 한 인간으로 당당히 살아가겠다고 작정하고 떠나왔으나 막상 한양에 짐 풀고 보니 그게 여의치 않았다.

세상은 여전히 여자들에게는 인색했다. 제 아무리 이옥봉이고, 삼종지도를 따르는 여자로서의 삶을 버리기로 결심했다하더라도 세상은 그리 녹록치가 않았다.

게다가 어디서 어떻게 시작해야 되는지도 몰랐다. 딱히 옥봉을 이끌어줄 스승이 있는 것도 아니고, 함께 수학한 학인이 있는 것도 아니었다. 기생방처럼 대문에 홍등 걸어놓고 선비들의 어지러운 발길을 안방으로 유인할 수도 없었다.

하루가 다르게 천지는 꽃향기로 진동하는데, 하루가 다르게 햇빛은 여물어지는데, 하루가 다르게 살아있는 것들은 생의 활기로 넘쳐나는데, 옥봉은 방 안 그늘 속에 스스로를 가둔 채 그렇게 하루하루 마음을 다치며 살았다.

무덤 속처럼 고요한 시간들이었다. 세상이 다투어 핀 색색의 꽃들로 요란하면 요란할수록, 햇빛이 눈부시면 눈부실수록, 옥봉은 외로움에 치여서는 살아있는 송장으로 지냈다.

"봐요. 나오길 잘했지요?"

막례가 의기양양 물었다. 광통교 시전 쪽으로 가는 길은 사람들로 복작였다. 대낮부터 취기가 올라 벌게진 얼굴로 부녀자를 희롱하는 사내도 있었고, 떠세를 부리며 지나가는 양반도 있었으며 육각전모를 쓴 채 도도한 표정으로 나귀를 타고 가는 어린 기생도 보였고, 그 기생을 향해 수작을 거는 왈짜 무리배도 있었고, 비록 얻어먹는 처지였지만 태도나 표정만큼은 당당한 거지들의 모습도 보였다. 어디론가 무리지어 달려가는 포졸도 보았으며, 머리채를 흔들고 악다구니를 써가며 사생결단을 낼 것처럼 모질게 싸우는 아낙들도 보았고 버려지듯 골목을 쏘다니는 아이들도 보았다.

막례는 그 난전을 요리저리 잘도 헤집고 다녔다. 햇살에 언 땅이 녹아 무르게 질척거렸지만 아무도 신경 쓰지 않았다. 걸을 때마다 사람들의 발에서는 한웅큼씩 무른 흙들이 떨어져 나와 흙속에 처박혔다.

옥봉의 마음이 쿵하고 내려앉았다. 그곳에 사랑이 있었고, 눈물이 있었다. 그곳에도 나비가 날았고, 꽃들이 있었다. 목에 핏대를 세우고 삿대질하며 싸우는 사람들 사이에 시가 있었고, 짝을 찾아 위험한 비상을 감행하는 왈짜무리들과 기생들 사이의 긴장 속에도 시가 있었고, 얼음이 녹으면서 신발에 쩍쩍 달라붙는 진흙 땅 역시 말 그대로 시였다.

시는 그곳에 있었다. 자신이 들여다보던 서책 속이 아닌, 머릿속에서 악머구리 끓듯 끊임없이 울어대는 구절들이 아닌, 눈앞의 세상이 바로 시였다.

"아니, 벌써 오셨어요?"

지난 가을에 새로 이지 않았는지 초가 지붕 한쪽 귀퉁이 내려앉은 지전에서 배 깔고 엎드려 호랑이를 그리고 있던 화동이 게으르게 일어나며 옥봉과 막례를 번갈아가며 바라보았다. 둥그런 얼굴에 콧대가 낮아 순해 보이는 인상이었다.

화동의 무릎 앞에 놓인 그림은 세화였다. 정초에 대문에 붙여놓아 삿된 기운을 물리친다는 호랑이 그림이었다. 건성으로 선을 쭉쭉 그어놓은 듯한 호랑이가 어찌 고양이를 닮은 듯도 했다. 발톱은 뭉툭했고, 세필로 그려 넣은 털은 솜털처럼 부드러워보였다. 귀신을 쫓고 나쁜 기운을 물리치기 위해서는 더 무섭게, 더 날카롭게 그려야 했거늘 그림 속의 호랑이는 화동을 닮아 눈빛이 순했다.

"어쩐대요? 종이가 동이 났는데. 오늘 따라 유난히 종이를 찾는 양반님들이 많으시네."

화동은 면구스러운 표정을 지었다.

"예끼. 그게 할 소리냐? 종이 파는 집에서 종이가 없다고 하면 말이 되는 소리더냐?"

"낸들 어쩝니까? 개나 고양이나 다들 과거 시험 본다고 난리들인데. 게다가 종이 귀한 것이 어디 어제 오늘 일입니까요?"

막례의 툽상스러운 지청구에 흰 버짐이 얼룩으로 피어있는 화동은 억울하다는 표정을 지었다. 일어나 앉으면서 옷 단속을 제대로 하지 않은 탓에 화동의 저고리는 반쯤 열려 있었고, 돼지꼬리처럼 배배꼬인 고름은 느슨하게 풀려 있었다. 그 열려 있는 저고리 사이로 시꺼멓게 때가 낀 배꼽이 드러나 보였다. 뜯게질을 얼마나 했는지 화동의 저고리는 옷이라기보다는 그저 낡은 천에 불과했다.

그 틈에도 너덧 명의 사람들이 지전 앞에 완성품으로 내걸린 그림들을 보고 가거나, 종이를 사러왔다 허탕치고 돌아갔.

"찾는 사람은 많은데 만드는 데는 한계가 있고, 게다가 행세깨나 부리는 양반집에서 아예 통째로 가져가버리니 저희도 어쩔 수 없습니다요. 게다가 중국에서 온 상인들도 우리 종이를 좋아합지요. 그러니 낸들 어쩝니까."

화동은 머리를 긁적이며 저간의 사정을 변명처럼 늘어놓았다. 그의 말처럼 지전의 종이가 동이 날 정도로 과거 시험 준비에 다들 열심이었다. 한 가문의 명운을 걸고, 한 사람의 입신과 명예를 위해 오금에 곰팡이가 피도록 시간을 죽이고 또 죽였다. 아니, 그들은 사람이 되기 위한 패찰이 필요했다. 양반이 되기 위해. 사람으로 살기 위해. 젊음은 쌓여가는 서책들에 눌려 누렇게 바래가고, 세월은 한숨으로 변해 책갈피 속으로 사라졌으며, 처음에 품은 올곧은 결기는 시나브로 먼지로 변해 방구석으로 흩어졌다.

선비의 나라, 양반의 세상에서 마소보다도 못한 것이 천한 것의 목숨이었다. 떨어지는 꽃잎에 술 향 풍기며 애상에 잠기면서도 죽어가는 천한 목숨에는 불쌍타, 안 됐다, 말부조도 인색했다. 그랬기에 양반이 되기 위한 시험은 치열했다. 사람이 되기 위해, 사람으로 행세하기 위해 그들은 부라퀴가 되어 양심 따윈 기꺼이 저버리기도 했다. 곳간에 양식깨나 쌓아두고 팔자걸음으로 위세를 부리는 사람은 머리 좋고 실력은 좋지만 단거리에 끼니 때울 일이 요원한 사람 앉혀다 대리 시험을 붙이거나 문제를 빼돌려 미리 외우기도 했다.

"그래도 그렇지. 떨어지지 않도록 가져다 놓아야 할 게 아니냐. 동이 났다고만 하고 있으면 되겠느냐?"

"종이 만드는 사람도 손이 째서 제 때 댈 수 없다고 그럽디다요. 우린들 이렇게 가만 손 놓고 있고 싶겠어요? 한 장이라도 더 팔아 이문을 남기고 싶지요."

"말이 많구나."

막례의 어투가 암팡졌다.

"공연히 저만 퉁박 먹습니다요. 종이가 떨어진 게 제 잘못도 아닌데 말입쇼."

"괜찮다. 내일 다시 오면 되지."

툴툴대는 화동의 말에 옥봉은 웃으며 말했다.

"내일도 있다는 장담 못해요. 헌데 그 집은 뉘 집이시오? 뉘 집 자제분인데 이렇듯 공부에 열심이시랍니까? 지겹게 육의전 지전 방에 엎드려 있어도 뉘 집 자제가 얼마나 공부를 열심히 하는지, 딴전을 부리는지 내 손바닥 보듯 환히 꿰고 있는데 그쪽 자제는 통 누군 줄 모르겠소. 뉘 집이시오?"

정말 궁금하다는 듯 화동의 어투가 이번에는 진지했다.

"오지랖도 넓구나. 그래, 여기 계시는 아씨가 쓰시는 종이다."

막례의 대답이 사뭇 의기양양했다.

"참말이오?"

"그럼 거짓말할까?"

"하. 웬만한 양반집 자제들보다 종이를 더 많이 소비하는 양이 학문이 깊은 모양이오."

화동은 신기하다는 듯 옥봉을 흘금거렸다.

"네가 정녕 이옥봉이라는 이름을 안 들어보았느냐?"

막례의 어조에 은근한 자랑이 깔려 있었다. 자신이 모시고 사는 상전의 지위에 따라 제 자신의 어투도 달라진다는 사실을 막례는 옥천의 생활을 통해 알고 있었던 것이다. 상전의 지위가 곧 자신이 야비다리를 부릴 수 있는 알량한 힘인 것이다.

"이옥봉이오?"

"그래. 이옥봉."

화동은 고개를 갸웃거렸다. 찬바람에 대책 없이 드러난 화동의 손등은 붉덩물이 할퀴고 간 계곡처럼 깊이 패여 피가 굳어있었고, 그 위로 먹물이 묻어있었다. 그 손등으로 쓱, 콧물을 닦아내자 금세 콧수염이 생겨났다. 순해 빠진 고양이 같은 호랑이를 그리던 화동의 눈은 거짓말을 못했다. 부룩송아지의 눈망울이었다.

"우리 아씨를 몰라보는 양이 엎드려 세상을 본다더니 순 거짓말이로구나."

"됐다. 가자."

옥봉은 나무라듯 막례를 지전에서 끌어냈다.

"암튼 내일 와 봐요. 행여 종이가 들어오면 꿍쳐놓았다 드릴 테니까요."

화동이 등 뒤에서 소리쳤지만 그 소리도 힘차지 못했다. 맹수나 날카로운 부리를 지닌 매의 그림은 화동의 머릿속에서나 으르렁 댈 뿐이지 그대로 따라 그리지는 못할 것이다. 하지만 저 화동은 모란꽃, 동백꽃, 국화꽃, 매화, 연꽃은 잘 그릴 것이다. 저 화동의 눈빛이 그렇다. 살기와는 거리가 먼 눈빛. 하다못해 땅강아지 한 마리도 죽이지 못할 저 잔진 눈빛.

"아씨. 예까지 나왔는데 남산 구경이나 해요. 옥천에 계시는 나리는 공부삼아 명산대천을 주유했는데, 아씨는 먼 곳은 못가더라도 코앞에 있는 산마저 못가면 억울해서 어떡해요? 봄맞이 소풍이라 생각하고 가요. 지금 안 가면 언제 또 가겠어요? 춘삼월은 잠깐이에요. 고개 돌리는 사이에 피는 게 꽃이고, 아차 하는 순간에 지는 게 꽃이에요. 피고 지는 게 꽃이라 다음을 기약한다지만 어디 다음에 피는 꽃이 지금의 꽃만 하겠어요? 눈에서 멀어지면 마음도 멀어지는 법이라고, 임도 눈앞의 임 이랬듯 꽃도 눈앞의 꽃이 가장 아름답고 향기로운 법. 그러니 지금 가요. 말 들어보니 인왕산과 남산에는 선비들의 시가 만개한 꽃처럼 흐드러진다는데 궁금하지 않아요?"

발밑의 강아지처럼 막례는 자꾸만 옥봉의 발걸음을 방해했다. 막례의 말이 일리가 있었다. 어찌 오늘의 꽃이 내일의 꽃과 같다고 할 수 있을까. 이 목숨 또한 아침 기운과 저녁 기운이 다른 것을.

옥봉은 멀리 바라다 보이는 남산을 쳐다보았다. 진달래꽃과 왕 벚꽃 나무가 남산을 점점이 분홍과 흰빛으로 물들이고 있었다. 이제 조금 있으면 오동나무 꽃이 주렁주렁 필 테고, 이팝꽃도 밥알처럼 피어날 것이다. 밤나무 흰 꽃도 통곡처럼 피어날 테고, 때죽나무 흰 꽃도 수런수런 피어날 것이고, 수수꽃다리도 숭얼숭얼 덩달아 피어날 것이다.

진달래 꽃잎 따다 낱장으로 얹고 정성스레 지져 낸 화전이 생각났다. 꽃잎은 월병 속에서도 제 빛을 잃지 않고 붉었다. 생 꽃잎 따 입에 물면 비릿하면서도 달짝지근한 풋내가 입 안 가득 퍼졌다. 지금쯤 고향 옥천에서는 화전놀이가 한창일 게다.

"지금 가면 아씨가 꽃인지, 꽃이 아씨인지 모를 거예요."

막례의 눈 꼬리가 웃음으로 젖어들었다.

"못하는 말이 없구나."

"사실인걸요. 아씨가 얼마나 이쁜지 모르시죠? 누가 더 이쁜지 가 봐요. 아씨가 이쁜지, 꽃이 이쁜지."

"네가 한양으로 오더니 말만 늘었구나."

옥봉이 눈에 웃음을 담으며 말했다.

"정말이라니까요. 헌데 지금 지나면 아씨 이쁨도 꽃 따라 갈 거예요. 꽃들이야 다음 해를 기약한다지만 아씨는 아니잖아요. 그러니 지금 가요. 가서 꽃이 돼 봐요. 꽃그늘 아래서 더 눈부신 꽃이 돼 봐요."

옥봉은 잠시 머뭇거렸다. 마음은 이미 진달래, 개나리꽃으로 꽃뫼를 이룬 남산에 가있었지만 선뜻 발길이 마음을 따라가지 못했다. 꽃피는 소리로 우르릉 꽝, 천지가 진동했으나 바람은 여전히 매서웠다. 그 바람 끝에 무참히 모가지가 떨어진 꽃들도 있었지만 애면글면 가지 끝을 붙잡고 있는 꽃들이 장하기도 했다. 그 꽃들이 꽁꽁 여며둔 옥봉의 춘정을 자극하고, 유혹했다.

"무얼 망설여요. 가요. 어서."

"그래, 가자. 한 목숨 살아가는 동안 어찌 내일을 장담할 수 있겠느냐. 천기를 짐작하는 무당들도 자기의 수명만큼은 알지 못하는 법. 하물며 나같은 청맹과니가 어찌 내일을 알겠느냐. 그래, 가 보자. 가서 꽃 핀 자리도 보고 꽃 진 자리도 살피며 선비들 꽃그늘 아래서 꽃에게 수작 거는 것도 보고, 함부로 몸을 열어젖히는 손길에 꽃들 몸 푸는 것도 구경하자꾸나."

옥봉이 작정하고 몸을 돌렸다. 헌데 그때였다. 돌연한 바람에 수수러지는 치마폭을 단속하느라 정신이 사나운데, 누군가의 다급한 소리가 날아왔다.

"이보시오. 이보시오."

육의전, 그 많은 사람들 틈에서 들려오는 소리는 다급했다. 옥봉은 다른 사람을 부르는 소리려니 싶었다. 이 한양에 뉘 아는 사람이 있어 자신을 부를까. 헌데 한 선비가 이내 옥봉의 앞을 가로막고 서서는 가쁘게 숨을 몰아쉬었다. 은은한 광택이 도는 옥색 비단 도포에 끈이 긴 세조대를 맨 선비였다. 갓 그늘 아래 이마는 넓고 단단해 보였고, 콧대는 반듯했다. 선비의 이마에 송글송글 땀이 맺혀 있었다.

"무슨 일이랍니까?"

막례가 옥봉을 제 등 뒤로 잡아끌며 따지듯이 물었다. 별의별 사람이 다 모인 곳이 한양이라고, 선비 차림의 불한당들도 심심치 않게 눈에 띄었는데, 자신들의 발길을 잡아채는 눈앞의 선비가 그 부류 중의 한 사람이 아니라는 보장도 없는 법. 막례는 행여 봉변이라도 당할까 긴장한 표정이었다.

"방금 전에 이옥봉이라 들었다. 내 귀가 바로 들은 것이냐?"

선비는 막례의 뒤에 서 있는 옥봉을 눈짓으로 가리키며 물었다.

"뉘신데 함부로 우리 아씨의 호를 부르시오?"

"내 귀가 바로 들었구나. 반갑구나 반가워. 이옥봉을 예서 만나다니. 헌데 이옥봉은 옥천에 있는데 어찌하여 여기 한양에서 볼 수 있는 게냐?"

"그러는 선비님은 뉘시오?"

막례는 길을 막아선 채 옥봉을 입에 올리는 선비의 차림새를 경계의 눈빛으로 훑어내렸다.

"나는 회현동에 사는 윤관서라 하오. 이옥봉이라는 호는 내 익히 들어 알고 있소. 그대가 정녕 이옥봉이오?"

어진 선비들이 많이 산다고 해서 불리어진 회현동이었고, 그 동네의 선비였다. 선비는 아무래도 믿기지 않는다는 듯 미심쩍은 표정으로 연신 이옥봉을 흘깃거렸다. 하관이 세모꼴로 빨아 인상이 날카롭게 보였고, 몸피 또한 대살져 보였다.

"맞소. 우리 아씨가 옥천의 이옥봉이오. 달포 전에 옥천에서 예로 왔지요. 헌데 그만 훔쳐보시오. 선비님의 눈길에 우리 아씨 마음이 상할까 걱정되오."

"하하하. 맹랑하기 짝이 없는 계집이구나. 어쨌든 이렇게 이옥봉을 만나다니. 이런 우연이 어디 있을까. 아니, 아닐 게야. 어찌 세상일에 우연이 있겠느냐. 다 인연 따라 흐르는 법. 분명 누군가 나를 그대 앞으로 이끌었을 것이오. 그러지 않고서야 어찌 그 시끄러운 소음들 속에서 이옥봉이라는 이름이 내 귀에 또렷이 잡혔겠으며, 또 이렇게 대면할 수 있었겠느냐?"

선비가 웃었다. 그 웃음 띤 입가로 궁륭의 주름이 보기 좋게 잡혔다.

"한데 어찌 우리 아씨를 아시오?"

"발 없는 말이 천리를 간다고 했다. 문향이 조선팔도 여류문장가 가운데 으뜸이라고 칭찬이 자자하거늘 내 어찌 그런 이옥봉을 모를 수가 있겠느냐? 바람 따라 떠도는 소문을 무엇으로 막겠느냐. 내 일부러 들으려 하지 않아도 들리고, 알려하지 않아도 저절로 알게 되었느니라. 더러는 황진이와도 겨루고 더러는 허난설헌과도 같이 세워 놓으니 어찌 모를 수 있겠느냐.

글을 읽고 쓸 줄 아는 선비라면 응당 바람결로라도 한번쯤 이옥봉이라는 이름을 들어보았을 터. 내내 궁금했느니라. 어떤 여인인지. 어떤 여인이기에 그리 고졸하고 기개가 높은 글을 쓰는지. 헌데 직접 만나보지 않고서 어떻게 그 향기를 논할 수 있겠느냐. 세간에 돌아다닌 소리들을 다 참이라고 믿을 수가 있겠느냐. 그 속에는 시기

질투도 있을 테고, 연모의 정도 깔려 있을 테고, 과장되고 부풀려졌거나 폄하되고 폄훼된 부분도 있을 테니 그 말들을 다 믿지는 않았다. 어쨌건 소문 속의 이옥봉은 그녀의 시 만큼이나 미색이라더니 사실인 듯싶구나. 쓰개치마가 가리고 있는 탓에 지금 당장 확인할 수 없어 안타깝지만 그래도 틈사이로 드러나 보이는 눈동자만큼은 비에 씻긴 머루처럼 맑고 그윽하구나. 욕심 같아서는 저 쓰개치마를 젖히고 이 눈부신 봄볕 아래서 네 상전의 터럭 하나까지 하나하나 전부 확인하고 싶지만, 그래도 남녀가 유별한 법. 그러지 못하는 것이 못내 서운하구나."

"참으로 음탕하신 선비님이시네요. 이 봄볕에 터럭 하나까지 확인하고 싶다니요? 그게 일면식도 없는 아씨께 하실 말씀인가요?"

막례가 샐쭉한 표정을 지어보였다.

"허허, 그래. 그렇구나. 내 흥분해서 그만 말실수를 했구나. 내가 말하려 했던 건 그만큼 간절히 만나고 싶었다는 이야기였느니라. 그나저나 예서 이렇게 옥봉을 만났는데, 다음에 또 만나려면 어디로 어떻게 가야 하느냐? 내 같이 공부하는 친구들에게 아씨 이야기를 하고 싶은데. 친구들 또한 옥봉을 만나고 싶어할 게 분명한데, 이 한양 땅, 많고 많은 사람들 가운데서 어찌 아씨를 찾아야 하느냐? 소문으로만 듣던 옥봉의 재주와 문기를 내 직접 확인하고 싶구나. 그런 영광을 줄 수 있을지, 네 아씨께 물어보거라."

선비의 음성이 간절했다. 옥색 비단 도포의 색과 무늬가 윤기가 흐르고 부드러워 보이는 것이 자세께나 부리고 사는 형편인 듯 싶었다.

"왜 이러시오? 우리 아씨가 행랑채 어멈들처럼 이리 오라 하면 이리 오고 저리 가라 하면 저리 가는 사람인가요?"

"괜찮다. 선비님께 집을 가리켜 드려라."

옥봉은 막례의 말을 자르며 대답했다. 그 순간 선비의 눈과 마주쳤다. 덕이 있는 눈이었다. 지금은 나이가 젊어 그 덕의 향기가 안에서만 맴돌지만 세월이 흐르고 흘러, 학문이 더해지면 그 향기가 천 리를 갈 인품이었다. 저 눈이라면 기꺼이 함께 문장을 이야기하고 세상을 노래할 수도 있을 것이다.

"청운동으로 오셔서 가장 큰 오동나무가 있는 집을 찾으시면 됩니다."

"고맙소. 고마워. 내 필히 그대를 찾으리라."

선비의 얼굴에 불그레한 화색이 돌았다. 옥봉은 슬쩍 눈을 내리까는 것으로 인사를 대신했다. 그리고 선비의 옆을 스치듯 지나갔다. 억겁의 시간을 돌고 돌아 거기, 육의전 춘니의 땅 위에서 그를 만났다. 그를 따라가면 옥봉이 그리는 세상을 만날 수 있을 것 같았다. 선비에게서 전해지는 기운이 청아하고 맑았다. 그 기운이라면 함께해도 좋을 것이다.

옥봉은 마음속에 이는 잔잔한 파문을 느꼈다. 그 파문이 가볍고 부드럽게 온몸을 흔들어 깨웠다. 이 한양 땅에서 자신의 이름을 기억하고 반겨 주는 사람이 있으리라고 어찌 생각했으랴. 첩첩산중, 산이 산을 품고 산이 산을 토해 놓으며 북쪽으로, 북쪽으로 내달리는 그 외진 고을에서 까치발로 산 넘어 세상을 그려보던 이옥봉을 알고 있다는 사실만으로도 놀라운 일이 아닐 수 없었다. 게다가 이 한양 땅이 어딘가. 시문으로 이름을 드날린 기생들도 많고, 현모양처의 삶을 살면서도 문장을 가까이 하며 자신만의 일가를 이룬 여인네도 많을 터인데, 이옥봉을 알고 있다니.

옥봉은 한양으로 오기를 잘했다고 생각했다.

방 안의 나비

 호르륵. 나비 한 마리가 방 안으로 날아들었다. 처음에는 방문 가에서 문설주를 따라 오르락내리락 하더니 어느새 그늘진 방 안으로 들어와서는 낮게 선회를 하고 있었다.
 저 봄볕 화사한 마당을 놓아두고, 진달래 꽃뫼를 이룬 후원을 놓아두고 어쩌다 길을 잃고 그늘 깊은 방 안으로 날아들었는지. 나비도 어느 순간 저가 길을 잃었다는 사실을 알았는지 어디에도 앉지 못한 채 날갯짓을 더 빨리 했다. 출구를 찾아 부지런히 팔랑이는 나비의 날갯짓이 위태로워 보였다. 하지만 빨라지면 빨라질수록 출구와는 더 멀어졌다.
 저 여리고 작은 흰나비는 갇혔다. 용케 저 눈부신 세상 속으로 나아갈 수 있는 문을 찾지 못하는 한 나비는 그늘진 방 속에서 날개에 힘을 잃고 절지의 배로 바닥을 길 것이다. 그렇다면 바닥을 기라. 그래도 날아 보았으니 부여받은 생에 회한은 없으리.
 저 나비의 전생은 아마도 양반집 애젊은 며느리였는지 모른다. 청상의 몸이 되어 암암리에 죽음으로 내몰린 애달픈 목숨이었는지도 모른다. 천장을 가로지른 백년송 대들보에 희디흰 무명 끈을 던져 올릴 때 나비의 꿈을 꾸었는지도 모른다. 발밑을 지탱해 주던 디딤돌을 힘차게 쳐내고 허공에서 흔뎅거릴 때 그녀는 나비가 되었는지도 모른다. 숨이 잦아지고 종내는 가녀린 숨결마저 멈추었을 때 흰 소복의 청상의 여인은 나비가 돼 훨훨 그 죽음의 집을 떠났는지 모른다. 한데 왜 저 눈부신 창공을 놓아두고 방으로 날아들었을까.

옥봉은 울가망한 시선으로 나비의 움직임을 좇았다. 바람을 타지 못하는 날개는 더 이상 날개가 아닐 것이다. 나비가 날개를 잃는다는 일은 저 환한 허공을 잃는다는 말과 무어 다르며, 생을 잃는다는 것과 무어 다르랴.

저 허공에 난 길, 날개를 지닌 것들만 알 수 있는 비밀한 길, 그 길을 잃은 나비는 시나브로 허공에 난 그 길을 그리워하며 죽어갈 것이다.

그때 불쑥 알 수 없는 불안감이 전신을 휘감고 돌았다. 왜 저 나비가 자신의 화신처럼 보였을까. 길을 잃고 비명을 지르듯 날개를 퍼덕이는 저 나비가 왜 자신처럼 여겨졌을까. 솟을대문 안 중문 지나 깊숙이 들어앉은 별당 젊은 며느리가 아니라 저자거리에 나서 한평생 살고자 한 목숨인데 왜 가슴에 비장함이 도는지.

옥봉은 방문을 활짝 열어젖혔다. 나비가 세상으로 나갈 수 있도록 길을 만들어주었지만 나비는 옥봉의 움직임에 놀라 오히려 방 안 구석으로 도망쳤다.

"아씨! 아씨!"

막례의 음성이 다급하면서도 어딘지 은밀한 구석이 있었다. 소리 나는 쪽으로 고개를 돌리니 막례의 모습보다 먼저 칼날처럼 날을 세운 햇살이 달려들었다.

"아씨, 지난번에 지전에서 뵀던 선비의 심부름꾼이란 자가 이런 서찰을 가지고 왔습니다."

옥봉은 막례가 내민 봉함된 서찰을 받아들었다. 먹빛깔이 진하고 글씨가 단정하며 획마다 정성이 들어가 있었다. 글씨로 사람의 성품을 짐작할 수 있는데 선비의 성품도 그럴 것이다.

    내 그대를 만나고 돌아와 설레는 마음을 어떻게 진정시킬 틈도 없이 곰곰이 생각해 보았소. 그렇듯 이옥봉을 만날 수 있다니. 내 어느 날 그대의 시를 듣고 그대를 마음속에 두고 있었는데 소문이 아닌 현실에서 그대를 만날 줄을 어떻게 알았겠소? 그때도 말했겠지만 그건 우연이 아니었소.
    그날 나는 문득 그대 생각을 했었소. 이옥봉이라는 여인을 한번 만나보고 싶다는 생각을 했었던 것이오. 그러니 어찌 우연이라 말할 수 있겠소? 내 간절한 연모의 정이 그대를 내 앞으로 이끌고, 내 발길이 그대에게 가 닿도록 등을 떠민 게지요.
    소위 공부를 했다는 선비로서 이렇듯 한 여자에게 마음을 열어 보이는 일이 쑥스럽고 또 체통 없는 일이라 허물을 잡을지 모르겠으나 내 심중에 있는 말을 털어놓지 않고서는 다음에 그대를 볼 때 무언가 아쉬움이 남을까싶어 미리 토설하오. 이 사내의 마음을 그저 가볍디가벼운 연심으로 치부하지 마오.

    기실 오늘 이 서찰을 보낸 것은 내 애틋한 마음을 전하기 위함도 위함이지만 그보다는 내일 시간 좀 내줄 수 있나 물어보기 위함이오. 내일 우리 집에서 친하게 지내는 사람들과 술 한 잔 놓고 한담이나 나누기로 약조가 돼있으니 그 자리에 그대가 와주었으면 좋겠소. 다들 그대를 보고싶어 할 게요. 무뢰배들이 아니니 그 점 염려는 하지 않아도 될 터. 그대가 온다면 정말 좋겠소. 사실 시사 모임이니 그대가 온다면 어느 때보다 더 풍성한 시회가 될 것이오. 그러니 가부간 이 서찰을 가지고 간 사람 편에 답신을 부탁하오. 그대가 오겠다면 내일 사람을 그리로 보내리라. 내일 다시 볼 수 있기를 기대하오.

옥봉은 담담한 표정으로 편지를 읽어 내려갔다. 문맥이나 글자 속에 숨기지 못하고 생짜처럼 그대로 드러나 있는 선비의 마음을 목도하면서도 얼굴 한번 붉히거나 숨 한번 크게 들이마시지 않았다.

"그래. 서찰을 가지고 온 심부름꾼은 아직 있느냐?"

오늘 따라 동백기름 발라 가지런히 모은 머리카락이 유난히 검었다.

"네. 지 주인이 아씨의 답신을 꼭 받아오라 했다며 안 가고 있습니다."

"알았다."

옥봉은 이내 지필묵을 꺼내 편지를 써내려 갔다. 자주색 끝동 사이로 드러난 손목이 가늘고도 상아처럼 하얬다.

　사람이 사람을 좋아한다는 건 흠도 아니고 또 부끄러운 일도 아니겠지요. 그저 부족한 사람을 이리도 어여삐 생각해 주시니 참으로 감사할 따름입니다. 제가 어찌 선비님의 청을 거절할 수가 있겠습니까. 고적한 시간과 녹창 속에서 저를 구출해주시니 오히려 감사할 밖에요. 낮에는 햇빛과 곤충과 벌레들의 놀이터일 뿐, 제가 사는 이곳은 무덤 속처럼 고요하고 적막하기 그지없습니다. 이 음울한 적막 속에서 속절없이 뜨고 지는 해를 바라보고 있으려니 심사마저 까닭없이 우울해 지기 일쑤지요. 허나 아직 조선은 아녀자가 문자를 깨우치는 일에 있어 관대하지 못합니다. 아녀자가 똑똑하면 나라를 기울게 하며 아무리 가르쳐도 효험이 없다고도 하였습니다. 정말 그럴까요? 여자는 사람이 아닐까요? 남자들처럼 심장도 있고, 생각도 있고, 마음속 번뇌도 있는데 왜 여자는 문자를 깨우치면 안 될까요. 저는 사람이고자 합니다. 여자가 아닌, 사람이고 싶습니다. 그러니 부디 저의 속뜻을 헤아리셔서 저를 여자보다는 한 명의 글동무로 받아들여주십시오. 그러면 꽃과 나비가 어루듯, 새가 나무와 바람을 희롱하듯 그렇게 어울려 보지요. 사람이 사람의 향기에 취하고, 시향에 몸이 달며, 묵향에 아득해지는 것이 무어 그리 큰 흠이 되고 잘못이 되겠습니까. 오히려 사람이 사람에게 매혹될 수 있음은 크나큰 은혜고 복이겠지요. 저 또한 부디 그런 인연이 되고 싶고, 그런 문우가 되고 싶습니다. 그렇게 여러 선비님들과 어우렁더우렁 살고 싶습니다. 그러다 보면 이 한평생 막다른 길에 이를 테지요. 호호백발 되어서 잘 살았다, 지난 생과 남은 생에 미련이 없겠지요.

옥봉은 거기까지 단숨에 써내려 가고 나서 잠시 손을 멈추고 심호흡을 했다.
"선비님이 보내신 서찰에 뭐라 쓰여 있기에 이렇듯 답신까지 쓰신대요?"
막례가 고개를 쭉 빼고 옥봉이 쓰고 있는 편지를 훔쳐보았다.
"뭐에요? 뭐라 쓰시는 거에요?"
막례가 동그란 눈으로 재차 물었다. 글자는 몰라도 태어나서 지금까지 엽렵하게 상전의 손발 노릇을 해온 처지였던 터라 눈치만큼은 빠른 아이였고, 때문에 옥봉은 편지를 들키는 게 쑥스러웠다.
"궁금한 것도 많구나."
"아씨 일이 바로 이년 일인데 안 궁금하게 생겼나요? 게다가 아씨 얼굴에 화색까지 도는 양이 더욱 궁금하게 만드네요."
막례의 언죽번죽한 말에 옥봉은 멋쩍게 웃었다.
"화색이라니?"
"그럼 화색이지 뭐에요."
"전에는 꽃보다 곱다고 하더니만 지금은 꽃이라고 하는구나."
"지난번에는 희디흰 찔레꽃, 배꽃, 차꽃이라면 지금은 진달래, 복숭아꽃, 홍매화에요."
"네 말이 곧 언화로구나."

"아니에요. 아씨, 왜 제가 공연한 말을 하겠어요? 내 눈에는 세상에서 가장 이쁜 꽃이 아씨인데요."

"말로 꽃 잔치를 하는구나. 아서라. 그렇게 말하는 네가 이상한 아이지."

옥봉은 웃음이 가득한 눈으로 흘기듯 막례를 보았다.

"저는요, 아씨만 보면 언제나 부러워요. 목련꽃 같은 피부에 삼단 같은 머리카락, 게다가 얼마나 똑똑해요?"

"그만하고, 이거 선비님 심부름 온 사람한테 주어라."

옥봉은 막례의 말을 자르며 서찰을 건넸다.

막례는 냉큼 일어나 행랑채로 향했다. 재게 걷는 막례의 뒷모습이 펑퍼짐한 엉덩이 탓에 뒤뚱거리는 오리의 품새를 닮아있었다. 옥봉의 입가에 희미한 웃음이 괴었다. 한날한시까지는 아니더라도 같은 해, 같은 집에서 태어난 팔자인데도 품은 지아비의 신분에 따라 이리도 다른 처지의 삶을 산다는 게 옥봉은 문득 무서웠다.

재빠르게 편지를 전달하고 돌아온 막례가 마루에 한쪽 엉덩이를 걸치고 앉더니 차분히 졸라댔다.

"어서 말해 줘요."

"뭘 말이냐?"

"선비님이 보내신 편지에 뭐라고 쓰여있는데 그렇게 답장까지 하셨어요?"

"뭐가 그리 궁금한 게냐? 너는 참 궁금한 것도 많구나."

"아까 말씀 드렸잖아요. 아씨 일이 바로 제 일이라고. 그러니 안 궁금하게 생겼어요?"

 이쯤 되면 간단히 눙칠 수 없다는 사실을 옥봉은 알았다. 지치지도 않고 꼬치꼬치 캐묻는 막례의 등쌀에 언젠가는 말해 주고 말일. 애시당초 기운 빼지 않는 편이 나을 일이었다.

 "내일 자기 집에서 시회가 열리는데 와달라고 하는구나."

 "그래서요?"

 "그래서라니?"

 "아씨도, 참. 간다고 했어요? 못 간다고 했어요?"

 속 시원히 대답해 주지 않고 자꾸만 자신의 말끝을 잡고 되묻는 옥봉이 답답했는지 막례의 어투가 생급스러웠다.

 "오늘따라 이상하구나."

 "이상하긴요? 아씨가 드디어 사람들과 어울릴 수 있는 좋은 기회인데 행여 거절했을까 봐 걱정인데요. 가시겠다고 했어요, 안 가시겠다고 했어요?"

 "어쨌을 거 같니?"

 옥봉은 풍구질하듯 자꾸 채근하는 막례가 재미있었다. 옥봉은 막례를 더 놀려 주고 싶었다.

 "거절하셨어요?"

 지레짐작에 막례의 표정이 담박 시르죽었다.

 "네가 가고 싶은 모양이구나."

 옥봉은 슬며시 미소를 지었다. 아무리 천출이라지만 막례 역시 여자였다. 달거리에 몸살을 하고, 바깥바람에 치마말기 단속하며 한눈도 팔고 싶고, 은밀히 통정하고 싶은 사내도 만나고 싶을 것이다. 함부로 땅까불질을 해대는 닭들을 보거나 흘레붙는 개들을 보면 얼굴이 붉어져서는 다리의 오금이 풀릴지도 모른다.

봄이어서 더 그럴 것이다. 저리 다투어 수선스럽게 꽃들이 피어나는데, 피어난 저 꽃들이 함부로 몸을 열어젖히며 벌 나비를 맞아들이는데, 막례도 저 꽃들처럼 자신의 은밀한 속살을 건드려 줄 사람을 만나고 싶을 것이다. 미풍에 파르르, 꽃술 떠는 꽃들처럼 저도 그렇게 온몸을 떨며 사내를 만나고 싶을 터이다.

"어쩌셨어요?"

"그래, 간다고 했어."

"정말요?"

막례의 말이 단솥에서 콩이 튀는 듯 했다.

"잘했어요. 잘했어요. 참 잘했어요. 이제 아씨가 꿈꾸던 삶을 사시려나 보네요. 아믄요. 그래야지요. 왜 한양으로 왔는데요. 왜 제가 아씨를 따라 한양으로 왔는데요. 아씨 난벌 중에서 제일 좋은 옷으로 골라 손질해 두어야겠어요. 연화만초문, 치자물 들인 노란색 저고리에 홍화물 들인 진달래색 치마로 준비할까요? 치자물 들인 저고리에 쪽빛 끝동을 댄 반회장저고리로 준비할까요. 그래요. 자주색 끝동을 물린 노란 저고리에 쪽빛 물들인 연화문 남색 치마가 좋겠어요."

막례는 혼자 신이 나서 종알거렸다. 얼굴 가득 맺혀 있는 웃음이 환하고도 이뻤다.

"아서."

"아서라니요? 거기 가면 선비님들이 많이 올 텐데, 우리 아씨가 꽃보다 이쁘게 보여야지요."

막례가 엉덩이 춤추듯 잰걸음으로 물러가고 나자 다시 적요함이 찾아들었다. 집안 어디, 적막을 길어올리는 보이지 않는 우물이 있는 듯 질기기도 했다. 참. 그래, 나비. 나비가 있었지. 나비가 어딨더라? 옥봉은 나비를 찾았다.

나비는 그때까지도 방 안을 벗어나지 못한 채 날개를 접고 천장 구석에 붙어있었다. 날개에 두려움이 투명한 봇짐처럼 실려 있었다.

옥봉은 스스로에게 당조짐을 했다. 저 나비처럼 길을 잃지 않을 것이라고. 저 나비처럼 어둠 속을 찾아드는 무모한 일은 하지 않을 것이라고. 그저 무력하고 치졸하게 삶을 운명 탓으로 돌리지 않을 것이다. 우연과 필연에 제 삶을 걸지는 않을 것이다. 제 스스로의 삶을 살고, 체념하지도 않을 것이다.

길이 없으면 제 스스로 길을 만들고, 운명이 자신을 구렁 속으로 패대기치면 제 스스로 운명을 만들며 그렇게그렇게 살아갈 것이다. 아침에는 떠오르는 해에 갈 길을 살피고 밤이면 뭇별들과 벗해 술한 잔 주고받고, 살별에 소원 빌며 이 한평생 시처럼 살다 갈 것이다. 시와 사람의 삶이 별개더냐. 사람이 시고, 사람의 평생이 곧 시인 것을.

옥봉은 헐거워져 있는 남색 비단 저고리 고름을 묶으며 새삼 다짐했다. 손끝에서 고름의 고가 단단히 맺혔다. 제 운명을 묶듯, 제 운명을 단속하듯, 옥봉의 가슴에서 고름은 그렇게 단단히 매듭이 졌다.

첫 만남

 선비의 집은 크진 않았지만 그래도 고아한 기품이 서려 있었다. 부검지 하나 없이 말끔히 비질이 된 마당을 오가는 하인들은 조용하면서도 바지런해 보였다. 집이나 하인은 주인의 성품을 닮는다는데, 소박하면서도 위엄이 있었다.
 "안으로 드시지요."
 작달막한 키에 성근 수염을 지닌 하인이 옥봉을 사랑채로 안내했다. 벌써 사람이 모였는지 안에서는 웃음소리가 섞인 말들이 번다하게 서로의 말꼬리를 물고 날아왔다.
 "나리. 손님 오셨습니다."
 "어서 모시어라."
 말이 채 끝나기도 전에 격자무늬 장지문이 열리더니 지전에서 만났던 윤관서가 나왔다. 사랑채 마루에 선 윤관서는 지전에서 보았던 것보다 키가 더 커 보였다.
 "어서 오시오. 잘 오셨소. 참으로 잘 오셨소. 모두들 그대를 기다리고 있으니 어서 안으로 듭시다."

여섯 켤레의 태사혜 옆에 비단 꽃신을 가지런히 벗어두고 옥봉은 마루로 올라섰다. 남자들만 있는 방에 들면서도 그녀는 기가 죽지 않았다.

안내되어 들어간 방에 여섯 명의 선비가 있었고 윤관서를 제외하고 모두 처음 본 얼굴들이었다. 한 선비는 장대한 기골에 눈썹은 숱이 많고 목소리 또한 우렁찼으며 쳐다보는 눈길에 장난기가 묻어있었다. 또 한 선비는 걸때가 크고 얼굴빛이 검었으며 눈빛이 매서웠고 또 늠름해보였다.

그러다 한 선비와 눈이 마주쳤다. 미간이 넓고 부드러우면서도 당당하게 나있는 눈썹이 남자다워 보이면서도 한편으로는 살이 없는 몸피 때문에 위압감은 들지 않았다.

그 선비는 옥봉이 들어올 때도 입을 꼭 다문 채 꼿꼿한 허리로 앉아서는 말 한 마디 섞지 않았다. 곧게 자란 청송의 기개를 보는 듯했다.

"정식으로 인사드립니다. 달포 전에 옥천에서 한양 땅으로 거처를 옮겨온 이옥봉이라 합니다."

윤관서가 내어준 방석에 앉는데 숙고사 치마가 바람을 품고 수수러지다가 이내 차분하게 가라앉았다. 그날따라 옥봉의 가르마가 유난히 반듯했다.

"거절하면 어쩌나 걱정했었습니다. 내 그대가 온다는 답신을 받고 어제는 잠까지 설쳤습니다. 하지만 어디 그게 흠이 되겠습니까? 무릇 음양의 이치가 서로를 잡아당기는 법. 그게 오히려 자연스러운 일이고, 그렇게 화합해야 천기도 막힘없이 운행이 되거늘. 하지만 그대가 서신에 그렇듯 여자로 보지 말고 한 명의 문우로 대해 달라 청을 했으니 나 또한 그리 하도록 할 텐데, 오늘 이렇게 보니 그대가 꽃보다 더 아름답구려. 참을 만하면 내 어찌 참아보겠으나 그대의 시에 반한다면 내 장담을 하지 못하겠소."

윤관서는 웃으며 심상하게 말했지만 옥봉은 그저 입가에 미소만 띠고 있었다.

"윤 선비가 오늘따라 말이 많습니다."

숱이 많은 눈썹에 장대한 기골을 가진 선비가 놀리듯 이야기했다.

"어찌 안 그러겠습니까?"

"오신다던 손님이 이 분이십니까? 귀한 손님이 오신다고 어찌나 자랑을 하던지요. 누구냐고 물어도 가르쳐주지 않더이다. 헌데 이렇게 뵙고 보니 과연 윤 선비가 자랑할 만하구려."

걸때가 크고 얼굴빛이 검은 선비가 웃음 반 말 반으로 이야기했다.

"저희에게도 소개를 해 주시지요."

이번에는 눈가에 장난기가 묻어있던 선비였다. 옥봉은 가만히 고개를 숙여 인사를 했다. 옥봉의 가냘픈 목덜미가 노란 저고리 속에서 꽃대궁처럼 하얗게 드러났다.

"이옥봉이라 하옵니다."

"사실일세 그려. 사실이야. 나는 윤 선비가 농을 한 줄 알았더니만 정말 이옥봉일세. 허허."

눈썹이 진한 사내가 걸걸한 음성으로 말을 보탰다.

"이 선비도 참. 내가 왜 실없는 말을 하겠소. 하긴 나 역시 처음에 이옥봉이라는 이름을 들었을 때 믿지 못하였으니 어찌 당연한 일이 아니겠소. 옥천의 이옥봉이 한양에 나타나다니, 내 귀가 다 솔깃해졌지 뭐요? 꼭 죽은 자식 돌아온 것만큼 어찌나 반갑고 놀랍던지."

"하하. 그러고 보니 윤 선비가 그간 이옥봉을 혼자 사모하고 있었던 모양이오. 그러지 않고서야 어찌 죽은 자식 돌아온 것에 비교한단 말이오."

"그러게 말이외다. 윤 선비의 의중이 의심스럽습니다."

"이런, 이런. 말이 이상하게 돌아가는군요."

방안은 설렘과 떨림이 은밀하게 가라앉아있었고, 왁자지껄했고, 다들 호쾌하게 웃었다.

"다들 저에게만 뭐라 하시는데 여기 계시는 여러분들도 표정이 저만큼이나 밝고 즐거워 보이십니다. 게다가 마음속은 저와 똑 같으시리라 짐작됩니다. 아니 그렇습니까? 아니 그렇다면 말씀해 보시지요."

윤관서는 억울하다는 표정으로 좌중을 돌아다보았다.

"누가 아니라고 했습니까?"

걸때가 큰 선비가 얼굴 가득 웃음을 담은 채로 말했다.

"자, 자, 아직 정식으로 인사들도 못 나누셨을 텐데 먼저 인사들 나누시죠. 여기 이 사람은 김동식이라고 선친이 판서까지 지냈지요. 그리고 이 사람은 사간원에 있는 양근술이라고 하지요."

윤관서가 방 안에 모인 사람들을 차례로 소개 시켰다. 그때마다 옥봉은 가벼운 목례로 인사했다. 청송, 홍송, 백송에 오죽과 청죽이 한 자리에 어울려 있는 듯했다.

"이분은 내가 소개해드리지요."

드디어 그 선비의 차례였다. 당당하면서도 부드러운 눈썹을 지닌 선비. 방 안에 모인 사람들이 서로 웃음에 버물어진 말의 꼬리를 자르거나 꼬리를 물고 서로 대화들을 이어갈 때 그는 한사코 말을 아낀 채 웃고만 있었다.

"조 선비라고 하지요. 이름은 조원이고, 호는 운강이라고 합니다. 누대로 장원급제를 한 명문가 출신이지요. 일전에는 이율곡과 공동으로 장원급제를 하기도 했었지요."

걸때가 큰 선비가 말없이 웃음만 짓고 앉아 있던 선비를 소개했다.

"이옥봉이라 합니다."

"그대의 이야기는 많이 들었소. 문향이 높다지요. 시를 보면 그 사람을 알 수 있는 법. 그대의 고아한 시처럼 그대 또한 그윽해 보이는구려. 이렇듯 만나게 되어 반갑소."

운강이 잔잔한 웃음을 지으며 이야기했다. 음성이 낮고도 차분했다.

"운강은 남명 선생의 애제자이기도 하시지."

"두류산에 산천재를 짓고 처사임을 자처하신 그 분 말씀이십니까?"

"그렇지요. 그 남명 선생이십니다. 그 남명 선생께서 운강더러 아름다운 사람이라고 칭찬을 아끼지 않았다오. 게다가 이율곡과 진사

시험에서 공동으로 장원급제를 했을 때 남명 선생은 칼자루에 오언시를 적어주기까지 하셨지요. 내 외우고 있으니 한번 들어보시지요.

> 큰칼 궁궐에서 뽑아드니
> 서릿발 차겁게 번개치네
> 북두와 견우 떠도는 하늘
> 정신은 흐려도 칼날은 사나워라
> 宮抽太白, 霜拍廣寒流
> 斗牛炊炊地, 神遊刃不游

정신은 놀아도 칼날은 놀지 않는다, 바로 이 운강의 사람됨을, 학식을 제대로 보신 게지요."

운강은 살짝 얼굴을 붉혔다. 이상하게 운강의 그 모습이 옥봉의 가슴에 쿵하고 내려앉았다.

"아무튼 여러 선비님들께서 이렇듯 저를 반갑게 맞이하여주시니 고맙기 이를 데 없습니다. 때문에 그간 시라고 함부로 지었던 것이 후회됩니다. 행여 여러 선비님들께 책이나 잡히지 않을지 걱정이 되기도 합니다."

"무슨 그런 말씀을요."

그때 조촐하게 차린 주안상이 들어왔다. 산채와 적에 맑은 소주였다. 윤관서의 집에서 직접 내린 술이었다. 그 소주에 솔 순을 따서 담가 놓았는지, 술에서 맑고 향기로운 솔 냄새가 풍겼다.

"허허, 낮술인가."

"안 될 게 무어 있겠는가."

"이 봄날에 시흥에 취하고, 술 향에 빠져 보세. 게다가 오늘은 아주 특별한 손님도 와 계시지 않은가. 우리가 나비가 되고 벌이 되고 바람이 돼보세."

윤관서가 말끝에 호쾌하게 웃었고 방안의 선비들도 호탕하게 따라 웃었다. 다만 호가 운강이라고 밝힌 조원만은 입가에 미소를 띠고 있을 뿐, 소리내어 웃지 않았다. 입은 웃고 있었지만 눈매만큼은 여전히 곧은 기상이 서려 있었다.

술이 돌았다. 술 한 잔에 시 한 수 읊고, 술 한 잔에 웃음 한 번 웃고, 술 한 잔에 시 한 수 또 풀어졌다. 술 한 잔에 시가 막히면 벌주로 두 잔을 마셨다. 술 한 잔에 시가 좋으면 상으로 석 잔을 마셨다. 술상에 시들이 흥청거렸다. 진달래, 개나리가 술상 위로 흐드러지게 피었다 지고, 소쩍새 피토하듯 울고 지나갔다. 술 속에 진달래꽃 이파리 떠다니고, 운무가 끼었다 사라졌고, 한낮의 소낙비도 후두둑 술상 위로 듣다 그쳤다. 뒷산 대나무, 청송이 금방 방 안으로 들어와 푸르름을 자랑했고, 옥봉의 아미 또한 윤 선비에 의해 술잔 속으로 풀어졌다.

옥봉의 차례였다.

　오시마 하시더니
　어찌 이리 늦사옵니까!

뜰 앞의 매화는 모두 지고 있는데

홀연히 나뭇가지 위의 까치 소리를 듣고

헛되이 거울 앞에 앉아 화장을 하옵니다

有約來何晚, 庭梅欲謝時

忽聞枝上鵲, 虛畵鏡中眉

— 임을 기다리며, 원제: 閨情

규정이었다. 여자의 마음. 옥봉의 앞으로 석 잔의 술이 내려졌다.

옥봉은 술잔을 받아 입술을 적시듯 마셨다. 하얀 잔 속에 담긴 술이 연두빛으로 맑았다. 찌르르, 식도를 훑고 내려가는 술기운이 독하면서도 향기로웠다. 그 독함이 좋았다. 그 향이 좋았다. 인생도 이리 독하지 않던가. 그 독한 사람살이에 이렇듯 향기라도 돌면 좋을 일이다. 헌데 자신의 삶에 향기가 돌았던가. 살아있는 삶이었던가.

옥봉은 가만히 눈을 감고서 입 속에 도는 향기를 음미했다. 입 안에 어린 솔잎의 향이 달착지근하게 퍼지면서 얄브스름한 눈꺼풀이 파르르 떨리고 아미가 흔들렸다. 코끝으로 감기는 알싸한 기운이 마음에 이는 동요를 더욱 흔들어놓았다. 기분 좋은 파문이었고 설렘이었다.

복사꽃이 따로 없었다. 흰빛을 띤 옥봉의 피부에 불그레 도는 주기는 복사꽃이었다.

"허허. 옥봉은 술의 맛도 아시는 모양이오."

윤관서는 옥봉의 표정 하나, 미우의 움직임 하나 놓치지 않았다.

"하긴 시를 아는 사람이 술맛을 모른다면 어찌 인생살이의 고진 감래를 안다 하겠소. 그저 안다고 착각하고 있는 게지요. 헌데 그게 진짜 삶이 아닌 거라. 이백의 시가 깊어진 것도 다 술 덕분이 아니겠소. 술에 취해 인생의 바닥까지 내려가 보는 거. 혹은 저 구름 위로 올라가 보는 거. 술만이 부릴 수 있는 요술이 아니겠소?"

윤관서가 다시 술이 담긴 백자 주전자를 옥봉의 앞으로 내밀었다.

"그만 하시게나. 이미 취하신 듯하네."

말리고 나선 건 뜻밖에도 운강이었다.

"취하자고 마시는 술인데 어찌 말리시나? 게다가 오늘 같은 날 취하지 않으면 언제 취한단 말인가. 취함에도 격과 흥이 다른 법. 오늘은 그야말로 세상 사는 즐거움을 한껏 느껴 보세."

"취하자고 마시는 술이지만 근본을 잃고 도를 넘어서는 것은 곤란하지 않겠는가? 술맛도 자기가 있어야 제대로 알 수 있는 법. 자기를 잃고 난 다음에 마시는 술은 더 이상 술이 아니지. 그저 야차일 뿐이야. 그러니 오늘은 이만 하도록 하지."

"허허 평소의 운강 같지 않으십니다."

"아무리 어깨를 나란히 하고 앉아 시문을 짓고 농담을 주고 받는다 하나 남녀가 유별한 법. 그런 분간조차 하지 않는다면 곤란하지 않겠나?"

운강은 굽히지 않았다. 옥봉은 그윽한 시선으로 그런 운강을 바라보았다. 볼수록 듬직한 사람이었다.

"이래도 한세상, 저래도 한세상이지요. 어디 오늘 갈 데까지 가보지요. 자신을 잃고 만나는 세상이 궁금하고 또 재밌을 것 같지 않습니까? 그것도 다 사람살이지요. 게다가 옥봉이 부탁하기를 자신을 여자가 아닌, 한 명의 문우로 대해 달라 하지 않았습니까?"

"이백이 그랬던가요? 청주는 성인에 견주고 탁주는 현인과 같다고. 성인과 현인들이 이럴진대 우리 같은 범인들이야 어느 술에 견주겠소. 그저 두주불사로 취하고, 그 술이 주는 흥에 몸을 내맡기다 가면 되지요."

"허허. 오늘 따라 다들 웬 고집이세요?"

그렇게 말하는 운강의 어투는 부드러웠으되 눈빛에는 힐난의 기색이 역력했다.

"알았습니다. 알았어요. 운강이 그렇다면 그런 게지요. 아쉽지만 다음을 기약할 수밖에요. 그래, 약조하십시다. 이 봄이 다가기 전에, 봄꽃들이 다 지기 전에 다시 만나겠다고요. 그리 한다면 내 오늘 이 자리를 파장하고, 그렇지 않다면 오늘 끝까지 가 보십시다. 어쩌시겠습니까? 내 말에 약조를 하시겠습니까? 아니 하시겠습니까?"

윤관서는 운강이 아닌, 옥봉을 향해 물었다. 입가에는 사람 좋은 웃음이 피어나 있었지만 눈빛만큼은 형형했다.

"저에게 살과 뼈와 피를 나눠주신 부모님을 떠나 한양까지 온 것은 마음껏 시를 지으며 살기 위해서입니다. 시의 세상에 저를 방목해 놓고 싶어 스스로 부모에게서 고삐를 끊고 올라온 거지요. 조르고 졸라 얻은 자유인데 제가 어찌 오지 않을 수 있겠습니까. 꽃 피는 곳에 응당 벌 나비가 모이듯 시가 있는 곳에 이 몸이 있으면 마침내 제가 찾던 세상을 살 수 있는 거겠지요. 부디 소원하건데 제가 아녀자라 해서 행여 저를 시 아닌 여자로 생각하지는 말아주십시오."

옥봉의 소리가 강단졌다. 살짝 내리깐 그녀의 눈에서 꽃술 같은 눈썹이 떨렸다.

"어찌 옥봉을 부르지 않을 수가 있겠습니까? 이렇듯 다들 좋아하는데. 게다가 오늘 그대의 시문을 직접 확인했으니, 당연히 한 명의 문우로서 대하지요."

윤관서가 술기운으로 불쾌하게 달아오른 얼굴로 옥봉의 말을 받았다. 그제야 윤관서의 눈에 고여 있던 형형하던 기색이 걷히며 제대로 된 웃음이 괴었다.

"오늘은 그만 파하고 다음을 기약하지요."

운강이 먼저 자리를 털고 일어났다. 꽤나 많은 양의 술을 받았음에도 불구하고 그의 움직임은 어디 하나 흐트러짐이 없었다. 이마와 얼굴에 붉은기만 어려 있을 뿐 말씨 하나 뭉치거나 흐르지 않았고 작은 몸짓 또한 흐트러짐 없이 처음과 여일했다.

이상한 일이었다. 옥봉의 눈길이, 옥봉의 마음이, 자꾸만 운강에게로 모아졌다. 애써 눈길을 돌리고 마음을 접어도 어느새 돌아보면 옥봉의 눈길은 운강에게 향하고 있었고, 마음은 그를 좇고 있었다. 그의 작은 움직임 하나, 그의 말투 하나가 허투루 보이지 않았고 들리지 않았다.

옥봉은 자신의 마음을 다독였다. 이리 약해지면 안 되는 일이었다. 세상을 얻고, 천하를 얻고, 사람을 얻으려면 이러면 안 되었다.

어떻게 한양을 왔던가. 시를 얻기 위해, 삶을 얻기 위해 애타는 속으로 검게 물크러지던 어머니를 야박하게 내치고 올라왔지 않던가. 헌데 이 애틋함이라니.

옥봉은 허방을 만난 듯했다. 아니, 절벽 끝에 서 있는 듯했다. 한 발만 내딛으면 영락없이 아득한 단애 밑으로 곤두박질칠 것만 같았다.

아닐 것이다. 아닐 것이다. 술기운 때문일 것이다. 모처럼 온몸의 관절들이 무력하게 풀어지도록 마신 술 탓일 것이다. 자신이 그러는 게 아니라 취기가 운강을 좇는 것일 게다.

옥봉은 지그시 입술을 감쳐물었다. 속에서 뜨거운 기운이 치받쳐 올라왔다. 그 뜨거운 기운에 가슴이 뛰었다.

"허허. 그새 밤이구려. 언제 시간이 이렇게 갔는지."

사랑채 마루로 나서던 윤관서가 사뭇 놀랍다는 표정을 지었다. 열린 방문 사이로 감청빛 어둠이 들어왔다. 어디선가 숲을 이룬 대나무가 서로 몸을 비벼대는 소리도 쏴쏴, 귀에 잡혔다. 보이지 않으면 소리는 더 홍감스러운 법. 어둠 속에서 소리는 더 생생하게 살아났다.

"헌데 돌아가는 길이 무섭지 않겠소? 요즘 들어 무뢰한 왈패들이 밤에 다니는 부녀자들을 희롱한다는데 걱정이 되는구려."

문득 운강이 옥봉을 돌아보며 물었다. 그 눈빛이 자애롭고도 따뜻했다.

"괜찮습니다."

"그래도 아녀자의 몸인데, 우리 집 하인을 하나 딸려 보내드릴까요?"

이번에는 윤관서였다.

"괜찮습니다."

"사양하지 마십시오. 내 건장한 하인놈에게 초롱 들려 가는 길을 살펴드리지요. 그래도 저희 집에 오신 손님이신데, 어찌 위험한 밤길을 가시게 할 수 있겠습니까?"

옥봉의 거절에도 불구하고 윤관서는 벌써 하인을 불렀다.

"그렇게 하시지요. 조심해서 나쁠 게 없겠지요. 유비무환이라고 매사에 조심하고 또 조심하다 보면 억울한 일은 당하지 않겠지요. 당하고 나서 후회해 본들 무슨 소용 있겠습니까? 그러니 윤 선비의 말을 따르시지요."

운강이 옆에서 거들었다. 옥봉은 그제야 고개를 숙이며 윤관서의 호의를 받아들였다.

"내 말은 거절하시더니 이제 보니 옥봉이 운강의 말은 잘 듣습니다, 그려. 허허허."

옥봉이 살짝 얼굴을 붉혔다. 윤관서의 그 말이 마치 무언가 비밀한 것을 들킨 사람마냥 뜨끔하게 만들었다.

"그리 해주신다면 감사하지요. 어디 아녀자 둘이 가는 길이 든든한 남자 한 명과 같이 가는 것만 하겠습니까?"

"허허. 한데 왜 거절하셨습니까?"

"공연히 폐를 끼치는 듯해서 그랬습니다."

옥봉은 변명하듯 대답했다.

흔들리는 초롱불에 길이 방석만하게 드러났다. 초롱이 흔들리면 너울너울 길도 따라 흔들렸다. 초롱불에 길도 따라 춤추었고, 춤추는 길을 가는 옥봉의 마음도 자꾸만 너울거렸다. 옥봉은 마치 줄 위를 걷는 기분이었다. 흔들리는 길을 걷는데 왜 몸은 허공을 둥둥 떠서 날아다니는 기분일까. 일렁이는 마음을 가라앉히려 낮게 숨을 골랐지만 소용없었다.

놋대야 같은 달 주변으로 붉은 테가 넓고도 크게 둘러쳐져 있었다. 달무리였다.

"보름 전후로 비가 오는 걸 알고 계시오? 저리 달무리가 큰 걸 보니 비가 올 모양이구려."

운강이었다. 가는 방향이 같았다.

"보름 전후로 비가 온다는 이야기는 처음 듣습니다."

"허허. 그런가요. 어디 두고 보시지요. 제 말이 틀림이 있나 없나."

운강의 어조가 자신에 차 있었다. 달빛이 사이에 끼어들면서 잠깐 말이 끊겼다. 말이 사라진 자리에 사각사각, 비단 치마 쓸리는 소리가 들렸고, 알 수 없는 부끄러움도 살아났다. 치마 밑으로 살짝 살짝 드러나는 꽃신의 코도 부끄러웠고, 쓰개치마 부여잡은 손도 부끄러워 안으로 숨겼다. 운강의 옆에서 참으로 모든 것이 부끄러웠다.

"헌데 옥봉이란 호는 누가 지어주었소?"

문득 운강이 말 끊긴 자리에 파고드는 어색함을 몰아냈다.

"제 아버님이 지어주셨습니다. 손 안에 옥구슬이라는 뜻이지요."

"허허. 아버님께서 무척이나 사랑하셨던 모양이오."

"네. 어렸을 때부터 저에게 글을 가르쳐 주시고, 시가 무엇인지도 일러 주셨지요. 제가 시를 외울 때마다 아버님은 즐거워하시고 기뻐하셨지요."

"왜 아니 그랬겠소? 그대의 시가 기품이 있는 것이 아버님의 호방하고도 의연한 성품을 고스란히 물려받은 모양이오."

옥봉은 운강의 말에 얼굴을 붉혔다. 장옷에 가려진 옥봉의 붉어진 얼굴이 드러날 리 없었지만 옥봉은 행여 운강에게 제 마음을 들킬세라 단단히 장옷을 여며 잡았다.

저 별에게 묻노니

"지금 이부자리 펴드릴까요? 아니면 조금 있다 펴드릴까요?"

막례가 옥봉을 쳐다보며 물었지만 그녀는 번번이 막례의 말을 놓쳤다. 그저 쓰고 있던 초록색 쓰개치마만 벗어 막례에게 건네주고는 보료 위에 앉아 하염없이 나비등잔에 시선을 풀어놓고 있을 뿐.

눈은 나비등잔을 향하고는 있었지만 보고 있는 것은 아니었다. 보고 있지만 보이지 않았다. 옥봉이 보고 있는 것은 이 방 안에는 없었다. 나비 모양의 경첩이 달린 나비장도, 책이 쌓인 책꽂이도 모란과 연이 들어있는 두 폭짜리 가리개도, 옥봉의 눈에는 들어있지 않았다.

아득히 취기가 밀려왔다. 앙가슴에서 꽃불이 일었다. 저 밑에서 누가 밀어내고 있는 양 둥둥 떠 있는 느낌이었다. 밑으로 가라앉고 싶은데, 바닥에 닿고 싶은데, 바닥에 닿으려고 하면 할수록 알 수 없는 힘에 밀려 자꾸만 위로 떠올랐다.

취기 때문은 아니었다. 마음속에 공기주머니가 있는 듯, 그 공기주머니가 옥봉을 자꾸만 허공으로 밀어 올리는 듯 발이 땅에 닿지 않았다. 바람에 날리는 꽃잎처럼, 물위에 뜬 너겁처럼, 그렇게 땅으로 내려오지 못했다.

시간의 부유. 존재의 부유. 그간 잘 다스려왔는데, 왜 여기서 그만 중심을 잃고, 탄력을 잃는 것인지.

자꾸만 마음 한쪽이 허전했다. 허전해 마음이 시렸다.

"아씨!"

막례가 옥봉을 부르고 있었지만 옥봉의 생각은 여전히 윤관서의 사랑채에 머물러 있었다. 윤 선비의 집에서 본 매화도, 사방탁자에 올려진 미끈한 백자 항아리도, 술에 동동 떠다니던 시어들도, 차운에 차운을 거듭하면서도 주저함이 없이 낭랑하게 읊어대던 사람들도, 호쾌한 웃음도, 모든 게 꿈인 듯 했다. 꿈인 듯하여 속이 아릿하니 뜨거운 기운이 뭉쳤다.

하지만 꿈이 아니었다. 눈앞의 운강도, 옥봉의 치맛자락에 닿을 듯 당겨 앉은 다른 선비들도, 코끝에 감기는 맑고 향기로운 술도 생시의 세상이었다.

"아씨! 도대체 무슨 생각을 그리 골똘히 하시느라 사람 부르는 소리도 듣지 못하세요?"

"그래, 그랬구나."

옥봉은 무안한 표정을 지으며 대답했다. 마음속에 아득히 피어오르는 감정을 막례에게 들키면 안 될 것이다. 그리하여 꽁꽁 여몄다. 행여 막례가 알아차릴까 봐 표정도 단속했다.

"아무래도 아씨가 오늘 이상해요."

"뭐가 이상하다는 거냐?"

옥봉은 시치미를 떼며 물었다.

"평소의 아씨가 아녜요."

"쓸데없는 소리를 하는구나."

"다른 사람 눈은 속여도 제 눈은 못 속여요."

"이상한 사람은 내가 아니라 너구나. 아니라고 해도 자꾸 우김질을 해대는 것이 말이다."

옥봉의 말에 막례가 빤히 그녀의 얼굴을 쳐다보았다. 무언가 비밀한 것을 캐내려는 듯 옥봉의 얼굴을 훑어내리는 막례의 시선이 날카로웠다. 뜨끔해 먼저 고개를 돌린 사람은 옥봉이었다. 막례 역시 옥봉이 고개를 돌리자 탐색의 눈길을 거두고는 걸레로 방을 훔치기 시작했다.

"아씨. 오늘 어떠셨어요? 가길 잘하셨지요? 아씨 얼굴에 화색이 도는 게 참 보기 좋아요. 오랜만에 아씨가 환하게 웃는 것도 보았어요."

"그래."

"운강이라는 선비님, 참 좋은 분 같지요?"

막례의 어투가 옥봉의 의중을 떠보려는 듯 은근했다.

"다했으면 나가 보거라."

"소세물 준비할까요?"

"그래."

막례가 나갔다. 잠깐 문이 열렸다 닫힌 사이, 차가운 바깥 기운이 밀려들어왔다. 봄이었지만 밤은 아직 냉기가 독했다. 꽃들은 그 냉기에 단련되고 단련되어서는 더 튼튼한 씨알들을 품을 것이다.

옥봉은 희미하게 한숨을 내쉬었다. 도대체 이 감정이 무엇일까. 이 아련함. 이 적막함. 이 쓸쓸함. 이제까지의 고적함은 홀로 푸른 청송의 외로움이었다면 지금의 이 고적함은 살을 에는 듯한 통증이었다. 마음 한 자락 이상하게 저미는 듯 아파왔다. 달빛의 고즈넉함이 마음에 이는 통증을 더 아리게 했다. 이 설렘과 떨림의 정체는 과연 무엇일까.

사방에서 운강의 음성이 들렸다. 아직도 그 방 안에 있는 듯 운강의 눈빛이, 운강의 음성이, 운강의 모습이 눈앞에 생생했다.

이런 기분은 처음이었다. 이런 감정도 처음이었다.

그냥 스쳐지나가는 게야. 그저 바람처럼 그렇게 지나가야 하는 게야. 이승을 살다 만난 수많은 인연들 가운데 하나로 그렇게 스쳐 지나가야 하는 게야. 더 이상의 고로 묶여서는 안 되는 게야. 운강의 시간에 자신의 시간이 얽히지 않고 그저 그렇게 운강은 그만의 삶으로, 자신은 자신의 삶대로 흘러가야 하는 게야. 그렇게 혼자 흐르고 흘러 세상 끝에 다다랐을 때 동백꽃 모가지 떨어지듯 그렇게 홀연히 세상을 떠나야 하는 게야. 그와의 인연을 꿈꾸지 않고, 자신의 길을 가야 하는 게야.

하지만 결기는 번번이 운강의 얼굴 앞에서 흐려졌다. 그가 자꾸만 마음속에서 커지고 있었다. 그가 자꾸만 마음속에서 괴물처럼 자라나고 있었다. 그가 자꾸만 마음속에서 단단하게 뭉쳐져 가고 있었다.

물리치면 물리칠수록, 그를 털어내려 하면 할수록 그는 더 끈끈이처럼 달라붙고, 눈덩이처럼 커져만 갔다. 마음의 장난이었다. 생각이 변덕을 부리는 것이었다.

그는 가만있는데, 옥봉 자신이 만들어낸 환영이 자꾸만 망상을 키우고, 자신을 시험하고 있었다. 이럴 수는 없음이었다. 이래서는 안 되었다.

옥봉은 기어이 방문을 나섰다. 자시 경의 세상은 너무나 고요하고, 적막했다. 달빛만 고즈넉하니 가라앉아있는 마당에 내려서자 어디선가 개 짖는 소리가 들렸다. 밤의 적막을 뒤흔들며 우렁차게 들려오는 개 짖는 소리가 차라리 위안이 되었다.

옥봉은 후원으로 향했다. 연못 위의 달빛이 문득 하늘거렸다. 수면은 미풍에 물비늘을 세우며 반짝거렸고, 그 위로 솜털 같은 꽃가루들이 떠 있었다. 밤이슬이 치마를 적셨다. 가볍게 솜을 넣어 지은 하얀 속저고리가 달빛을 받아 귀기 서린 푸른빛으로 빛났다.

냉기를 품은 밤바람이 살쩍의 머리카락을 건들고 살갗을 훑으며 지나갔다. 그 냉기가 가슴골로 파고들었다. 하지만 앙가슴의 꽃불은 여전했다. 물비린내 섞인 차가운 밤공기가 가슴에 닿았지만 뜨거움은 그대로였다.

이 어둠처럼 운강은 이미 옥봉의 마음속에 또 하나의 어둠으로 자리하고 있었다. 아니, 밝음인가. 너무 밝아 오히려 어두워 보이는가.

이런 것이던가. 사랑이, 연모의 정이란 게 이렇듯 사람의 애간장을 녹이는 것이던가. 눈을 감으면 더 크고 선명하게 살아나고, 눈을 뜨면 말과 몸짓과 표정이 한꺼번에 떠올라서는 마음을 어지럽히는 것이 은애의 마음이던가. 옥봉은 탁탁, 주먹 쥔 손으로 앙가슴을 때렸다.

>
> 옥봉네 품안은 작은 연못
> 물 위에 달빛 찰랑 거리네
> 원앙 한 쌍 날아들어
> 거울 속 하늘로 내리는구나
> 玉峯涵小池, 池面月涓涓
> 鴛鴦一雙鳥, 飛下鏡中天
>
> ─옥봉네 작은 연못, 원제: 玉峯家小池

옥봉의 소리가 청아하게 연못 위로 풀어졌다. 연못에 비친 달빛이 옥봉의 소리에 가만가만 흔들렸다.

"아씨!"

언제 왔는지 막례가 등 뒤에서 불렀다. 그녀의 소리가 무겁게 가라앉아있는 밤의 적막 속에서 우렁찼다.

"놀랐구나."

"속곳 차림으로 예서 뭐하시는데요? 이러다 고뿔이라도 걸리면 어떡하시려구요. 봐요. 다 젖었잖아요."

"답답해서 나왔구나."

옥봉은 연못에 떠있는 달을 보면서 대답했다. 월인천강. 천개의

강에 뜬 달은 모두 진월이라고 했다. 진짜 달. 누군가의 집 연못에도 저 달이 떠있을 것이다. 누군가는 옥봉처럼 저 달을 바라볼 것이다. 홀로거나 아니면 둘이거나. 그도 아니면 더 많거나. 다들 저 달을 쳐다보며 마음속에 숨겨놓은 소원을 빌거나 은애하는 사람의 얼굴을 떠올리고 있을지도 모른다. 운강도 저 달을 보고 있을까……

"옥천에 계시는 작은 마님이 생각나네요. 작은 마님도 아씨처럼 예쁘셨죠. 달빛 아래 서있으면 사람일까, 싶을 정도였으니. 그러니 나리가 품었을 수밖에요. 그거 아세요? 날 세상에 만든 아비가 아씨 어머니를 좋아했다는 사실 말예요. 하지만 나리의 여자가 된 마님을 어떻게 해볼 수 없어 대신 우리 엄마를 취했죠. 우리 아버지, 늘 아씨 어머니 주변을 돌면서 한숨만 쉬시다가 어머니한테 오면 야차처럼 패거나 짐승처럼 덤벼들었죠. 그거 보면서 아버지를 원망했는데. 절대 혼인 같은 거는 안 하리라 생각했는데. 한데 참 이상해요. 나이가 들면서 보니 그것도 다 이해가 되더라구요."

옥봉은 잠자코 막례의 이야기를 들었다. 어머니를 바라보던 설봉의 눈빛이 아련했던 이유를 알 것 같았다. 어머니와는 두 살 터울의 마름노비. 함께 산으로 들로 내달리며 어린 시절을 함께 했던 그 설봉을 어머니는 오빠처럼 믿고 따랐다.

두둑이 살이 붙은 턱에 사자코를 지닌 설봉은 어머니를 제 누이 보살피듯 살갑게 대했다.

어머니가 인형이 갖고 싶다면 나무토막을 주워와 인형을 만들어주고, 비녀를 깎아 꽂아주며 내각시라 웃기도 하고, 꽃반지 만들어

손가락에 묶어주며 한평생 같이 하자며 새끼손가락 걸고는 꽃무더기 이는 지게에 태우고 까치놀을 업고 돌아왔다.

어머니가 쫑쫑 땋아내린 댕기머리 풀고 설봉이 만들어 준 나무 비녀 꽂기도 전에 제가 모시던 상전에게 머리 풀고 몸을 바치고 나서도 설봉은 산에 가 꽃이 예쁘면 제 딸을 낳아준 여자보다는 어머니에게 꽃을 건네곤 했다.

"빙신. 지 주제를 알아야지. 넘볼 것을 넘봐야지 어따대고 함부로 눈길을 돌려, 돌리긴."

그럴 때마다 막례의 어미는 눈을 흘기며 독한 말들을 뱉어냈다. 어떨 때는 빨간 눈으로 코맹맹이 소리를 내며 자신의 처지를 한탄하기도 했다. 하지만 설봉은 비가 오거나 눈이 오면 행여 꽃수가 놓인 어머니의 비단 신발이 비에 젖고 눈에 젖을까 봐 서둘러 단속하고, 행여 어머니가 고뿔이라도 들라치면 미리 군불 지펴 냉기를 없애고 땀을 흘리게 만들었다.

설봉의 그 바라기에 어머니는 늘 핏기 없는 얼굴로 바라보다가도 어느 순간에는 완고하게 시선을 돌렸다.

어머니의 사랑이, 설봉의 애절한 눈빛이, 눈에 보이는 듯 그려졌다. 간절하나 가 닿지 못하는 안타까움. 그 절대적 결핍이 가져다주는 애절함. 그러기에 어머니는 날이 갈수록 찔레꽃 같은 얼굴이 되었는지도 모른다.

인연이 참 무섭다. 어머니가 설봉과 혼인했더라면 자신과 막례의 처지가 바뀌었을까. 이승의 삶은 전생의 그림자라는데, 전생에 무슨 업을 지었기에 이리 한 많은 여인의 몸에서 또 다른 여자의 몸을 받고 태어났을까.

"아씨, 혹여 운강이라는 선비가 마음에 드신 건 아닌가요?"

막례가 문득 물었다.

"못하는 소리가 없구나."

"왜요? 조금 전부터 아씨가 이상하던걸요?"

"뭐가?"

"아씨는 모르시나본데, 뭔가 지금까지와 태도가 달랐어요."

"네가 그렇게 보니까, 보이는 거겠지."

"아녜요. 아씨를 모신지가 얼만데, 그걸 모르겠어요? 아씨의 눈빛만 봐도, 아씨의 표정만 봐도 금방 무얼 원하는지, 무얼 싫어하는지 아는데요."

그랬던가. 붉어진 마음을 감추려고 그리 조심했는데도 어느새 들키고 말았던가.

"아씨. 마음을 숨기지 말아요. 그 감정도 소중한 거예요. 아씨가 그 감정을 외면하면 후회할 지도 몰라요. 평생 두 번 다시 찾아오지 않을 지도 모르구요. 그러니 도망가지 말아요. 한번 부딪쳐 보는 거예요. 그 인연이 어디까지인지 궁금하지도 않아요? 나라면요, 도망가지 않을 거예요. 비록 아씨와 처지는 다르지만 저는 끝까지 가볼 거예요. 그러니 아씨도 그래요. 아씨의 얼굴이 지금 얼마나 보기 좋은지 몰라요."

옥봉은 그렇게 말하는 막례의 얼굴을 쳐다보았다. 막례의 결기가 차라리 자신보다 나았다. 하지만 옥봉은 제 마음을 숨겼다.

"쓸데없는 소리 말고 건너가 쉬어라."

"보세요. 지금도 당황하시잖아요."

막례의 어투가 사뭇 다정했다.

"얘가 못하는 소리가 없기는."

"괜찮아요. 아씨. 아씨가 그 선비님을 마음에 둔다고 해도 죄가 될 건 없어요. 오히려 나리께서 아시면 기뻐하실 걸요?"

"쓸데없는 소리 말고 어서 가."

"아씨가 이러고 계시는데 어떻게 저만 들어가요."

"괜찮아. 걱정하지 말고 자거라."

"싫어요. 아씨랑 같이 있을래요."

옥봉은 문득 한 무당이 떠올랐다. 큰어머니가 이유모를 병으로 앓아누웠을 때, 용하다는 의원들을 차례로 불러들여 맥을 짚어보았지만 다들 고개를 내저으며 물러갔다.

병이라는 것도 이상했다. 내 멀쩡하다가도 어느 순간 눈이 돌아가며 몸을 바들바들 떨며 혼절했다. 아랫것들이 달려들어 저고리 고름을 풀고 단단히 옥죄고 있는 치마말기를 풀고 풍만한 젖무덤을 내놓았지만 큰어머니의 가쁜 숨은 쉬 골라지지 않았다. 위엄 있는 태도로 아랫것들을 다스리던 큰어머니가 아니었다. 그 돌아가는 눈에 이상한 기운이 감겨 있었다. 서늘한 그 무엇. 그 눈에서 칼이 춤췄다.

"귀신이 든 게야."

"에고. 귀하디귀한 마님이 어쩌다가."

"무당을 불러야지."

아랫것들은 서로의 귀에 입을 대고 수군댔다.

"그러지 않고서야 멀쩡하던 마님이 왜 저러시겠나. 눈빛 좀 봐. 사람의 눈빛이 아니야. 나를 훑어보시는데 오금이 다 저리더라니까."

"그러게. 의원은 소용없지. 마님을 살리려면 무당을 불러야 해."

나리는 단단히 입조심을 시켰다. 사대부가에, 더구나 왕실 가에 무당은 안 될 일이었다.

"이 집에 무당을 들일 수는 없네."

나리는 완강한 어조로 주변의 은밀한 권유를 물리쳤다.

"안 부르시면 마님은 무사하지 못할 것이옵니다."

그 단호한 말에 나리는 얼굴을 붉힌 채 손을 바르르 떨었다.

"나는 모르겠네. 모르는 일이야. 한 열흘 머리를 식히러 산문기행이나 다녀올 테니 알아서들 하게."

나리가 아침 일찍 집을 떠나던 날, 무당은 은밀히 뒷문으로 들어왔다.

부채로 얼굴을 가린 채로 방울을 딸랑이며 죽은 혼령을 불러오던 무당은 몸 안에 뜬 것들이 드는지 자꾸만 어깨를 올각였다.

딸랑딸랑. 방울소리가 큰어머니가 누운 방에서 음울하게 울렸. 노랑 저고리에 다홍치마를 갖춰 입고 목에는 나무 염주를 길게 늘어뜨린 무당은 눈빛이 살아있는 사람의 것이 아니었다. 그래도 인물만큼은 빼어나서 이목구비 어디 한 군데 죽은 곳이 없었다.

굿을 마치고 나오던 무당은 쯧쯧 혀를 차며 옥봉을 안쓰럽게 쳐다보며 이야기했다.

"삶에 살이 끼었어. 내 팔자와 다를 게 뭐 있어? 평생 곤고하게 가시밭길 혼자 헤쳐 나가야 하는데 누구를 원망하고 누구를 탓하리. 오로지 자신을 원망하며 전생의 업 닦이를 해. 그러니 피멍들게 발악하지 말고 그냥 구름처럼 바람처럼 흘러."

그렇게 말하는 무당의 안광이 서늘했다.

"무슨 악담을 그리 한데요?"

옥봉의 어머니는 마뜩찮은 표정으로 눈을 흘겼다.

"조상께 부지런히 치성을 드려. 그래도 힘들어."

어머니의 볼멘소리에도 제 할 소리 하던 무당이 돌아가자 어머니는 그 무당이 떠난 자리에 소금을 휘휘 뿌렸다.

무당의 말이 주문이 되었는가. 옥봉은 눈을 부릅뜨고 어둠을 바라보았다. 달빛 미끄러지는 연못의 수면 위에서 버드나무 가지를 붙잡고 휘이휘이 한바탕 뛰고 나면 이 목숨에 낀 살이 풀릴까.

한기가 들었다. 앙가슴의 불은 여전한데 몸은 꽃을 시새운 밤의 냉기에 얼음장처럼 차갑게 식었다. 옥봉의 이밥 같은 이가 떨렸다. 춘삼월, 밤의 냉기 속에서도 꽃들은 안으로안으로 제 빛을 키우는데 옥봉은 춘삼월 밤의 냉기에 푸른 비췻빛으로 몸이 얼었다.

"아이고, 아씨. 몸 떠는 것 좀 봐. 큰일이네. 그러게 지금이 어느 땐데 이리 속곳차림으로 밖에 계신데요. 어여 들어가요. 내 군불 넉넉히 지필 테니 이불 뒤집어쓰고 주무세요."

막례가 호들갑스럽게 옥봉을 잡아끌었다.

옥봉은 방으로 들어왔다. 밤이슬에 젖은 속곳이 무거웠다. 예전에는 이리 허전하지는 않았다. 이리 쓸쓸하지는 않았다. 홀로 건디는 이 방이 적막하긴 했지만 이리 사무치도록 적적하지는 않았다. 제 마음인데도 어떻게 도리가 없었다. 흩어지는 여러 생각들에 육신이 지쳤다.

막례가 군불을 땐 모양이었다. 방안은 따듯했으나 몸은 떨렸다. 마치 신장을 잡은 무당처럼 몸이 말을 듣지 않았다. 삼단 같은 머리카락이 옥봉의 어깨를 타고 내려왔다. 기름지고도 탐스러운 머릿결이었다. 잠자리에 들 때마다, 쪽진 머리를 풀 때마다, 옥봉은 외로웠다.

혼자 눕는 이부자리가 추웠다. 양 옆에 원앙이 수놓인 둥근 베개는 옥봉을 잠으로 이끌지 못했다. 눈 한 번 감으면 감은 눈 속으로 운강의 모습이 떠오르고, 눈을 뜨면 운강의 웃음소리가 바로 옆에서 들리는 듯 했다. 운강의 얼굴과 음성이 떠날 줄을 몰랐다. 커다란 바윗덩이가 가슴을 짓누르는 것 마냥 답답했다. 첫 만남에 이럴 수도 있다니.

내가 임자를 만났구나…….

사랑에 젖다

 소문은 참으로 빨랐다. 옥봉이 한양으로 왔다는 소식은 금세 유생들과 선비들 사이에 퍼져나갔다. 입에서 입으로 전해지는 것들은 조심성이 없었다. 바람을 타는 꽃잎처럼 어디로 날아갈지도 몰랐다.
 그들은 옥봉을 만나보고 싶어했다. 해어화가 아닌, 왕가의 여식답게 글이 고아하고 기품이 서린 그녀의 시를 외며 그들은 연모의 꿈을 키웠다.
 옥봉은 선비들과 술잔을 돌리며 덧없는 인생살이에 대해 허무타, 무상타, 노래했지만 앉을 자리 물러날 자리는 엄격하게 가렸다. 들어가기 전에는 옷고름이 반듯하나 살폈고, 앉아서는 버선코가 치마 밖으로 나왔나 단속했고, 행여 쪽을 지른 비녀가 비스듬 기울어지지 않았나, 신경썼다. 웃음을 아꼈고, 눈을 함부로 두지 않았으며, 말을 줄였다. 웃었으되 눈으로 웃었고, 말을 했으되 웃음으로 말했다. 꼭 요긴한 말이 아니면 하지를 않았고 입안에 맴도는 말들은 가슴 속에 꽁꽁 쟁였다. 때로는 가슴속에 들어찬 말들이 요동을 쳤다.

서로 먼저 튀어나가려고 돋음질을 해댔다. 그 돋음질에 명치끝이 뜨끔뜨끔 불침을 맞은 듯 통증이 일기도 했다.

그러다 기어이, 빠져나온 것은 오언절구들이었고, 칠언절구였으며 오언율시와 칠언율시들이었다. 그 시들이 꽃이었고, 나비였고, 천첩의 여식, 이숙원, 옥봉이었다.

그러나 이상한 일이었다. 주변에 사람들이 늘어나면 늘어날수록, 자신을 찾는 사람들이 많아지면 많아질수록 옥봉의 외로움은 더해갔다. 반듯이 가르마를 타 머리카락 한 올 흐트러짐 없이 쪽을 지으며 마음을 동여매고, 어머니가 주신 삼작노리개로 헛헛한 가슴을 달래보았지만 마음은 어딘지 한곳이 허전했다. 술로 달래도, 슬기덩 슬기둥 둥 당, 거문고로 흩어지는 생각들을 다잡아보아도, 마음 한구석 져있는 응달에 볕은 고집스레 들지 않았다.

오직 한 사람만 옥봉에게 마음을 주지 않았다. 그는 언제나 처음 대하는 사람처럼 예를 갖춰 옥봉을 대했을 뿐 흐트러짐이 없었다. 운강이었다.

"아씨. 준비 다 되었는데요."

막례가 불렀다. 오늘따라 옥봉의 노란 저고리와 자주색 비단 치마가 바람에 나뭇잎 춤추는 소리로 바스락거렸다.

그녀는 다른 날보다도 더 꼼꼼히 머리 손질을 하고 매화와 대나무가 어우러진 은비녀를 꽂았다. 안 끼던 옥가락지도 끼었다. 희고 가느다란 손가락에 깊디깊은 호수의 물빛이 흘렀고, 매죽잠은 초록빛 도는 머리에서 정갈하고 단아하게 매듭을 지었다.

"봄꽃보다 더 이쁘십니다. 아씨."

"봄꽃을 당하겠느냐? 화무십일홍이라고, 그 짧은 시간동안 다음 생을 준비하느라 꽃들은 서로를 시새워 더 환하게 타오르는데, 어찌 그 생사의 투혼을 당할 수 있겠느냐?"

"아닙니다, 아씨. 아씨가 제 눈에는 저 꽃들보다 더 고와보이십니다."

"오늘따라 웬 호들갑이냐. 오늘은 혼자 가고 싶구나."

"왜요?"

막례가 놀란 표정으로 옥봉을 쳐다보았다.

"아씨 혼자 길 나섰다가 봉변이라도 당하면 어찌시게요?"

"그럴 일이 있겠느냐? 됐다. 오늘은 나 혼자 갈 테니 너는 집에서 꽃놀이나 하고 있어라. 가만 보아하니 네 발등에 난 종기가 돌곰기는 것 같던데 너무 늦지 않게 치료를 하여라. 자칫 잘못하다가 그 독이 다리로 퍼지면 낭패가 아니냐. 버선 신기도 불편할 테고 또 걸을 때마다 쓰적거리기도 할 테고. 그러다보면 낫기는커녕 더 덧나지 않겠느냐. 지난번에도 된통 혼이 나고선 그러는구나."

"이년의 팔자가 집에서 어디 한가하게 꽃놀이나 할 처지인가요? 일해야지요."

금세 막례의 양 입가가 밑으로 처지더니 눈 속의 웃음기도 가셨다. 그리고는 제 발등에 난 종기에 화풀이를 했다.

"천한 것이 몸뚱이라도 무쇠처럼 단단해야지. 이건 툭하면 곪아대니, 원."

그런 막례를 보고 옥봉은 빙그레 웃었다. 하지만 혼자 가고 싶었다. 자신의 삶에 비접처럼 박혀든 사랑을 혼자 감내하고 싶었다.

옥봉은 집을 나섰다. 낭창낭창한 버드나무에 푸른 물이 돌고 있었다. 건듯 부는 바람 한 번에 버드나무는 제 머리 풀어헤치고 나풀거렸고, 햇빛 나면 주렴으로 늘어져 햇빛을 잘랐다.

늦지 않으려면 서둘러 걸음을 옮겨야 했다.

"허허 갈수록 붕당의 폐해가 깊어지고 있으니 문제가 아닙니까?"
걸때가 큰 이 선비가 어두운 얼굴로 말을 꺼냈다.

"그러게요. 백성들을 보살피고 나라를 걱정해야 하는 벼슬아치들이 도의를 저버린 채 사사로운 이익에만 혈안이 되어있으니, 참으로 걱정스러운 일이 아닐 수 없습니다. 벽파문벌을 외치면서도 실상은 어린아이들 놀이판보다도 더 편가르기가 심하니 이 일을 어찌하면 좋습니까."

"무오년에 피바람이 불 때도 소학동자라 일컫던 환훤당이 벌을 받자 행여 같은 도반이 아닐까, 그런 의심을 받지 않기 위해 다들 소학을 욕하고 멀리했었지요. 어디 그 뿐이겠습니까? 그 제자인 정암이 스승의 신원을 회복하고 다시 조정에 등장하자 나이 든 대신들은 눈엣가시로 여겼지요. 왜 그러지 않았겠습니까. 정암이 부르짖은 것이 도학정치 아닙니까? 실천을 중시했단 말입니다. 소격소 혁파나 위훈 삭제와 같은 잘못된 관행들을 바로잡고, 진정으로 백성들의 교화에 마음을 썼지 않았습니까. 나라의 도를 바로잡자는 것이었지요."

"그때 정암이 나라를 바로세웠더라면 오늘날 이 흙탕물 튀기는 싸움도 없었겠지요. 하지만 그 역시 갑자사화의 피비린내 나는 파벌싸움을 막지 못했지요. 정암이 죽고 나자 다들 그 무리가 아니라는 것을 보여주기 위해 소학마저 읽지 않았습니다. 참으로 개탄스러운 노릇이 아닙니까? 선비 되는 자로서 일신의 안녕만을 염두에 두고 그저 출세의 수단으로 공부를 하다니. 참으로 통탄할 일 아닙니까?"

윤관서와 운강이 이 선비의 말에 동조했다.

"그때는 그래도 이렇듯 사분오열은 아니었습니다. 개혁을 하자는 거였지요. 참 개혁. 진정으로 나라를 위하는 마음이 있었단 말입니다. 사사로운 이익에 동하지 않고, 선비정신이 살아있었지요. 그 기상이 푸른 대나무처럼 청청했으니까요. 헌데, 지금은 그때보다 더 심하니 큰일이지 않습니까."

"연산군이 왜 그리 되셨습니까? 처음에는 연산군 역시 영민한 군주의 재목이셨지요. 헌데 결국 들여다보면 왕을 보필해야 하는 신하들에게 문제가 있지 않았습니까? 저희들의 사리사욕을 위해 임금의 사사로운 정을 움직이게 만들었던 게지요. 결과적으로 목숨을 내놓음으로써 그들의 잘못된 탐욕은 단죄되었지만 어디 그게 잘된 일인가요. 학문이 학문으로써 정도를 밟지 못하고, 개인과 가문의 영달을 위해 수단과 도구로 전락했으니, 오히려 학문이 독이 된 게지요. 땅과 하늘의 도리만 아는 순박한 무지렁이 백성들이 오히려 참 사람다운 게지요.

그 몇 번의 피비린내 나는 사화로 우리가 어떤 지경에 이르렀습니까. 사상적으로는 혼란을 가져왔고, 경제적으로는 피폐해지지 않았습니까? 그러는 사이에 황해도에서는 임꺽정이라는 도적의 무리가 판을 쳤고, 충청도에서는 일개 종놈 출신인 길삼봉이 일대를 호령하는 사건까지 겪게 되지 않았습니까?"

"그러니 우리가 이렇게 모인 게 아닙니까? 역사를 바로잡고, 선비 정신을 되살리며 도의를 실천하자고 말입니다. 공자는 나라에 도가 있으면 언론을 일으키고 도가 없으면 침묵하라고 가르쳤는데 어떤 것이 정답인지 모르겠습니다."

"그러니 빨리 노산군이 신원을 회복해야지요. 도를 우리가 만들어 나가자는 겝니다. 숙부인 수양대군에게 왕위를 빼앗긴 것만도 원통할 일인데, 저렇듯 아직까지 억울하게 누워 계시니 신하된 자로서의 도리를 저버리고 있는 셈이지요. 조카에게 왕위를 빼앗은 세조에게 충복하기 싫어 학문을 그만두고 고향으로 내려가 남은 여생을 노산군이 있던 영월 동헌을 향해 문안 인사를 드렸다는 조려 같은 인물에게 부끄러울 따름입니다."

운강이었다.

"그랬다지요. 조려는 수양이 왕위를 빼앗았다는 소식을 듣고는 책을 불사르고 통곡을 했다지요. 이 더러운 세상에 공부를 하여 무얼 하겠냐며 과거에도 응하지 않았답니다. 듣건대 조려 그 사람은 문장이 탁월하여 사람들로부터 큰 신망을 받았다 합니다."

"어디 그뿐이겠습니까? 이맹전은 거창 현감직을 내놓을 때 스스로 청맹과니가 되겠다며 문을 닫아걸고는 손님을 사절하며 바깥출입도 하지 않았다고 합니다. 손님이라도 찾아오면 그는 자기가 눈이 멀었다며 쳐다보지도 않았답니다. 나라가 망한 것을 멀쩡히 눈을 뜨고 지켜 본 사람인데 눈을 떠서 무얼 하겠냐고 말입니다. 그뿐만이 아닙니다. 기해에 문과에 장원급제하고 벼슬이 부제학에 이르렀던 조상치 또한 수양대군의 신위를 받자 문을 닫고 신병을 핑계로 하례하는 행렬에 참가하지 않았고 벼슬 또한 사양하였지요."

"집현전 직제학이던 관란은 노산군이 영월로 귀양을 오자 곧장 뒤따라와 집을 짓고 살면서 매일 새벽과 저녁으로 노산군이 있는 곳을 향해 절했다고 합니다."

"이들의 행동하는 양심이 오늘 이렇게 말이나 앞세우고 있는 우리를 참으로 부끄럽게 만듭니다."

노산군 쪽으로 화제가 모아졌다. 아직 원혼으로 떠돌고 있는 애달픈 목숨. 나이 어린 소년의 어깨에 왕의 위엄은 너무나 무거웠다. 살아서 왕이 되지 못했으나 죽어서라도 왕이 되어야 하는 운명은 그에게 형벌일 것이다.

"그래도 이렇게 옥봉이 우리에게 힘을 더해주니 참으로 고맙기 그지없구려."

"당연히 해야 할 일이지요. 나라를 바로잡는데 어찌 나서지 않겠습니까. 아녀자이기 앞서 한 인간이고 이 나라 백성입니다. 게다가 반쪽이지만 종친의 문제이기도 하구요."

"허허허. 언제나 막힘이 없으시니 더 마음이 갑니다."

윤 선비의 호쾌한 웃음에 미소로써 답하고는 옥봉은 이내 운강에게로 시선을 돌렸다. 그는 빙긋이 웃고만 있을 뿐 다른 말을 덧붙이지 않았다.

"제 술 한 잔 받으시지요."

옥봉은 운강에게 술을 권했다. 이번에도 운강은 아무 말도 하지 않고 빈 잔을 들어 옥봉의 앞으로 내밀었다. 팔목이 대나무처럼 가느다랗다. 푸른 핏줄이 도드라져 보이는 그 팔목에서도 운강의 꼿꼿한 성정을 읽을 수 있었다.

옥봉은 술을 따랐다. 옥봉의 속살 같은 희디흰 청화백자 술병에서 연두빛 맑은술이 조르르 흘러내렸다. 주향이 은은하게 코끝에 감겼다.

술을 따르는 옥봉의 손이 부끄러운 듯 자꾸만 끝동 물린 소매 속으로 움츠러들었다.

"보아하니 옥봉이 운강을 좋아하는 모양이오. 저리 운강을 챙기는 양이."

"그러게나 말입니다. 우리들은 옥봉에게 술 한 잔 받을래도 몇 번이나 눈치를 해야 하는데, 운강은 말 안 해도 저리 알아 빈 잔을 채워주시니 보기에 다 질투가 납니다."

"빈 잔에 술을 따랐는지, 마음을 따랐는지 우리가 어떻게 알겠습니까?"

"거 말이 됩니다 그려. 허허허."

봄물 도는 산비탈에 한 폭 그림으로 들어앉은 누각에 호탕한 웃음이 고였다. 그 웃음에 새들 푸드덕 날고, 화답하듯 조로롱 노래 불렀다.

그날따라 술도 푸지고 웃음도 푸지고 말도 푸졌다. 운강은 다른 선비들의 이야기에 그저 웃고만 있을 뿐이었다.

술기운이 옥봉의 몸과 마음을 달뜨게 만들면서 버선에 옥죄인 발이 아팠다. 얼굴을 가린 쓰개치마도 답답했다. 부지런히 새순을 키우고 있는 버드나무의 휘늘어진 가지며 복숭아, 배꽃은 바람에 달빛 털어내며 옥봉의 마음을 어지럽게 만들었다.

옥봉은 쓰개치마를 벗어 팔에 걸었다. 잘 익은 머루알의 액즙을 풀어놓은 것과 같은 청람빛 어둠 속에서 수선스러운 바람이 느껴졌다.

저 바람은 밤새 살아있는 목숨들을 흔들어 깨울 것이다. 봄이라고, 어서 깨어나 새로운 세상을 준비하라고, 살아있는 목숨들의 죽음과도 같은 잠을 방해할 것이다. 때로는 광포한 걸음으로 달려와 살아있는 것들의 숨 줄을 헤집어놓거나 감미로운 손길로 살아있는 것들의 성기를 어루만지면서 내일의 부활을 재촉할 것이다.

옥봉은 밤공기를 깊이 들이마셨다가 숨을 멈추었다. 가슴 속 가득 빨려 들어온 어둠의 기운이 폐부에 갇힌 채 옥봉의 오장육부를 조용히 흔들어 깨웠다. 그 어둠 속에 우주의 기운이 스며 있었다. 가보지 못한 저 먼 남국의 이야기도 있었고, 광활한 중국 대륙의 흔적도 들어있었다.

사람살이도 이 우주의 운행과 같을진대 왜 차별을 두어 사람살이의 가는 길을 막을까. 무릇 흐르는 물도 물길을 막으면 처음에는 수굿이 따르다가도 나중에는 더 큰 힘으로 거스르는 법. 존귀함이란 무엇인지. 양반과 천출. 천출보다 못한 양반도 숱하게 보았거늘.

옥봉은 그저 여자이고 싶었다. 한 여자. 그것도 한 남자를 지극히 은애하고 연모하는 여자이고 싶었다. 생각의 모반, 반란, 역모였다.

옥천을 떠나올 때만해도, 아니, 윤관서의 집에 처음 갔을 때만해도 그저 한 사람이고자 했다. 여자도 남자도 아닌, 사람. 남자들과 어깨를 나란히 겨누고 시를 노래하고 인생을 이야기하고 그렇게 늙어 가리라 했다.

복사꽃, 매화꽃, 차꽃 같은 얼굴이 시들어 빛을 잃고 젊음이 허무하게 물러나도 자신이 짓는 시만큼은 시간을 거슬러 아름답고 처연하게 남으리라 생각했다.

헌데 이제는 사랑이었다. 여자이고 싶었다. 한 남자의 여자이고 싶었고, 한 남자의 사랑을 독차지하고 싶었다. 그 남자의 품에서 세상을 보고 세상을 노래하며 늙어가고 싶었다. 원앙이 수놓인 베개보다는 남자의 팔베개를 하고 아침을 맞고 싶었다. 그렇게 맞는 아침 해는 더 빛나고 더 따사로울 것이다.

시가 빛나는 열매라면 사랑은 그 열매의 뿌리였다. 사랑이 있으므로 시가 더 황홀하고 아프고 빛이 날 것이다. 그 애달픈 탄식과도 같은 시들. 어찌 이럴 줄 알았을까. 어찌 내 삶을 그토록 장담했을까…….

결혼은 하지 않을 것이옵니다. 시만 짓고 살도록 허락해 주십시오. 눈은 내리깔았지만 목소리만큼은 날을 세워 말하던 자신을 바라보는 나리의 심정은 어땠을까.

후미진 돌담 아래 먼지 뒤집어 쓴 채 질기게 피어나 있던 잡초보다도 못한 어머니의 삶을 애잔해 하면서도 한사코 외면하고 싶어하던 딸년을 대하는 어머니의 마음은 또 얼마나 쓸쓸했을까.

젖을 더듬던 남자의 손에 대한 기억마저 가물가물 잊혀져 가는데도 은애하는 마음만은 날로 푸른빛으로 살아나는 그 정념을 억누른 채 하루하루 말라 처지는 젖가슴을 꽁꽁 여미고 살아가야 했던 어머니의 슬픔은 또 얼마나 붉을까.

막례 없이 홀로 가는 밤길이 적적하긴 했지만 외려 그 적적함과 헛헛함이 좋았다. 그 적적함과 헛헛함 속에 온갖 생각들이 일어났다가는 제 풀에 꺾여 스러졌다.

그때였다. 어둠 속에서 누군가가 불쑥 튀어나왔다. 달빛도 미치지 않는 좁은 골목이었다. 길 양쪽으로는 기와를 얹은 반가의 돌담들이 옥봉이 숨을 곳을 완강히 가로막고 있었다. 피할 길은 앞으로 나가거나 뒤로 물러나는 방도 밖에 없었다.

옥봉은 뒷걸음질쳤다. 뒷걸음질치면서 앞을 가로막는 사내의 정체를 물었지만 복면을 쓴 사내는 대답 대신 칼부터 들이댔다. 단도였다. 장검이 아닌 단도를 들이대는 것이 산에 본거지를 두고 조직적으로 움직이는 도적의 무리는 아닌 듯싶었다. 그저 값진 물건이나 털어내는 도둑이지 싶었다.

여자에게 칼을 겨누는 저 비열한 칼끝에 대고 목숨을 구걸하고 싶지는 않았다. 목숨을 구걸한들 고이 놓아줄까. 그런 심성이었다면 애초에 불의의 칼 따위로 손을 더럽히지 않았을 터.

아직 바람결에 소름을 돋게 만드는 찬 기운이 느껴지는데도 불구하고 사내의 몸에서는 시큼한 땀 냄새가 풍겼다. 그 땀 냄새 속에 무두질이 덜 끝난 짐승 외피의 역한 냄새도 섞여있었다. 갓바치. 옥봉은 사내의 신분을 막연히 짐작했다.

팔천 중의 하나. 무슨 영화와 이득을 보겠다고 이 밤중에 칼을 함부로 겨눌까. 그것도 세상이 아닌 여자의 목에 칼끝을 댈까.

"어디 할 일이 없어 무장도 하지 않은 아녀자의 목에 칼을 겨눈단 말이오. 힘으로 나를 제압하려 든다면 그 완력 또한 당해 내지 못할 터인데 어찌 함부로 흉기를 사용한단 말이오. 사람으로 태어나 사람답게 살아간다 해도 종내는 후회가 남는 법이거늘 왜 이리 사람의 도리를 저버린단 말이오."

칼을 앞에 두고서도 옥봉의 음성은 당당했다. 옥봉의 나무람에 꼿꼿이 겨누고 있던 칼이 잠시 흔들리는가 싶더니 이내 바짝 앞으로 다가왔다.

"그대가 원하는 게 뭐요? 목숨을 원하는 거요? 돈푼으로나 바꿀 수 있는 몸 붙이들을 원하는 거요? 지니고 있는 패물이라 봤자 옥가락지와 은비녀가 전부. 하룻밤 행차에 그대의 소득이 너무 적구려."

"나랑 같이 가줘야겠다."

복면에 가린 입속에서 빠져나온 말들은 서로 섞이거나 뭉개져 웅웅거리는 소리로 들렸다. 음성의 결이 거칠었다.

사랑에 젖다

"어디로 간단 말이오?"

"너를 곱게 데려오라는 엄명을 받았으니 얌전히만 간다면 다치지는 않을 게야."

"누가 나를 데려오라 했단 말이오?"

"가보면 알 것이다."

"이년, 노는 계집이 아니외다."

"알고 있다. 그러니 잔말 말고 앞서거라."

"이년, 이제까지 목숨 따윈 귀하게 여기지 않고 살아왔으니 죽는 것은 두렵지 않으나 대체 누가 나를 데려오라 하는지 그게 궁금하구려."

"가보면 알 것이다. 앞장서 걸어라."

칼의 명령이 꽤나 위협적이었다.

저 차가운 쇠날이 가슴을 뚫고 들어와 온 몸을 열어젖힌다 해도 가슴의 불로 살아있는 운강에 대한 연모의 정만큼은 어떻게 해하지 못하리라. 서슬 푸른 칼보다도 마음속의 꽃이 더 강하고 질겼다.

옥봉은 가슴으로 손을 가져갔다. 가슴의 온기를 품은 은장도에서 미미한 온기가 느껴졌다.

살아있다는 징표. 조만간 은장도는 가슴에 꽂힌 채 차갑게 식어갈 것이다. 죽음은 겁이 나지 않았다. 맺지 못한 사랑도 안타깝지 않았다. 짧디짧은 생도 아쉽지 않았다. 시인의 행세도 서운하지 않았다. 다만 운강에게 이 마음 전하지 못한 것이 한스러울 뿐.

옥봉의 마음이 무겁게 가라앉았다. 칼을 만났을 때, 복면의 사내가 앞을 막았을 때, 두렵지는 않았다. 목숨을 구걸하고 싶지도 않았다. 자신에게 주어진 생이 이런 거라면 앙탈부리지 않고 받아들이리라. 순응이었을 뿐 체념은 아니었다.

순간, 무언가 예사롭지 않은 바람이 느껴졌다. 밤의 눅눅하고 게으른 바람과는 다른, 그 무엇. 팽팽한 긴장이 들어있는 바람이었다.

"누구냐!"

수상한 바람과 동시에 사내가 짧게 소리쳤다. 커다란 삿갓을 푹 눌러쓴 사람이 어둠속에서 불쑥 나타나더니 일순 사내의 칼 든 팔을 꺾었다. 몸집은 왜소했으나 움직임만큼은 삵처럼 재빨랐다. 달빛마저 차단해야 할 내밀한 사연이 있는 듯 삿갓에 가린 얼굴은 보이지 않았다.

마른 장작 같은 몸 위로 눌러쓰고 있는 삿갓이 완고했다.

"웬 놈이냐?"

단 한 번의 공격에 팔이 꺾인 사내는 고통에 이를 문 소리를 냈다.

"돈 몇 푼에 혹해 아녀자의 목숨을 노리는 네놈이 사내더냐? 사내로 태어났다면 응당 큰일을 위해 몸을 움직여야 하거늘 이렇듯 비열한 일에 움직이다니."

삿갓의 음성이 어딘지 귀에 익은 듯했다.

"누구냐?"

"네놈에게 내가 누구인지 알려 줄 성 싶더냐?"

"후회하게 될 것이다."

사내는 삿갓의 손에서 팔을 빼내려 용을 썼지만 그럴수록 삿갓은 사내의 팔을 비틀어 꺾으며 담벼락에 밀어 붙였다. 그리고는 으름장을 놓았다.

"잘 들어라. 오늘 한 번은 그냥 보내준다. 하지만 두 번 다시 이런 일이 생기면 그때는 곱게 보내주지 않을 거다. 내 말 명심하여라."

삿갓의 정수리가 사내의 턱 부근에 닿을 만큼 키가 작았지만 기세나 절도만큼은 사내보다 더 등등했다.

용을 써댔지만 사내는 삿갓을 이기지 못했다. 자신의 힘으로는 어쩔 수 없다는 사실을 간파했는지 사내는 어느 순간 저항을 멈추었다.

삿갓은 그제야 사내를 풀어주었다. 풀어주면서도 경계심은 놓지 않았다. 삿갓에게 풀려난 사내는 떨어진 칼을 주워들더니 잇새로 침을 쏘고는 어둠 속으로 사라졌다.

"뉘신지?"

옥봉은 옷매무새를 바로잡으며 삿갓에게 물었다.

"아녀자가 이리 늦은 시각에 동행도 없이 다녀야 되겠소? 게다가 술기마저 도는 양이 사내들을 스스로 불러들인 거나 다름없군."

"그렇게 되었습니다."

삿갓의 책망에 옥봉은 부끄러웠다.

"앞장서 가시오. 내 멀찍이 뒤따라 갈 테니."

"고맙습니다."

옥봉은 삿갓이 시키는 대로 앞서 걸었다. 오금이 풀렸지만 삿갓에게 들키지 않으려 두 다리에 힘을 줬다. 등 뒤에서 인기척은 들리지 않았다. 하지만 어둠 속 어디에선가 삿갓이 따라오고 있다는 기운이 느껴졌다.

어둠 속에 고즈넉이 가라앉아있는 집이 보였다. 집 앞, 길 옆에 장승처럼 버티고 서 있는 오동나무가 그처럼 반가운 적도 없었다. 이제 살았다고, 이제 안전하다고, 이제 사랑을 지킬 수 있겠다고 생각하니 가슴에 온기가 돌았다.

고맙다고 인사를 하려 뒤를 돌아보았으나 삿갓은 보이지 않았다. 불쑥 나타난 것만큼이나 삿갓은 홀연히 사라져 버렸다.

누구였을까. 귀에 익은 음성이었는데 누구인지는 끝내 생각나지 않았다.

"아니, 아씨 얼굴이 왜 그러세요?"

막례가 옥봉을 보고 놀란 얼굴로 물었다. 옥봉은 그제야 긴장이 풀렸다. 칼 앞에서 그리도 의연했건만, 기개 높은 몸짓으로 순간을 버텼건만, 집안에 들어서자 왈칵 두려움이 몰려들었다.

"물이나 다오."

"아이고, 분명 무슨 일이 있었던 게지요? 그러게 제가 고집을 부려서라도 모시고 갔어야 했는데. 제가 죽일년입니다요."

"호들갑 떨지 말고 물이나 달래도."

옥봉은 사뭇 언성을 높였다.

그나저나 삿갓은 누구였을까. 암만 생각해 봐도 음성이 귀에 익었다. 하지만 기억은 완강하게 그 음성을 지닌 이를 되살려 주지 않았다. 누구일까. 누구일까······.

칼날의 느낌이 아직 목에 섬뜩한 기운으로 남아있었다. 옥봉은 손으로 목을 훔쳐 냈다. 기운이, 기력이 흩어졌다. 마음에 남은 연모의 정은 갈수록 짱짱해지기만 하는데, 그 마음의 고삐를 틀어쥐고 있던 자신을 그 밤에 놓아버렸다.

 사는 게 꿈일 수도 있겠구나. 어쩌면, 어쩌면 내일이 없을 수도 있겠구나. 불현듯 치솟는 생각이 옥봉으로 하여금 강단진 힘을 앗아갔다.

 사랑하리라. 사랑할 것이다. 나인 듯 운강을 사랑할 것이다. 그 이름을 뼈에 새겨 나갈 것이다.

그리워, 또 그리워

　방문에 푸르스름한 기운이 엉겨 있었다. 어김없이 새벽은 오는데, 잠은 오지 않았다. 여우잠도 들지 못한 시각에 맞이하는 저 푸른빛은 설움이자 사무친 그리움이 만들어낸 그림자였다.
　닭 우는 소리가 그 푸른빛을 흔들었다. 귀신들이 물러가는 시각. 방문에 엉겨 있는 저 푸른빛이 귀신들의 원한처럼 섬뜩하면서도 서늘해보였다.
　이제 세상은 죽음과도 같은 잠에서 깨어난 사람들의 기척으로 소란스러울 것이다. 사람은 사람대로, 꽃은 꽃대로, 미물은 미물대로 저마다의 생으로 분주할 것이다. 그 분주함에 죽은 자들의 원혼은 나무 밑동이거나 음습한 땅 속으로 숨어들 것이다.
　옥봉은 기어이 자리에서 일어나 앉았다. 머리에 미열이 느껴졌다. 너울거리는 불빛이 싫어 등잔불을 끄고 어둠 속에 누워있었더니 뻘 같은 어둠의 기운이 온통 자신에게로 달려 들어와 있는 듯했다. 어둠이 자꾸만 몸 안으로 스며들었다. 터럭들 사이사이 진득한 진액으로 엉겨붙고서는 그악스럽게 몸속으로 파고들었다. 아홉 개의 열린 구멍은 수문 역할을 했다. 숨을 멈추고, 눈을 감고, 입을 닫아도 틈새를 비집고 기를 쓰며 쳐들어오는 어둠의 기미는 어찌할 수 없었다.

그 어둠 속에서도 끈질기게 살아남는 것이 있었다. 삼경의 어둠도, 귀신들의 시각도 그것을 지워 내거나 물리치지 못했다. 옥천 땅, 산기슭, 후미진 언덕배기에 들어앉아있던 처마 기울어진 상여집의 묵은 전설보다도, 저수지 위에서 푸른 불티로 날아다닌다던 애젊은 처녀혼 보다도 더 무섭고, 집요했다.

운강이었다. 운강의 웃음과 운강의 음성과 운강의 시선은 그 어둠 속에서도 분명하게 살아났고, 운강의 단단한 이마는 오히려 그 어둠 속에서 냉염하게 빛났다.

운강으로부터 도망칠 수 없었다. 숨을 쉬기가 불편했다. 오목가슴에 불이 들어있는 듯, 묵직한 돌이 얹혀있는 듯, 옥봉은 숨쉬기가 답답했다. 오른쪽 어깨 밑으로 내려와 있는 땋은 머리가 무거운 것이 기력이 쇠진한 모양이었다.

옥봉은 방문을 열었다. 새벽의 차가운 공기가 먼저 얼굴로 달려들었다. 방문 앞 수수꽃다리가 넋인 양 섬뜩했다. 그 수수꽃다리 꽃향기 속에 비릿한 살내음이 섞여 있었다.

온몸에 감기는 찬 기운이 차라리 정신을 맑게 깨웠다. 하지만 가슴 속의 불은 여전했다. 새벽의 그 찬기운도 오목가슴에 들어있는 불을 잠재우지 못했다. 정신은 맑았으되, 뼈 마디 마디 스며든 찬 기운은 옥봉에게서 온기와 생기를 앗아갔고, 꽃들은 푸른빛의 기에 눌려 제 색을 내지 못하고 있었다.

옥봉은 반쯤 넋이 나간 사람처럼 마당을 보고 있었다. 푸른빛이 엷어지는 줄도 몰랐다.

"아이고, 세상에. 언제부터 이러고 계셨어요? 새벽바람에 고뿔 드시겠어요. 날도 찬데."

언제 왔는지 막례가 호들갑스럽게 방문을 닫았다.

"놔둬라."

옥봉은 막례를 제지했다.

"어디 아프세요?"

문을 닫다 말고 막례가 걱정이 가득한 얼굴로 옥봉의 기색을 살폈다.

"간밤에 잠을 설쳐서 그래."

"또요? 이러다 아씨 병나시겠어요. 잠이 보약이라는데 요즘 통 못 주무시잖아요. 도대체 왜 이러세요? 지난번 그 일 때문이세요? 하마터면 봉변 당할 뻔한 일 말예요. 그 일은 마음에 두지 말고 잊어버리라 했잖아요. 그러게, 공연히 혼자 가신다고 고집 피우셔 가지고는."

막례가 답답하다는 듯 옥봉에게서 눈을 떼지 못했다.

"대체 그 삿갓은 누구였을까요? 고맙기도 하지. 헌데 변변히 감사하다는 말도 전하지 못했으니 서운해서 어떡해요. 어디 사는 누구라고 이름만 가르쳐주었어도 좋았을 텐데. 그나저나 어떤 놈이 우리 아씨를 데려가려고 했을까요? 혹시 짐작 가는 거라도 있으세요?"

옥봉은 여전히 한쪽 무릎을 세우고 앉아 멍하니 마당만 내려다보고 있었다. 삿갓이 잠을 방해한 것은 아니었다. 정작 잠을 앗아간 이는 따로 있었다. 옥봉은 막례에게 가슴의 불로 살아있는 그 사람을 말해줄 수 없었다.

"따듯한 물이라도 한 잔 드려요? 아니면 주무시게 술이라도 한 잔 드려요? 방은요? 군불 좀더 지펴드릴까요? 문을 열어놓은 탓에 방 기운이 찬데 불을 조금만 땔 게요."

옥봉은 고개만 가만히 내저었다. 그것도 힘이 들었다.

"정말 왜 이러세요? 아씨 이러려고 한양에 오셨어요? 도대체 왜 이러세요? 왜 이리 흙주접이 든 푸성귀마냥 시들시들하시는데요. 봄이라고 사방 모든 것들이 다 환하게 피어나는데 왜 아씨만 이렇듯 맥없이 축축 처지냐고요."

막례가 짐짓 나무라듯 언성을 높였다.

"혼자 있고 싶구나."

벌을 쫓듯 잉잉거리는 막례를 쫓았다.

"그럼 방문이라도 닫고 계셔요."

"닫지 마."

"새벽 찬 기운에 고뿔이라도 들면 어쩌시려구요."

"그래도 답답한 거 보다는 나아."

"좀 주무세요. 한숨도 못 주무셨다면서요."

"가봐. 추우면 내가 문 닫을 테니."

옥봉의 음성에서 결기가 느껴지지 않았다. 운강이 보고 싶었다. 명치끝이 저리도록 운강이 보고 싶었다. 그는 지금 무얼 하고 있을까. 이 적막한 새벽, 비단금침 속에 누워 갈퀴 같은 욕망을 잠재우며 나른한 잠 속에 빠져 있을까. 그렇다면 운강의 꿈속에는 무엇이 들어있을까. 아니면 새벽의 당찬 기운에 홀로 일어나 허리 곧추세우고 앉아 자신이 갈 길을 보고 있을까.

옥봉은 운강의 여자이고 싶었다. 온몸 겹겹이 둘러싸고 있는 옷 벗어던지고 그저 알몸으로 만나고 싶었다. 터럭과 터럭을 부비고, 살갗과 살갗을 비비며, 그를 온몸으로 받아내며 그렇게 운강을 느끼고 싶었다. 제도와 관습은 허울과 허위일 뿐. 다 내던지고 그저 한 여자, 한 남자로 만나 칡뿌리처럼 한평생 뒤엉켜 살고 싶었다. 그렇게 살다 갈 때가 되면 나 잘 살았다, 한 세상 참 재밌게 살았다, 웃으며 떠나고 싶었다.

옥봉은 기어이 방문 밖으로 나섰다. 방안에 있으려니 명치끝이 눌린 듯 답답해지면서 자꾸만 까라졌다. 댓돌 위에 신발이 가지런히 놓여있었지만 옥봉은 맨발로 마당으로 내려섰다. 보늬처럼 세상을 덮어씌우고 있는 것이 안개인가 싶었는데 는개였다. 물에 젖은 흙이 간지럽게 발바닥에서 밀려나가고, 속저고리는 이내 흥건히 젖어 살에 들러붙었다. 세상이 그 는개에 축축히 젖어가고 있었다.

차라리 살 것 같았다. 그 차가움이, 몸속으로 파고드는 그 미세한 습기가 어지럽던 마음속의 불을 눅지근하게 만들었다. 옥봉은 혼인 같은 거는 하지 않으려 했다. 정념도 품지 않으려 했다. 정인도 두지 않으려했다. 그저 나무처럼, 바위처럼, 품이 넓은 뒷산처럼 그렇게 살아가려 했다. 때문에 나리가 맺어준다는 혼처도 도리질로 사양했고, 옥천의 김 선비도 고개 돌려 물리쳤다. 헌데 이 무슨 허방이란 말인가.

　너무 검어 초록빛이 도는 삼단 같은 머리다발에서 물이 흘러내렸다. 물방울이 가슴의 골을 타고 내렸다. 간지럽고도 부드러웠다. 온몸의 터럭들이 살아 일어났다. 꽃잎들도 비에 젖고 있었다. 물방울은 꽃송이의 은밀한 곳까지 함부로 쳐들어가고 있었고, 그때마다 꽃잎들은 파르르, 몸을 떨며 물방울을 깊고 뜨겁게 끌어안았다. 그 교합에 씨방은 더 단단히 여물어지고, 단내 풍길 것이다. 그 단내로 세상을 유혹할 것이다.

　옥봉은 그런 꽃잎이고 싶었다. 이 비에, 한 사람에게, 한 송이의 꽃으로 오롯이 내놓고 싶었다. 무참히 그의 손에 꺾이고 싶었다. 그의 남성에 짓밟히고 싶었다. 그렇게 한순간만이라도 살아보고 싶었다.

　속곳까지 비에 젖어 다리 사이로 감겼다. 땅바닥에 밑뿌리를 단단히 묻고 있는 큰 바위도 비에 젖고, 보굿이 들뜬 소나무도 의연하게 그 비를 맞고 있었다.

　그러다 어느 순간 옥봉은 스르르 꽃잎처럼 주저앉았다. 연못 위에 뜬 백련처럼, 물에 젖은 땅 위에 피어난 흰 모란처럼 옥봉은 피어났다. 는개 같은 비는 옥봉의 위로 무심하게 흩뿌렸다.

사랑, 그 병

 몸이 물 위에 동동 떠있는 듯한 기분이었다. 부피나 중량감이 느껴지지 않았다. 자신이 있는 곳이 어디인지, 아침인지 저녁인지도 알 수 없었다. 사물들은 희끄무레한 덩어리로 눈에 밟힐 뿐. 그 덩어리들에서 색은 읽을 수 없었다.

 색이 사라진 풍경. 그 풍경은 진공의 세상처럼 무미했다. 대체 여기가 어디란 말인가. 움직일 때마다 뼈마디마디에 날카로운 통증이 일었다. 마치 칼로 끊어내는 듯한 사박스러운 통증이었다. 옥봉의 하얀 이마에 희미하게 주름이 잡혔다.

 "아씨, 이제 정신이 드세요?"

 희끄무레한 덩어리에서 살아 움직이는 덩어리가 보였다. 막례였다. 하지만 이목구비는 흰빛에 묻혀 버린 채 소리만 왕왕거렸다.

 "아씨. 정신 좀 차려 보세요."

 그녀의 우악살스런 손이 어깨를 잡아 흔들었다. 그 손에 옥봉은 무력하게 흔들렸다. 관절마다 짱짱한 힘이 사라져 버린 옥봉의 몸은 짚단처럼 축축 늘어질 뿐이었다. 그 흔듦에 덩달아 머릿속 생각들도 엉키고 털렸다. 사라져버린 기억들. 그 끄나풀들을 어디서부터 추리고 이어나가야 하는지 옥봉은 알 수 없었다. 암암하게 생각나는 것도 없었다. 다만 문득 하얀 벽을 만났을 뿐이다. 그 벽 앞에서 잠시 지칫대고 있었을 뿐이다.

막례 옆으로 다른 사람의 모습도 보였다.

"제가 보이십니까?"

우렁우렁 낯선 사내의 음성이 울렸다. 마치 깊은 동굴 속에서 들려오는 듯 사내의 음성은 울림이 컸다. 그러고 보니 명주솜을 두텁게 둔 이불 속이었다.

옥봉은 영문을 몰랐다. 왜 이불 속에 있는지, 낯선 사내는 누구인지, 정신이 드느냐는 막례의 말은 또 무엇인지.

"어쩌자고 그 비를 맞으셨어요? 세상에. 저는 꼭 무슨 일을 당하는 줄로만 알았어요."

막례가 코맹맹이 소리를 내더니 이내 치마를 거듬거듬 주어 올리더니 팽, 물코를 풀어냈다.

"아시기나 해요? 꼬박 이틀 동안 정신을 놓고 계셨다는 것을요."

"정신을 놓다니?"

"기억 안 나세요? 잘 주무시나 하고 와봤더니 글쎄, 아씨가 연못가에 쓰러져 있지 뭐에요. 그래, 얼마나 비를 맞으셨어요? 얼음장처럼 몸이 차가운 게 저는 이러다 큰일을 당하는 줄 알았어요."

옥봉은 그제야 느개 속에서의 일이 생각났다. 연못가에 휘늘어져 있던 버드나무 가지를 잡으려고 손을 뻗었었다. 그리고 흰 벽을 만났고 흰 벽을 만나는 순간, 기억은 사라져 버렸다. 흰 벽은 기억의 무덤이었다.

"헌데 어찌 된 게냐?"

입술만 달막였을 뿐 소리는 뭉쳐지지 않았다.

"기억나십니까?"

옆에 있던 사내가 다시 물었다.

"이분은 뉘시냐?"

"운강 선비가 모시고 온 의원님이십니다."

"운강이라니?"

"어쩝니까? 아씨는 위중하시지, 나리가 계시는 곳은 멀지, 하는 수 없이 운강 선비님한테 아씨가 아프다고 말씀드렸지요. 그랬더니 운강 선비님께서 친히 의원님을 모시고 와 아씨를 진맥케 했답니다."

"공연한 일을 했구나."

옥봉의 가슴속에서 싸하니, 통증이 쓸고 갔다.

"공연한 일이라니요. 아씨가 얼마나 아팠는지 아세요?"

막례가 퉁박을 주듯 말했다.

"건넌방에 운강 선비님께서 들어계셔요."

운강이 있다는 말에 옥봉은 화들짝 놀랐다. 몸을 일으키려다가 아직 남아있는 동통에 끙, 신음을 내뱉으며 도로 누웠다.

"아직 안정을 취하셔야 합니다."

의원이 부드럽게 나무랐다.

"곡정수에요. 쌀을 넣고 푹 고아서 물만 따라온 거니 그냥 마시세요."

막례가 소반에 받쳐온 미음을 옥봉의 앞으로 내밀었다. 텁텁하게 받쳐 온 미음의 겉면에는 우줄우줄 주름이 잡힌 더껑이가 져 있었다.

기력이 빠진 몸에 후각은 오히려 예민하게 벼려져 있었다. 시취처럼 냄새가 역했다. 그간 몸속에서 알뜰히 소화돼 살이 되고 피가 되고 뼈가 되었던 것들의 냄새가 저랬던가. 결국 살아있다는 것도 저렇듯 고약하다는 말인가. 하긴 생체에 쌓여가는 시간이 늘어날수록 육신 또한 시나브로 산화해 갈 것이다. 하지만 헐거워져 가는 육신 속에서도 욕망만큼은 오히려 섬뜩한 빛으로 타올라서는 사람들을 괴롭혀 대고 자신을 난도질 해댈 것이다. 그 간극이 넓어지면 넓어질수록 삶의 냄새는 더 고약해지고 탐욕스러워질 것이다.

옥봉은 얼굴을 옆으로 틀었다. 냄새를 맡는 것만으로도 올깍, 몸 안의 것들이 그악스럽게 치받쳐 올라왔다. 그 역행과 반란의 기미에 옥봉은 미간을 찌푸렸다.

"먹어야 살아요. 안 먹으면 죽어요. 왜 그리 고집을 부리세요. 처음에는 안 받다가도 자꾸 먹다 보면 나아질 거예요. 그러니 한 입이라도 삼켜 봐요. 건더기는 없이 알뜰히 받쳐 왔으니 삼키기도 쉬울 거예요."

막례가 울상을 지었다.

"나를 좀 씻겨 다오."

"뭐하시게요?"

"운강께서 와 있다지 않았느냐?"

운강이 들어있다는 소리만으로도 힘이 돌았다. 그가 있다고 했다. 다른 곳이 아닌 저 방에 그리운 그가 있다. 옥봉은 온 몸에 온기가 도는 듯했다. 아프고, 또 아파, 가슴에 불로 타오르는 운강을 모조리 도려내고 싶었는데, 그는 다시 불로 들어앉았다. 그 불은 꺼지지 않을 것이다. 그렇다면 인신공양하리라. 몸을 연비하리라. 그에게, 그리운 운강에게.

"이거 드시면요."

"싫다. 억지 부리지 말고 그냥 좀 씻겨 다오."

"아씨가 고집 부리지 마세요."

"나중에 먹을게."

"드시지요. 안 드시면 회복이 더딜 겁니다. 지어온 약재를 달이라고 해놓았으니 이거 드시고 탕약을 드시지요. 그러면 곧 원기를 찾으실 수 있을 겁니다. 그리고 무엇보다 마음을 편히 잡수세요. 마음의 화기가 원인으로 작용하고 있는데, 그 맺힌 것을 풀어버리지 않으면 낫지 않을 겁니다. 마음을 다스리세요."

동그란 얼굴에 몸피가 작은 의원은 막례에게 미음그릇을 넘겨받아 억지로 옥봉의 입에 물렸다. 한 모금 입에 댔다 옥봉은 물리쳤다. 입술에 닿은 더껑이의 물컹함이 이물스러웠다.

"아씨, 제발요."

막례가 울먹이는 소리로 사정했다.

"조금 있다 먹으마. 그러니 좀 씻겨 다오."

옥봉은 몸을 틀어 자리에서 반쯤 일어났다. 하지만 천근만근의 무게로 몸은 자꾸만 밑으로 까라졌다. 일어나고 싶은데, 일어나 경대 끌어당겨 놓고 머리도 빗고 분단장도 하고 입술 연지도 바르고 싶은데, 땅 밑에서 무언가가 억센 힘으로 자꾸만 옥봉을 잡아끌었다. 그 힘을 물리칠 수 없었다.

"아이고, 아씨. 거보세요. 아직은 무리라고 했잖아요."

황급히 막례가 옥봉의 등을 받아 자리에 눕혔다. 색을 찾아가던 것들이 다시금 색을 잃어가고 있었다. 흰빛의 세상이 다시 찾아오고 있었다.

그때였다. 흠흠. 문밖에서 누군가 기척을 알리는 소리가 들려 왔다. 낮고도 진중한 소리. 운강이었다. 그리운 얼굴. 넘늘거리는 버드나무 가지를 잡으려다 흰빛의 세상과 만난 뒤로도 그 얼굴만은 눈앞에 어른거렸었다.

의원과 막례가 일어나 운강에게 자리를 비켜 주었다. 세상 것들 모두가 운강의 뒤로 멀찍이 사라졌다. 방 안에 그만이 있는 듯 운강만 눈에 밟혔다, 나머지는 모두 다 흰빛이었다. 운강만으로도 그 방 안이 꽉 찬 듯했다.

"이제 정신이 드시오?"

운강의 음성이 다정하고도 조심스러웠다. 갓 그늘에 묻힌 운강의 얼굴에 걱정이 가득했다.

"감사합니다. 미욱하게 제 몸 하나 엽렵하게 단속하지 못해 이렇듯 번거롭게 해 드립니다."

웃으려고 했지만 입가에 웃음이 만들어지지 않았다.

"그런 소리 마시고 빨리 쾌차하시오. 천하의 이옥봉이 자리보전이라니요. 시에 넘쳐나던 그 기개는 다 어디로 팽개쳐 버렸소."

"그러게 말입니다. 저도 어쩔 수 없는 용렬한 아녀자인 모양입니다."

"빨리 그대의 청아한 음성을 듣고 싶구려. 그래도 이만하길 다행이지 않겠소. 윤 선비도 다녀가고 싶은데 오히려 그대를 더 불편하게 만들까 싶어 참는다며 안부만 전해달라고 당부하더이다."

"제가 살아야 하는 이유가 하나 더 늘었습니다."

그제야 옥봉은 입가에 희미하게 웃음을 만들 수 있었다.

"헌데 지난번 일 말이오. 내 은밀히 알아보았는데 어느 역관이 그대를 연모해 거금을 주고 사람을 사서는 그대를 보쌈해 오라고 시켰다는구려. 헌데 물증이 없으니 처단하기가 쉽지가 않을 듯싶소. 중국을 오가며 꽤 많은 재물을 모은 치라고 들었는데, 앞으로 이런 일이 다시는 없으리라는 보장이 없지 않겠소. 집안을 지키는 든든한 장정이라도 한 사람 들이는 게 어떻겠소? 검술을 익힌 사람이라면 더 좋고."

"보이지 않는 사람의 마음을 무슨 수로 꺾으려 들까요. 마음이라는 것은 얄궂기가 그지없어서 손을 내밀면 더 멀어지는 법. 몸은 차꼬로 묶어 곁에 둔다 하여도 마음을 얻지 못하면 목석이나 진배없을 텐데. 이 몸 늙으면 눈과 마음에 쓰인 정념도 따라 시들 텐데, 어찌 그리 무모할 수 있을까요."

옥봉을 내려다보는 운강의 시선이 애틋했다. 그 애틋함이 옥봉의 뼈마디마디 속에 옹골차게 들어있던 동통들을 녹였다. 몸에서 그악스런 통증이 수그러들자 노곤하게 잠이 찾아들었다. 잠 한숨 달게 자면 툭툭 자리를 털고 일어날 것만 같았다. 저 눈빛을 이불삼아 덮고 자면 더할 수 없이 잠은 달 것이다.

옥봉은 까무룩 잠이 들었다. 잠이 든 지도 몰랐다. 아니, 꿈속인지도 몰랐다. 그곳에 운강이 있었다. 옥색 두루마기에 끝에 옥구슬이 달린 팥색 세조대를 두르고 정자관을 쓴 운강이 사랑채 누마루에 올라서서 옥봉을 내려다보고 있었다. 사랑채 옆으로 벽오동, 벚나무, 소나무, 단풍나무가 시립하듯 서 있고, 운강은 곧고 푸른 하나의 장송으로 서 있었다. 운강이 웃으며 손을 내밀었다.

옥봉은 어미의 날개 밑으로 숨는 병아리처럼 운강의 품속으로 파고들었다. 대살져보이던 그 품이 크고도 넉넉했고 따듯했다.

깨고 보니 꿈이었다. 꿈이어서 허망했다.

"운강 선비는?"

두리번거리며 방안을 둘러보았지만 운강은 보이지 않았다. 흰빛은 사라지고 없었다.

"아씨 주무시는 거 보고 가셨어요."

"그랬구나. 약을 다오. 아까 물리친 미음도 다오. 먹어야겠다. 먹고 기운차려서 살아야겠다."

막례가 환한 표정으로 재빨리 나가 미음을 데워 왔다. 옥봉은 막례가 가져온 탕약과 미음을 들이켰다. 한 모금 삼킬 때마다 안에서는 맹렬히 거부했지만 입안에 물고 있다 조금씩 조금씩 흘려 보냈다. 그것들이 식도를 타고 내려갈 때마다 묵직한 통증이 일었다.

연모의 시간들

아침부터 까치가 짖어댔다. 까가가각. 까가가각. 자귀나무 가지에 앉았다 다시 옆가지로 옮겨 앉는 한 쌍의 까치가 햇살 속에서 마냥 다정해 보였다.

꺽쉰 소리의 울음은 참 못났다. 다른 새들이 맑은 소리로 노래할 때, 저 새들은 드센 아낙의 악다구니 끝에 남은 탁한 소리 같은 울음으로 구애를 하고 짝짓기를 하고 자기의 영역을 지켜내고 있었다. 하긴 저 검은 새의 울음이 맑은 소리를 낸다면 더 이상할 것이다.

매끈하게 잘 다듬어진 깃털에 생사윤회의 전설이 까맣디까만 윤기로 흐르고 있었다. 저 새들의 윤회 고리를 따라가다 보면 어느 생에선가는 사람의 몸으로 한세상 살다간 시간이 들어있는지도 모를 일이다. 그게 이 방 안의 여인이었는지도 모른다. 하여 숨겨진 기억의 결을 따라 이집 마당까지 날아왔는지도 모른다.

옥봉은 벌써 소세를 마치고 동백기름 발라 머리를 빗고 있었다. 살이 촘촘한 참빗으로 어디 한 올 흐트러질세라 빗고 또 빗어 내렸다. 빗이 지나갈 때마다 머리카락이 출렁거리며 가지런한 빗살무늬를 만들어냈다. 한 사람만을 위해, 정인을 위해 몸을 단장하는 일만큼 또 설레는 일은 없었다.

어머니가 나리를 기다리며 저고리 고름을 단속하고 머리를 매만지던 모습이 명치끝에 울연하게 걸렸다. 아무리 머리를 매만지고 저고리 고름을 풀었다 다시 매어도 어머니의 가슴에는 바람만 차 있었다.

나리는 오지 않았다. 분 냄새 따라 다른 여자를 찾았을 뿐, 애면글면 당신바라기 노비 첩은 까맣게 잊고 있었다.

사람이 참으로 허망하다 싶은 것도 그때였다. 하여 혼인 하지 않으려 했고, 정인도 두지 않으려 했다. 헌데 이 핏빛 사랑이라니.

정지에서는 막례가 열심히 음식장만을 하고 있었다. 아침부터 기름 냄새가 집안에 가득했다. 돼지기름 두르고 전을 부치고, 쇠고기 끓이다 맑은 장국으로 내오라 일렀다. 게다가 아끼지 말고 좋은 것들로 푸짐하게 장만하라고 일러놓았다.

까무룩 낭떠러지 아래로 꺼지는 듯한 그 암흑 속에서도, 그 불안정한 의식 속에서도, 오롯이 마음속에 들어있던 것은 운강이었다. 그 운강이 있었기에 다시 살고 싶었을 것이다. 운강 때문에 죽고 싶었으나 그 운강이 있었기에 다시금 살아보고 싶었을 것이다. 끝이 어디든 가보자, 오기도 생겼다. 언제까지 운강이 올곧은 기개로 저를 물리치나 지켜보자는 비뚤어진 심사도 생겼고, 투기도 생겼다. 그게 옥봉을 살게 만들었다.

까가각. 깍깍. 까치는 계속해서 탁한 울음으로 울고 있었다.

"그래, 너도 운강이 온다니까 좋은 모양이구나."

옥봉이 까치를 향해 말을 던졌다.

옥봉은 거문고를 끌어당겨 줄을 골랐다. 줄이 느슨하지도 팽팽하지도 않아야 비로소 좋은 음을 얻을 수 있었다. 느슨하면 음은 늘어지거나 처지고 어두웠고, 팽팽하면 울림이 깊지 못하고 사납고, 날카로웠다. 거문고 역시 자연의 소리이거늘, 오동과 밤나무의 소리에 명주가 내는 떨림이거늘, 자연의 소리를 알지 못하고 얻지 못하면 어찌 풍류를 노래하고 심신을 수양할 수 있단 말인가. 무릇 사람살이도 이와 같을 것이다.

옥봉은 괘하청을 임종으로 맞추고 괘상청을 괘하청과 같은 음으로 맞춘 뒤 유현의 2괘 밑을 장지로 가볍게 눌러 식지로 괘상청을 먼저 퉁기고 무지로 유현을 퉁기며 오른손으로는 유현의 진괘를 조절하며 괘상청과 같은 음정으로 맞추었다. 슬기둥 슬기덩. 소리가 맑다. 자신의 마음이 거문고에 실렸음이다.

그때 대문간에서 막례의 소리가 들리는가 싶더니 치맛자락에 물 묻은 손을 닦아내며 옥봉에게 달려왔다. 운강이 온 모양이었다.

"모셔라."

옥봉은 자리에서 일어나 보료 아래로 내려왔다. 운강에게 보료를 내준 옥봉은 운학무늬의 청자 자기가 올려져 있는 문갑을 등지고 앉았다.

늘 번다하게 사람들 틈바구니에서 운강을 만났을 뿐 이렇듯 홀로

독대한 적은 한번도 없었다. 지금 이 순간, 운강이 이 방 안에 있는 동안만큼은 운강은 오롯이 옥봉의 사람이었다. 저 역시 운강의 여인이었다. 그리 믿고 싶었다.

"이렇듯 와주셔서 감사합니다. 안 오시면 어쩌나 몹시 걱정이 되었습니다."

"그러게 말이오. 이렇게 혼자 오는 게 옳은 일인지 모르겠소. 덜컥 오겠다고 약조를 해버렸으니 안 올 수도 없고, 막상 오자니 아녀자 홀로 사는 집에 출입이 잦다보면 호사가들이 가만있을 리도 만무하고. 그들의 입에라도 오르내린다면 옥봉이나 나나 좋을 일이 어디 있겠소."

운강은 둘만이 있는 그 방 안이 편치 않은 듯 했다. 숨소리 하나, 침 삼키는 소리 하나, 치맛자락 스치는 소리 하나, 모든 소리들이 그 방 안에서는 크게 살아났다. 쿵쿵. 두근거리는 소리도 목울대를 타고 귀로 전해졌다.

운강이 옥봉의 얼굴을 찬찬히 쳐다보았다. 그렇듯 운강의 그윽한 시선을 받아본 적이 없었다. 옥봉은 부끄러워 고개를 숙였다.

"그러고 보니 옥봉은 뛰어난 미색이구려. 단순호치에다 월태화용, 붉은 입술에 하얀 이, 달 같은 자태와 꽃 같은 얼굴이라더니, 옥봉이 딱 그렇구려. 내 이제까지 왜 알지 못했을까."

운강은 그 말끝에 환하게 웃었고, 옥봉은 살짝 연분홍 복숭아꽃 빛으로 얼굴을 붉혔다.

"운강께서 보내주신 의원 덕분에 이렇게 기력을 회복했으니 어찌

감사하지 않을 수 있겠어요. 오늘 그 성의에 보답코자 조촐한 주안상을 마련했으니 부족하다 흉보지 마시고, 되었다 마다하지 마세요."

"허허. 그리 마음 쓰지 않아도 될 일을 했구려. 문우가 아프다는데 내 어찌 가만있을 수 있었겠소. 설령 그대 옥봉이 아니었더라도 내 그리 했을 일을."

"그리 말씀하시니 서운합니다. 허언이라도 저였기에 마음을 쓰셨다고 말씀해 주시면 힘이 더 났을 텐데요."

"허허허. 그렇소? 허언인줄 알면서도 기분은 좋다…… 하긴 사람살이가 별거겠소? 힘든 세상 그렇듯 빈말이라도 아끼지 않아야 세상 살아갈 힘이 생기겠지요. 미안하오."

"미안할 게 뭐 있겠습니까. 애초에 운강께서 그런 성품이라는 것을 알고 있는데요."

"그렇지요. 허언에 잠시 기쁨이 찾아온다 해도 그것은 진실이 아닌 것. 자신을 속이고 마음을 속이는 일일 테지요. 오히려 그 헛것의 즐거움에서 깰 때 더 외롭고 쓸쓸한 법이지요. 그러니 애써 현실을 외면하지 말고 눈 똑 뜨고 앞을 바라보며 상대하는 게 옳은 길일 겁니다."

운강이 정색을 하고 말했다. 그때 상이 들어왔다. 향긋한 봄나물에 소고기 완자, 부침개며, 상 위가 걸었다.

옥봉은 운강의 잔에 술을 따랐다.

"옥봉의 수고가 많았겠구려. 아직 몸도 성치 않을 터인데, 이렇듯 정성스럽게 상을 준비하다니, 새삼 나를 감동케 하는구려. 이러지 않았어도 내 그대를 보는 기쁨으로 오는 길이 즐거웠을 텐데 이렇게까지 해주니 한편으로는 고맙기도 하고, 또 한편으로는 이러다 다시 아프지 않을까 걱정도 되는구려."

"그렇게 말씀해 주시니 기쁩니다."

"내, 그대에게 따로 줄 것은 없고, 시 한 수 읊는 것으로 그대의 수고에 보답하고자 하오."

"그거 이상 더 고마울 데가 어디 있겠습니까?"

산다는 것 뿌리 없는 몸이라서
밭두렁에 날리는 티끌 같은 것

바람 따라 흩어지고 구르며
이 몸 또한 덧없이 늙는다네

태어나서 만나면 형제 되는 것
피를 나눈 육친이라 따질게 있나

기쁜 일은 만나서 서로 나누고
술 익으면 이웃도 불러 마셔야지

젊은 날은 다시 돌아오지 않고

하루에 새벽도 두 번 없는 것

　　지금 서둘러 배우고 일해야지
　　세월은 사람을 기다리지 않는다네
　　人生無根蔕, 飄如陌上塵
　　分散逐風轉, 此已非常身
　　落地成兄弟, 何必骨肉親
　　得歡當作樂, 斗酒聚比隣
　　盛年不重來, 一日難再晨
　　及時當勉勵, 歲月不待人

　운강의 음성이 낭랑하게 술잔 위로 떨어졌다. 운강의 몸은 훌륭한 공명체였다. 방 안을 울리는 그의 음성의 여운이 사라질 때까지 옥봉은 눈을 지그시 감고 그 여운을 감상했다.
　"도연명의 시가 아닙니까?"
　"그렇소. 어찌 인생이 영원하겠소. 그저 겸허하고, 소박하게, 하지만 정신만큼은 올곧게 지키다 보면 잘 살았다 후회가 없겠지요. 일찍이 도연명은 그걸 간파했던 게지요."
　옥봉은 운강의 잔에 술을 따랐다. 옷소매 밑으로 옥봉의 팔목이 가느다랗게 드러났다.
　"운강께서 도연명의 시를 읊으셨으니 저 또한 답시를 읊겠습니다."

"옳거니."

> 서로 그리는 마음 그리는 모습도
> 다만 꿈속에서 뿐인가요
> 찾아가 뵈올 때 반가움 크지만
> 임께서 오실 때 더 반갑겠지요
>
> 바라옵건대 아득히 먼 꿈속에서는
> 한날 한시 한길에서 만나 뵙고 싶어요
> 相思相見只憑夢, 儂訪歡時歡訪儂
> 願使遙遼他夜夢, 一時同作路中逢
>
> —꿈속에서 임을 만나다, 원제: 相思夢. 황진이

옥봉의 음성이 여느 때보다도 더 애틋하고 맑았다.

"허허. 상사몽이로구나."

"네. 개성에 황진이라는 기생이 있다고 들었습니다. 그 기생의 기상이 어찌나 높은지 고관대작들도 그녀 앞에서는 쩔쩔 맨다고 들었습니다. 그 황진이라는 기생이 지은 시입니다. 한번도 만나본 적은 없지만 그녀가 지었다는 시를 듣노라면 어떤 여인인지 알 수 있을 것 같습니다."

"하긴, 은애하는 마음에 있어 여인들이라고 다르라는 법은 없는 법. 아무리 엄한 규율과 제도로 여인들의 정숙을 제도화시킨다고 해도 어찌 그 움직임을 막을 수 있겠소."

"그 황진이란 기생은 평생 화담 선생을 마음에 묻고 은애한다 들었습니다."

"아름다운 이야기지요. 사람과 사람과의 사이에, 그것도 남녀 사이에 그렇듯 변함없는 사랑이 있을 수 있다니."

"저 또한 그런 사랑을 하다 가고 싶습니다. 제가 시 한 수 지어 올리겠습니다."

> 버들 언덕 강 머리 임 오시는 수레 소리
> 취한 술 언뜻 깨시어 다락 앞에 내리실 때
>
> 임 기다려 시든 얼굴 거울보기 부끄러워
> 매화 핀 창가에서 반달 눈썹 그립니다
> 柳外江頭五馬嘶, 半醒愁醉下樓時
> 春紅欲瘦臨粧鏡, 試畵梅窓却月眉
>
> ─임을 맞으며, 원제: 卽事

"만홍증랑. 임에게 어리광을 부리다…… 이옥봉이 못할 일이 어디 있겠소? 옥봉이 은애하는 사람은 누구인지 몰라도 행복하겠구려."

"그렇습니까? 한데 은애하는 일이야말로 마음대로 되지 않는 일. 제가 좋아한다고 해서 상대도 절 좋아해 줄 지 그게 걱정입니다."

"허허. 이옥봉이 그런 소릴 하다니요. 친구들이 들으면 웃겠습니다."

옥봉은 얼굴에서 웃음기를 거두며 간절한 눈빛으로 운강을 바라보았다. 자신에게 곧바로 날아오는 그녀의 찰진 시선이 부담스러웠는지 운강이 술잔을 들어 입술을 적시고는 짐짓 무심한 표정으로 화제를 돌렸다.

"그러고 보니 그대의 거문고 소리를 듣고 싶구려."

옥봉은 조금 전 줄을 골라두었던 거문고를 끌어당겨 무릎에 놓았다. 손길이 닿을 때마다 살아있는 생물처럼 거문고는 신음을 냈다.

"화담은 그랬습니다. 거문고에 줄이 없는 것은 본체는 놓아두고 작용을 뺀 것이라고, 정말로 작용을 뺀 것이 아니라 그 고요함에 움직임을 함유하고 있는 것이라고 말입니다."

옥봉이 숨을 고르며 이야기했다.

"소리를 통하여 듣는 것은 소리 없음에서 듣는 것만 같지 못하며, 형체를 통하여 즐기는 것은 형체 없음에서 즐기는 것만 같지 못하다."

운강이 옥봉의 말을 받았다.

"형체가 없음에서 즐기므로 그 오묘함을 체득하게 되며, 소리 없음에서 그것을 들음으로써 그 미묘함을 체득하게 된다."

이번에는 옥봉이었다.

"밖으로는 있음에서 체득하지만 안으로는 없음에서 깨닫게 된다. 그 가운데서 흥취를 얻음을 생각할 때 어찌 줄에 대한 노력을 기울

이게 되는가."

"그 줄은 쓰지 않고 그 줄의 줄 소리 밖의 가락을 쓴다. 나는 그 본연을 체득하고 소리로써 그것을 즐긴다."

"그 소리를 즐긴다지만 소리는 귀로 듣는 것이 아니요, 마음으로 듣는 것이다. 그것이 그대의 지표이거늘 내 어찌 거문고를 귀로 들으리."

"이것은 금명입니다. 줄 있는 거문고에 화담이 새긴 글이지요. 이어서 화담은 거문고는 봉황새도 법도를 따라 춤추게 하며 척지사, 사악함을 씻어낸다고 하였습니다. 그리하여 자연과 융화되게 한다고 했습니다."

"척지사, 척지사라……."

"네, 척지사라 했습니다. 사악함을 씻어내는 소리라 하였습니다."

운강이 눈을 감았다. 옥봉은 운강만을 위하여 거문고를 탔다. 거문고 소리가 방 안에 낭자하게 풀어졌다. 화담의 말대로 듣되 듣지 않았고, 들리되 들리지 않았다. 옥봉 역시 줄 있는 거문고를 뜯었으되, 줄 없는 거문고를 타고 있었다. 모든 게 마음 안에서 보고, 마음으로 들었다.

암수 봉황이 서로 엉키었다. 옥봉은 말없이 운강과 얽혔다. 저 허공에서, 마음 안에서 운강과 더불어 하나가 되었다.

꽃이 되어 꽃을 보다

　오랜만에 모임에 나갔다. 아직 몸이 나은 것은 아니었지만 윤관서가 사람을 보내 정중히 모셔 오라는 청을 물리칠 수가 없었다. 아직 강단진 힘을 타지 못한 채 뼈마디마디 통증이 여운처럼 남아있었지만 차라리 사람들과 섞이다보면 더 나아질 수도 있겠다싶어 옥봉은 가자고 일어섰다.
　연화만초문이 들어있는 초록색 비단 치마에 노란색 저고리를 입고, 옥천을 떠나올 때 어머니가 주신 삼작노리개에 은으로 만든 매잠을 꽂았다. 은가락지도 끼었고, 정성 들여 화장도 했다. 하지만 여전히 얼굴은 흰 떡쌀처럼 창백했다.
　마포주머니에 넣어 말려 둔 매화꽃을 챙겨 들고 막례를 앞세웠다. 그새 햇빛은 더 여물어져 있었고 포실해져 있었다. 갈수록 영글어지는 햇살에 낭창낭창 가지 휘늘어진 버드나무에도 새의 혀 같은 푸른 잎이 돋아나 있었다.
　남산으로 올라가는 자드락길 양편에는 이름 모를 꽃들이 다투어 피어나 있었다. 납작 땅에 다붙어 있는 꽃들은 밟혀도 억세게 다시 고개를 쳐들었고 유채꽃은 노란 꽃을 흔들며 벌 나비를 유혹하고 있었다.

아파 맥없이 누워있을 때 세상은 그새 다른 얼굴을 하고 있었다. 그 작은 간극에도 세상은 기다려주지 않았다. 자연의 순환 속에서 잠깐 한눈을 파는 것들은 죽음 밖에 없었다. 해찰은 죽음이었고 나태는 죄악이었다.

옥봉은 단숨에 올라가지 못하고 몇 걸음 걷다 쉬고, 또 몇 걸음 걷다 멈춰서서는 가쁜 숨을 골라야만 했다. 이마에 송글송글 이슬 같은 땀이 맺혔다. 살소매 속에서 명주수건을 꺼내 꾹꾹 눌러 땀을 닦아냈다.

"아씨 이러다 병이 도질까 겁나네요."

막례가 걱정스러운 듯 옥봉의 안색을 살폈다.

"아니다. 그래도 방 안에 들어있을 때보다 한결 답답함이 가시는구나."

"그래도 아픈 뒤끝에 잘 단속하지 않으면 오히려 더 큰 병으로 들어앉을 텐데 걱정이에요."

옥봉은 잠깐 쉬었다 가자며 막례의 걸음을 붙잡고는 너설에 앉았다.

육각전모를 쓴 나이어린 기생들을 대동하고 왁자하게 산으로 올라가는 한 무리의 왈짜패들이 보였다. 옥봉의 나이보다도 서너 살은 덜 들었음직한 동기들의 손에 들린 가야금이 제 주인들 키보다도 더 컸다. 그게 알싸한 슬픔을 불러일으켰다.

알록달록한 비단 옷을 차려입은 기생들이 여기저기 피어있는 꽃들보다도 더 아리따웠다. 저 허리 붙안고 술을 마시면 달겠다는 생각도 들었다. 탱탱한 젖무덤과 비릿한 살 냄새를 따라올 꽃이 세상에 어디 있을까. 조금만 힘주어 만져도 검은빛으로 물크러져 버리는 꽃잎에 어질머리를 일으키는 향내보다 저 물컹하면서도 탱글탱글한 젖무덤에 나는 듯 나지 않는 듯 미심쩍은 살 냄새가 더 위협적일 것이다.

옥봉은 다시 일어나 천천히 산을 올랐다. 몇몇 선비들의 유산기행을 필사본으로 돌려 읽은 옥봉은 그들처럼 명산을 주유하고 싶었다. 그 산들에서 자신을 더 깊어지게 하고 단단하게 만들며, 부드럽게 물러지는 것을 배우고 싶었다. 올곧지만 올곧음에 기대지 않고, 깊지만 그 깊이에 갇히지 않으며, 부드럽지만 흐물흐물 풀어지지 않는 그런 지혜를 배우고 싶었다.

일행들은 일찌감치 그늘에 자리를 잡고 앉아 이런저런 한담들을 나누고 있었다. 오랜만에 보는 얼굴들이었다. 햇볕에 다들 발그레 물이 들어있었다.

"허허. 옥봉이 와 주었구려. 한데 아프다더니 어찌 된 게 미색이 더 짙어지셨소."

"그러게 말입니다. 눈은 더 깊고 그윽해진 듯하고 볼은 복사꽃 같은 게 경국지색에 버금가는 미모입니다."

"옥봉이 오니 이 자리가 활기가 돕니다. 다들 옥봉을 은근히 기다리고 있었던 모양이오."

"놀림이 너무 심하십니다."

옥봉이 수줍게 웃으며 더 이상의 농을 제지했다.

"운강이 의원을 보내주었다는 소리를 들었소. 혹여 그 마음에 다른 마음이 깃든 건 아니겠지요?"

윤관서였다.

"어찌 여인으로 생각하고 보냈겠소. 그저 벗으로 생각하고 그리한 것을요."

운강이 쑥스러운 표정을 지으며 윤관서의 말에 토를 달았다.

"그리 변명하지 않아도 될 터인데 놀라 부정하시는 양이 속마음은 그렇지 않았던가 봅니다."

윤관서가 눈에 웃음을 실으며 말했다.

"이미 이 한양 바닥에 소문이 파다한 걸요. 옥봉이 운강을 좋아한다고 말입니다. 그렇게 수줍어하지 않으셔도 압니다."

"아닙니다. 아녜요."

운강이 곤혹스러운 표정으로 손사래까지 치며 사람들의 말을 물리쳤다. 평소 그답지 않은 행동이었다.

"허허. 그렇게 더 아니라고 강하게 도망치시니 오히려 더 이상해집니다. 절반은 농이었고, 절반은 질투심에서 한 말이었는데, 운강께서 이렇게 나오시니 정말인 듯싶습니다."

"말이 또 그렇게 됩니까?"

운강이 계면쩍은 표정으로 허허 웃었다. 일행들 모두 따라 웃었다.

"그게 뭐가 흠이 되겠습니까? 우리 또한 옥봉을 벗으로서 좋아하고, 또 한 여인으로서 흠모하는데 당연한 일이지요."

그 말에 왁자하던 분위기가 조금은 가라앉은 듯도 했다.

"그간 감사했습니다. 오늘은 제 술을 받으시지요."

옥봉은 막례에게서 보자기에 싼 소쿠리를 넘겨받아 그 안에서 술을 꺼내놓았다.

"허허. 옥봉이 직접 술을 가져오다니, 이런 고마울 데가 다 어디 있겠소. 어디 오늘은 옥봉의 술로 만취해 봅시다."

옥봉은 가져온 마포주머니에서 말린 매화를 꺼내 술 위에 띄웠다.

"허허. 매화로구려."

윤관서가 먼저 감탄사를 내질렀다.

"오동은 천 년을 늙어도 가락을 잃지 않고 매화는 일생 추위도 향기를 팔지 않는다고 하였는데, 오늘 옥봉의 잔에는 서늘한 정기가 느껴지는구려. 그 정기가 무얼까……."

일행 중 한 명이 술을 한 모금 입에 문채 실눈을 뜨고 혀끝에 감기는 향을 음미했다.

"죽어서도 노산군을 배신하지 않았던 성삼문의 호가 매죽헌이지요."

"매화는 춘정이요, 임이요, 정인을 상징한다지요."

"혹독한 추위에도 꺾이지 않고 홀로 고고하게 피어나 은은한 향기를 내뿜는 게 꼭 절개가 높은 사람 같다고 하여 곧잘 기개 높은 선비와 정절을 지키는 여인에게 비유하지요."

"신선의 꽃이기도 하지요. 동문선에서 이인로는 신선의 꽃이라 했습니다."

"모든 꽃은 매화를 따른다고 하지 않았습니까. 그러니 꽃 중에서 매화가 으뜸이지요."

"매화는 호색의 상징이지요. 그 때문에 미인을 유혹하는 글에는 매화가 등장하고, 미인과 요녀들한테 유난히 매화라는 이름이 붙은 것도 그 때문이 아니겠습니까?"

"허허. 다들 신이 나셨습니다. 그래도 매화 때문에 백성들이 말 못할 고초를 당한 적도 있습니다. 연산 시절에 탐관들이 매실을 강제 징수했는데, 백성들은 과도한 징수 물량을 견디다 못해 매화나무를 도끼로 찍어버리지 않았습니까. 사대부들이 침이 마르도록 칭송한 매화를 농부들이 찍어내 버리는 현실을 지켜본 낭선 어무적은 매화를 쪼개는 노래, 즉 작매부(斫梅賦)를 지었지요."

"어찌되었건 오늘 옥봉 덕분에 매화의 계절이 아닌데도 청향을 마음껏 음미합니다. 비록 만개한 매화나무 아래가 아니라 서운하지만 그래도 어찌 이럴 줄 알았습니까? 청향이 온몸을 감고 돌아 정신을 맑게 만들어주니 뜻하지 않은 청복을 누립니다."

"좋지요. 비록 시절은 하수상하지만 우리는 권세에 연연해하지 마십시다. 그곳에 마음 두고 있으면 몸과 마음에 향기가 아닌, 군내가 나는 법. 가는 계절 서운치만 잘 가라 보내고 오는 계절 반갑게 맞으며 욕심 없이 사는 게 잘 사는 일, 그리 살아봅시다."

"이렇게 옥봉이 말린 매화까지 가져왔으니 어찌 청복이라 하지 않겠습니까. 단옷날에는 수리취떡을 못 먹었으니 오는 유월 유두날은 수단, 밀쌈을 먹고 곡수연도 즐깁시다."

"하하. 말만으로도 즐겁습니다."

꽃잎이 찰랑찰랑 술에 젖고 있었다. 바람에 옥봉은 다시 생기를 찾아가고 있었다. 그 말간 술에 동동 뜬 꽃잎이 연분홍으로 다시 피어났다. 옥봉은 자신의 정념이 운강의 마음속에서 이 꽃잎처럼 은은히 퍼지길 바랬다.

"청향을 맛보았으니 이제 옥봉의 향기도 음미해 봅시다."

윤관서가 먼저 운을 떼었다.

윤관서가 낸 운에 옥봉은 청아한 음성으로 읊었다.

> 먼 곳에 임 보내고 애끓는 마음
> 잉어 뱃속에 편지 써서 한강에 띄웁니다
>
> 새벽 빗속에 꾀꼬리 소리 구슬픈데
> 푸르른 버들잎에 봄빛만 바라봅니다
>
> 뜨락의 풀은 예년처럼 무성한데
> 거문고는 처량하게 먼지만 쌓입니다
>
> 누가 알아주리오 목란배의 우리 님을
> 광릉 나루터엔 마름꽃만 흐드러집니다
> 章臺超遞斷腸人, 雙鯉傳書漢水濱
> 黃鳥曉啼愁裏雨, 綠陽晴裊望中春

瑤階寂歷生靑草, 寶瑟凄凉閉素塵

誰念木蘭舟上客, 白蘋花滿廣陵津

— 봄날을 노래 함, 원제: 春日有懷

시를 바치는 대상은 오로지 한 명. 그이는 알 것이다. 옥봉은 운강의 얼굴을 훔쳐보았지만 그의 얼굴에는 어떠한 파동도 없었다.

무명포 속의 마른 매화도 어느덧 동이 나고 있었다. 사람들의 입술에 닿았다 물러나는 꽃잎들이 남녀가 은밀히 벌이는 장난인 듯싶었다.

그 희롱에 시간이 가는 줄도 몰랐다. 흥이 나면 누군가 일어나 긴 도포 소매자락을 날개인 듯 펴며 너울너울 선비 춤을 추었고, 또 누군가는 카랑카랑한 음성으로 시를 읊었다. 목이 칼칼하면 매화를 띄운 술 한 잔으로 목을 축이고, 그도 싫증이 나면 옥봉에게 거문고 연주를 청했다.

바람이 함께 했다. 거문고 소리에, 청아한 시 한 수에, 절제된 가운데서도 흥겨운 선비 춤에 바람이 날아와 함께 하고, 쉬어갔다. 비릿한 수액의 습한 냄새와 이른 장미향이 날아와 질펀하게 엉기고, 취기가 몽롱해진 시선들이 허공에서 함께 얽히기도 했다.

옥봉은 그 시선들을 쓰개치마처럼 두르고 있었다. 나비처럼 날아오는 그 시선들 가운데서 오직 한 사람, 운강의 시선만을 골라냈다. 그는 아직 꼿꼿했다. 매향에 취하기도 했으련만, 얼굴에 도는 화색이 아니라면 취한지도 몰랐다.

사랑아, 내 사랑아

 산허리에 매지구름이 군데군데 떼 지어 걸려 있는 것이 한바탕 비가 뿌릴 모양이었다. 저 구름 조각들이 한데로 모이고 모여 하나가 되면 우르릉 꽝, 세상에 게으른 것들의 등짝을 후려칠 것이다. 빨리 깨어나라고, 빨리 일어나라고. 여태 무얼 하고 있느냐고. 동토는 물러졌다고. 혹한은 길었지만 찾아온 봄은 찬란하지 않느냐고. 이 환한 햇살에 빨리 다음 생을 준비하지 않고 무얼 주저하고 있느냐고 우르릉 꽝, 무서운 소리로 일갈할 것이다.
 그 비오고 나면 수목에 물오르는 소리로 천지가 진동할 것이다. 그 비에 골목마다 함부로 내다버린 오물도 씻겨갈 테고 좁아붙은 냇물에서 옹색하게 흙빨래를 하던 아낙들은 모처럼 빨랫감을 풍덩풍덩 물속에 담그고 힘차게 방망이질을 해댈 것이다.
 옥봉은 들여다보고 있던 서책을 덮었다. 웬일인지 오늘따라 어머니 생각이 간절하면서 마음이 자꾸만 흐트러졌다. 그저 책을 펼쳐놓고만 있었지 정작 글자들은 들어오지 않았다. 그 산란한 생각 속에 어머니가 들어있었다. 지금쯤 무얼 하고 계실는지. 방 한편에서 시나브로 생기와 화색을 잃어가는 어머니가 자꾸만 마음에 걸렸다.

혼인도 마다한 채 외로움을 벗 삼고 시를 지아비 삼아 평생을 살겠다고 고집 피워 집나간 딸년 내보내고 무슨 낙으로 하루하루를 살아갈까. 옥가락지가 손가락을 아프게 한다며 한사코 끼지 않고, 노리개가 거추장스럽다며 옥가락지와 함께 장롱 속에 깊이 감추어 놓던 어머니는 지금 누구와 말벗을 삼으며 지낼까. 멀거니 앉아 먼 산바라기를 하거나 속절없이 꽃이 피고 지는 것을 바라보고만 있을까.

한 남자를 가슴에 품었다 말하면 어머니는 무어라 말씀하실까. 가슴에 품은 그 남자가 전부고 목숨이라면 뭐라 하실까. 안 된다, 아서라, 손사래 치며 말리실까, 아니면 늘 그렇듯 한숨 포옥 내쉬며 말없이 두 손 잡아 손등을 쓰다듬어 줄까.

제 배 아파 낳은 딸자식 자신 같은 팔자 안 만들고 싶은 게 어미의 모정일 텐데, 자신과 판박이로 닮은 딸의 앞날을 보고 어머니는 그 딸을 품었던 아기집이 새삼 아플지도 모른다.

어머니의 사랑 이야기를 듣고 싶었다. 어머니의 가슴 깊이 묻어둔 사랑이 누구인지. 그 빛깔이 무엇인지, 그 향기는 또 어떠며 그 무늬는 어떤지 물어보고 싶었다. 어머니의 사랑이 나리뿐이었냐고 묻고 싶었다. 막례의 아버지는 누구냐고 묻고 싶었다.

어찌하면 좋으냐고, 스스로 꽃이 되어 하룻밤 치마 끈 수줍게 풀어 그에게 꽃을 바쳐야 하는지, 묻고 싶었다. 그가 물리치면 어떻게 견뎌내야 하는지도 묻고 싶었다. 기다려야 하냐고. 아니면 그가 찾아줄 때까지 음전하게 수절하며 지내야 하냐고 묻고 싶었다. 그러다 영영 안 찾아주면 어떻게 하냐고 묻고 싶었다. 차라리 저자거리로 뛰쳐나가 이 사람 저 사람 품으며 손가락 끝에 풍진 세상 걸어놓고 괄괄한 음성으로 살아가면 어떠냐고 묻고 싶었다.

하루에도 몇 번 씩 가슴이 널을 뛰듯 두근거려 온전히 지낼 수 없는데, 무당처럼 섬뜩하기만한 이 마음을 어떻게 다잡아야 하는지 묻고 싶었다. 차라리 술에 취해 정신을 놓으면 좋은데 그래도 되냐고 묻고 싶었다. 손가락 깨물어 혈서라도 써 마음이라도 전해보면 어떨까 물어보고 싶었고, 가지 말라고 도포자락 붙잡고 눈물로 애원하면 어떠할까, 물어보고 싶었다. 그이의 발아래 무릎 꿇고 앉아 당신의 여자로 받아들여달라고 애원하면 어떠냐고 묻고 싶었다.

길 건너 눈이 형형한 무당을 찾아가 아버지가 주신 비단 옷감 복채로 내놓고 비방 하나 얻어 그의 마음을 훔쳐내는 일을 하면 어떠냐고 묻고 싶었고, 실성난 사람처럼 한양 거리를 쏘다니며 그를 찾아 나서고 싶다고도 말하고 싶었다. 그가 너무 보고 싶어 운강이 살고 있는 집 문밖에 숨어서 그를 기다리면 어떠냐고도 묻고 싶었다.

그 사람이 없으면 못 살 것 같다고, 그이가 눈앞에 맴돌아 아무 일도 하지 못하겠다고 하면 어머니는 뭐라 하실까. 차라리 죽는 것이 사는 것처럼 여겨진다고 토설하면 어머니는 뭐라 하실까. 등을 토닥이면서 아서라, 참아라 나무라실까. 비단 옷고름이 눈물 콧물로 얼룩지도록 설움 닦아내며 마음 아파하실까.

그이의 눈길 한 번에 숨이 멎을 듯 하고, 그이의 웃음 한 번에 온몸이 떨리며, 그 이의 말 한 마디에 석물처럼 굳어질 것 같다고 하면 어머니는 드디어 네가 미쳐도 단단히 미친 모양이라고 나무라실까. 바람 소리에도 행여 그 님 일까 싶어 들썽거리고 까치가 울어대면 행여나 싶은 마음에 문 열고 나가 서성인다면 어머니는 어떤 표정을 지으실까.

어머니가, 어머니가 보고 싶었다. 그녀의 비릿한 젖무덤에 어린아이처럼 얼굴을 묻고 펑펑 울고 싶었다. 눈이 붓도록, 코가 빨개지도록, 입술이 부르트도록, 가슴의 불을 토해내듯 목에 걸린 피울음을 쏟아내고 싶었다. 울고 또 울어 목이 쉬어 소리가 안 나올 때까지 울고 싶었다. 그러다 혼절하듯 잠들고 싶었다. 그래야만 살 수 있을 것이다. 그래야만 홀가분해 질 것 같다. 그렇게라도 하지 않는다면 이 마음속에서 증식이 되고, 또 증식이 돼서는 괴물처럼 커가는 운강을 이끌고 평생을 살아가야 하리라.

그건 형벌이었다. 천첩의 여식이 천형이라면, 운강은 삶을 만만하게 본 여자의 형벌이었다. 사랑을 부정하고, 혼인을 조롱하며, 자신의 운명을 거부하는 여자가 받은 오랏줄이었다. 신분을 따를 것인가. 아니, 나는 신분을 따르지 않을 것이다. 신분 따윈 껍데기에 지나지 않는 것. 그 껍데기에 숨지 않고, 상처입지 않을 것이다.

나는 사랑을 따를 것이다. 사랑이 시키는 대로 갈 것이다. 그 사랑이 가리키는 길을 갈 것이다. 설령 그곳이 가시덤불, 지옥 불 이글거리는 곳일지라도 나는 결연히 사랑이 이끄는 길을 걸을 것이다. 사랑을 위해 헌신할 것이다. 그 길이라면 아름답지 않겠는가.
살기 위해 어머니가 보고 싶다. 살고 싶다.

어머니의 병환

"아씨, 아씨, 잠깐 나와 보세요."
막례의 음성이 여느 때 같지 않게 호들갑스러웠다.
"아침부터 웬 수선이냐."
"그게 말입니다. 김 선비님께서 찾아오셨습니다."
막례가 대문 쪽을 흘깃거리며 난감한 표정을 지었다.
"김 선비라니?"
"옥천 땅 김 선비 말입니다."

옥봉은 쿵, 하고 가슴이 내려앉았다. 오래 전 옥천 땅, 이끼 낀 창연한 그 돌다리에서 바장이며 서 있었을 선비였다.

"어쩔까요? 그냥 돌아가시라고 할까요? 아니면 모실까요?"

옥봉은 잠시 곤혹스러운 표정으로 앉아있었다. 방 안으로 들인다면 일년초 무른 줄기처럼 성정이 유약하디 유약한 김 선비가 행여 다른 마음을 품을지도 모르는 일. 그렇다고 예까지 찾아온 사람을 무정하게 보내기도 마뜩찮았다. 옥봉은 잠시 망설였다. 마음은 이미 다른 사람한테 주어버렸는데 그 마음 여며둔 채 김 선비와 마주하고 있는 것 또한 불편할 일이었다.

하지만 매지를 지어야 했다. 더 이상 김 선비에게 미련의 여지를 남김으로써 그의 마음을 산란하게 만들고 어지럽혀서는 안 되었다. 한양살이를 하려면 먼저 독해져야 하는 법. 이쯤 스스로 물러서게 만들어야 했다. 언도로써 그의 마음을 잘라내야 했다.

망나니처럼 휘두르리라. 피가 솟구치지 않도록 솜씨 좋게 단번에 김 선비의 마음을 잘라내리라. 베인 줄도 모르게 베여서는 돌아가게 만들리라. 그 베인 자리에 꾸덕꾸덕 딱지가 앉고 그 딱지가 벗겨질 때쯤에야 눈치채게 만들리라. 그게 진정 김 선비를 위하는 길일 것이다.

"꼭 뵙고 가야겠다고 전하라기에 아씨께 말씀은 드려 본다고는 했는데……."

"사람 사는 집에 사람이 못 올 까닭이 있겠느냐. 건넌방으로 모시어라."

옥봉은 막례에게 일러놓고 방으로 들어왔다. 그리고는 잠시 적묵하게 앉아있었다. 김 선비의 방문은 옥봉의 마음속에 어떤 작은 파문도 일으키지 않았다. 자신의 집을 드나드는 벗들로 생각하면 그만. 다만 김 선비가 걱정될 뿐이었다.

옥봉은 김 선비가 기다리고 있을 방으로 갔다.

"여긴 어인 일이십니까?"

옥봉을 보자 좌정하고 앉아있던 김 선비가 반색을 하며 자리에서 일어났다. 경중 큰 키가 새삼스러웠다. 옥봉은 가벼운 목례로 김 선비에게 인사를 건넸다.

"한양으로 올라왔다네. 아버님께서 성균관에 들어가도록 손을 써 주셨지. 하여 지금은 한양에 올라와 있다네. 집이 자네를 닮아 참 소박하면서도 짜임새가 있네."

"잘 하셨습니다. 남자라면 무릇 넓은 세상에 나와 공부를 해야지요. 헌데 어떻게 제가 사는 곳을 아셨습니까?"

"천하의 이옥봉을 누가 모르겠는가? 여기서도 자네의 명성이 자자하더군. 그게 내 일처럼 어찌나 반갑던지. 언제부터 자네를 찾아봐야지, 찾아봐야지 하면서도 차일피일 미루다 드디어 오늘에야 찾게 되었네. 헌데 자네 얼굴이 좋아보이네. 이곳 생활이 자네에게 맞는 모양이네."

"그렇게 말씀해주시니 고맙습니다. 좋은 친구들이 옆에 있어서 그런 모양입니다. 그러는 선비님도 안색이 건강해 보이십니다."

"하하. 그런가. 나도 여기 와서 마음이 좀 편해졌다네. 암튼 자네에게 좋아졌다는 소릴 들으니 허언일지라도 기분은 좋으이."

"허언이라니요. 제가 왜 빈 말을 하겠습니까."

"고맙네. 지난번 청석교에서 자네를 기다릴 때 오지 않는 자네를 참 많이 원망했네. 헌데 이렇게 만나고 보니 그때의 서운함이 가시네."

"그랬지요. 어찌 그런 일을 하셨는지요."

"자네를 보지 않으면 가슴이 터져버릴 것만 같아서 그랬다네."

"지금은 편하시옵니까?"

"어찌 편하겠나. 여기 오는 동안 어떻게나 설레던지."

"그렇다면 공연히 방으로 모셨습니다. 그냥 돌아가시라고 할 것을요."

"하하. 그런가? 하지만 사실일세. 그리고 이거……."

김 선비는 붉은 비단 보자기에 싼 물건을 옥봉 앞으로 내밀었다. 옥봉은 이게 뭐냐고 눈으로 물었다. 보자기 겉으로 각이 드러나 있는 사각의 물건은 함처럼 보였다.

"펴보시게."

옥봉은 망설였다. 하지만 김 선비가 거푸 채근하는 통에 보자기를 풀었다.

나전칠기 옷상자였다. 연꽃과 넝쿨이 서로 어우러져 있는 정교한 세공품이었다.

"이게 무엇입니까?"

"보는 그대로네. 자네 주려고 가져왔네."

"이 귀한 걸 어찌하여 저를 주십니까?"

"내 마음은 받아들이지 않더라도 이것만은 받아주었으면 감사하겠네. 이사 온 선물이라고 생각하게나."

"못 받습니다."

"그대의 고집은 여전하군."

"무슨 명분으로 이걸 받겠습니까."

"그렇게 나를 경계하지 않았으면 좋겠네. 내 옥천에 있을 때 자네에게 주고 싶어 일찌감치 만들어둔 건데 매양 눈앞에 있으니 자네를 더욱 떨쳐버리기 어렵네. 이 물건의 임자는 일찌감치 정해져 있던 것이니 임자를 찾아가야 마땅하지 않겠는가."

"그래도 저는 받지 못합니다. 어찌 함부로 남이 주는 선물을 받겠습니까. 주는 마음이야 아무리 사심이 없고 다른 뜻이 없다지만 받는 사람은 그게 아니니 노엽고 서운하시더라도 이 마음 헤아려 주십시오."

"허허. 그대의 고집은 여전하구려. 그래서 내가 자네를 더 좋아하는 게 아닌가."

김 선비는 웃으면서도 한편으로 서운한 표정을 지었다. 자신의 첩실로 왔다면야 평생 일신의 호사를 누릴 자리였는데도 애써 마다하고 한양으로 올라 온 옥봉이었으니, 당연히 거절할 것이라는 예단은 했었던 듯 김 선비 역시 쉽게 물러서지 않았다.

"그렇다면 아랫것에게라도 주시게."

"그렇다면 선비님께서 직접 주시지요."

"허허, 사람, 참. 알았네. 내 도로 가져가겠네."

"선비님께 부탁이 있어 이렇게 방으로 모셨습니다."

"무슨 부탁인가. 내 옥봉의 부탁이라면 뭐든 다 들어줄 터이니 괘의치 말고 말해보시게."

잠깐 옥봉은 김 선비의 얼굴을 바라보았다. 정면으로 날아오는 옥봉의 시선에 김 선비는 쑥스러운 듯 입가에 미소를 담았다.

"전 김 선비님을 오늘 남자가 아닌 벗으로 맞아들였습니다. 앞으로도 그리 할 것입니다. 그러니 김 선비님 역시 저를 그저 한 명의 벗으로 대해주십시오. 만약 그렇지 않으면 전 더 이상 김 선비를 뵐 수 없습니다. 어떡하시겠습니까? 저랑 약조하실 수 있나요?"

김 선비는 옥봉의 말에 얼굴이 굳어졌다. 하지만 이내 표정을 풀고 대답했다.

"그리하리다. 그대를 못 보는 것보다 그렇게나마 보는 편이 낫겠지."

"그 말도 싫습니다. 김 선비님의 마음에서 연모의 감정을 잘라주세요. 그래야만 편안하게 김 선비님을 대할 수 있을 것 같아요."

"이 사람, 옥봉. 내 그것까지는 장담할 수 없네. 어찌 사람 감정이 마음먹은대로 되겠는가. 내 그리하도록 노력은 하겠으나 꼭 그리 된다는 확언은 줄 수 없으니 그것만은 그대가 양보하구려."

김 선비는 사뭇 서운한 표정을 지었다.

"알겠습니다. 제 뜻에 따라주시니 고마울 뿐이지요. 이제부터 편하게 대하겠습니다. 어쨌든 이리 오셨으니 고향집 사정이나 들려주시지요."

옥봉이 얼굴에 웃음을 띠며 물었.

"자네가 떠나고 어머니께서 아프신 것만 보고 왔네."

"어머니께서 편찮으시다니요? 일전에 천 서방이 다녀갔는데 그런 이야기는 전혀 없던데요."

옥봉의 얼굴에서 웃음이 사라지고 대신 놀라움이 갈마들었다.

"자네 걱정한다고 자네 어머니가 단단히 입단속을 시켰겠지."

"의원은 다녀갔답니까?"

"이 의원, 저 의원, 용하다는 의원들이 차례로 불려간 걸로 아네. 헌데 아무런 차도가 없는 듯하네. 오히려 시간이 갈수록 더 나빠지는 듯싶으이."

옥봉의 얼굴이 일그러졌다. 어머니가 보고 싶었다. 불쌍한 여인이 보고 싶었다. 그래서 아침부터 마음자리가 뒤숭숭했던가.

"잘 오셨습니다. 잘 오셨습니다. 김 선비께서 오지 않으셨다면 어찌 어머니 소식을 알 수 있었겠습니까?"

옥봉은 불안한 마음을 숨길 수 없었다. 그 불안에 쫓기듯 김 선비가 돌아갔다.

옥봉은 사로잠도 자지 못한 채 날이 밝기를 기다렸다가 행장을 꾸려 길을 떠났다. 얼마나 위중하신지, 어디에 탈이 난 건지, 행여 외로움이 병이 된 건 아닌지, 온갖 생각들이 난마처럼 뒤엉켜서는 옥봉을 힘들게 만들었다.

운강에게 오롯이 마음이 팔려 있는 사이에 어머니는 생사의 갈림길에서 홀로 사투를 벌이고 있었다는 생각을 하니 참으로 민망하고 죄송했다.

한번도 어머니가 편찮으실 거라는 생각은 하지 않았다. 아니, 하지 못했다. 어머니는 영생불사의 어머니인줄 알았다. 세월도 비켜가고, 늙음도 비켜가고, 병도 비켜갈 거라 믿었다. 그 어떤 삿된 기운도 어머니의 몸에 범접하지 못할 거라고 믿었다.

발걸음이 마음을 따라잡지 못했다. 한양으로 올라올 때의 설렘은 이제 조바심으로 바뀌었다. 해 저물기 전에 고개를 넘어야 했다.

"아씨, 잠깐만 쉬었다가요."

막례가 뒤에서 게정을 부렸지만 옥봉은 오히려 발걸음을 재게 놀렸다. 먼지를 뒤집어쓴 당혜가 뽀얀 빛으로 제 붉은 빛을 잃었다. 남자에게 마음이 팔려 불효한 죄, 어찌 씻을까. 마음이 쓰라렸다.

어머니의 죽음

옥천 집에 들어서자 약 달이는 냄새가 먼저 옥봉을 맞았다. 천지가 생성의 기운으로 넘쳐나는데 집 안은 죽음의 기미로 가득했다. 마당가에 쪼그리고 앉아 숯불 화로에 약을 달이고 있던 하인이 화들짝 놀라 옥봉과 막례를 맞았다. 숯불의 열기에 달아오른 그의 얼굴이 붉게 상기돼 있었다.

"아이고, 이게 누구야?"

"어머니는? 어머니는 어떠시냐?"

옥봉은 거두절미하고 어머니의 안부부터 물었다.

"글쎄, 의원이 오늘도 다녀갔는데……."

"대체 어디가 편찮으시더란 말이냐?"

"꽃샘바람에 고뿔 걸렸는가 싶더니 그게 허파에 염증으로 도는 바람에……. 암튼 사랑채에 나리 들어계시니 인사부터 여쭙지요."

옥봉은 사랑채에 들러 나리께 절을 올렸다. 나리는 이것저것 살피고 물었지만 옥봉의 마음은 어머니에게 가 있었다.

"네 에미가 아프다는 소리를 들은 모양이구나. 그래 잘 왔구나. 너 또한 아팠다면서? 사람을 통해 네가 아팠다는 소리도 들었다. 그래서 그런지 얼굴이 많이 상했구나. 어쨌든 네 에미가 보고 싶을 텐데 먼저 가서 네 에미부터 보고나서 긴 이야기 하자꾸나. 나가 보거라."

옥봉은 사랑채를 나와 어떻게 신발을 신은지도 모르게 신고서는 어머니 방으로 건너왔다. 옥봉을 훑는 어머니의 눈빛이 진득했다. 그새 더욱 여위어서 손가락이 죽정이 같았고, 조금만 악력을 줘 잡으면 금방 바스라질 것만 같았다.

"어머니. 이게 무슨 일이에요?"

옥봉이 불안한 눈빛으로 물었다.

"먼 길을 수고스럽게 왔구나. 그래도 이렇게 너를 보니까 좋구나."

"왜 기별을 하지 않으셨어요? 지난번 천 서방이 올라오는 길에 일러주셨다면 제가 내려와 어머니 병구완을 했을 텐데요."

"공연히 너까지 고생시킬 게 무어 있겠느냐."

"부모자식간에 고생이라니요."

"옥봉아."

그녀는 불러 놓고 한참동안 말없이 옥봉의 얼굴만 쳐다보고 있었다.

"무슨 말씀을 하시려구요. 하세요. 어머니."

"아직도 마음에 둔 사람은 없느냐? 나 죽으면 혼자 될 네가 가여워서 그렇구나."

"그런 말씀 마세요. 저에게는 나리도 있고, 막례도 있고 또 무엇보다 시가 있는 걸요. 게다가 어머니는 돌아가시지 않아요. 제가 이리왔으니 염려마세요. 어머니는 빨리 나을 궁리나 하세요."

"아니다. 애야. 그렇지 않아. 사람 목숨은 알 수 없는 법. 게다가 여자 혼자 사는 세상은 그리 녹록치가 않단다. 남자그늘이라는 게 있단다. 세상의 미물도 다 제 짝이 있는 법, 하물며 사람이 어찌 혼자 산단 말이더냐. 내 더 살아 네가 좋은 사람 만나 혼인하는 걸 보고 가야 하는데 그게 한이 되는구나."

말 한 마디 한 마디에 깊은 숨이 묻어있었다. 이승보다는 저승에 가까운 숨결이었다. 숨 끝에 꺽꺽, 마른 바람이 새나왔.

사람의 목숨은 이리 지는구나. 동백꽃은 뭉텅, 모가지 째 떨어져 핏빛 울음을 울고, 목련은 낱장으로 흩날리며 짧디짧은 생을 애달아 하더니, 사람은 이리 목 쉰 숨을 쉬는구나. 저도 죽을 때 저리 하겠구나. 질기고도 질긴 게 사람 목숨이라더니 허망하디허망한 게 또 사람 목숨이구나. 옥봉은 가슴이 무너져 내리는 듯싶었다.

옥봉은 자꾸만 저 세상 가는 길을 살피고 있는 어머니에게 말하고 싶었다. 연모하는 사람이 생겼다고. 사랑에 미혹돼 가야 할 길을 잃어버린 채 헤매고 있다고. 그 사람으로부터 도망치려고 하면 할수록 외려 더 깊숙이 빠져든다고. 세상에 수렁도 그런 수렁이 어디 있냐고, 헤어 나올 방도가 있으면 가르쳐 달라고 묻고 싶었다. 지금도 그 사람 생각이 간절하다고. 어머니가 이렇듯 생사의 경계에서 아슬아슬 줄타기를 하고 있는데 저는 사랑에 몸이 달아 그 이를 가슴에 품고 있다고, 이 불효를 어찌하냐고, 발치에 엎드려 자복하고 용서를 구하고 싶었다.

 평생을 붉은 마음으로 사랑하다가 그 사람 품에서 그 사람 손길과 눈길과 숨결을 느끼며 가고 싶다고. 그래도 쉬 떠나지 못해 지칫거리다가 갈 것이라고. 그런 사람이 생겼다고. 명치끝에 걸려 숨쉴 때마다 아프다고. 그 사람에게 빨리 돌아가고 싶다고. 지금도 그 사람 얼굴이 어른거린다고. 그 사람 얼굴이 이 방에까지 따라와 자신을 힘들게 한다고. 그러니 어머니가 지켜봐 달라고. 살아서 딸이 그 사람과 어떻게 돼 가는지 지켜봐 달라고, 그러니 빨리 기운 차리시라고 말하고 싶었다.

 옥천으로 내려온 지도 벌써 보름이나 지났지만 어머니의 병은 날이 갈수록 위중했다. 어머니가 들어있는 방은 묘혈처럼 어두웠고, 적막했으며, 음습했다. 그 죽음의 기운이 음울하게 들어차 있는 방에서 밖을 내다볼 때마다 활짝 핀 오동나무꽃이 연보라빛으로 눈에 밟혔다. 산 자와 죽은 자들의 세상도 이러할 것이다. 이리 극명하게 차이가 날 것이다.

 옥봉이 지극정성으로 어머니 옆에서 병구완을 했지만 백약이 무효였다. 아침저녁으로 정화수 받아놓고 빌고 또 빌었지만 그 비손에도 아랑곳없이 어머니는 그 순간에도 당신이 돌아갈 길을 보고, 세상의 끈을 하나씩 내려놓았다.

 신열에 까무룩 정신을 놓다가도 열이 내리면 옥봉을 보고 씩 웃었다. 온 몸에 열꽃이 점으로 피어나 있었다. 그 죽음의 순간에도 잠깐 잠깐 생의 의지가 깃들다 사라졌다.

우리 옥봉이 시집가는 거 봐야 할 텐데. 우리 옥봉이 행복하게 사는 걸 보고 가야 할 텐데. 끙끙. 자신도 모르게 빠져나오는 신음 끝에 후렴구처럼 이어지는 말이었다.

이룰 수 없는 꿈들은 더욱 간절한 법. 이 여인에게는 살아생전 못다 이룬 꿈들이 통한으로 남을지도 모른다. 그 꿈들이 푸른 불티가 되어 날아다닐지도 모른다. 죽으면 모든 게 끝인 것을. 육신은 썩어 한 줌 흙으로 돌아가는 것을. 이승의 소원이 무어 그리 장하다고 이리 없는 기운을 빼고 뼈에 새길까. 옥봉은 마음 한편이 아릿해져 왔다.

나리는 하루에 두어 번 병에 끌려 하루하루 이승으로부터 멀어져 가고 있는 어머니를 찾았다. 살아 환한 꽃으로 피어있을 때는 그리도 인색하더니 병색으로 죽음의 자리를 보는 어머니는 자주 찾았다. 어머니를 위함이 아니라 어머니 보내고 난 뒤 그 미안함을 덜기 위해서리라. 그 이기심이라니.

아침부터 어머니의 상태가 심상치 않았다. 급히 불려온 의원은 어머니의 마들가리 같은 손목을 짚어보더니 도리질을 했다.

"바보 같은 사람. 그 흔한 고뿔 하나 이기지 못하다니."

나리가 흙빛으로 누워 있는 어머니를 향해 나무랐지만 말 마디마디에는 애잔함이 진득이 묻어있었다.

"나리. 우리 옥봉을 부탁해요."

"옥봉이 걱정은 하지 말고 자네나 얼른 일어나게."

"이년, 이제 천수를 다한 모양입니다. 제가 무슨 복이 많아 나리를 만나 호강하고 살았습니다. 이제 하늘에서 부르는데 즐겁게 가야지요. 헌데 즐겁지가 않습니다. 세상에 미련이나 한이 남아 그런 것이 아닙니다. 저 아이, 옥봉이 때문입니다."

어머니의 가슴이 심하게 들썩였다. 말 한 마디 내뱉을 때마다 말보다 먼저 거친 바람이 새나왔다. 이제 저 가슴이 조용해지면 영영 볼 수 없을 것이다. 이 세상에서의 인연은 끝이다. 아니, 아니다. 다음 생에 또다시 어떤 인연으로 만나 한 세상을 어우러져 살다 갈까.

"이보게. 이보게."

나리의 음성이 다급하고도 황망했다. 어머니의 가슴이 잦아들어 있었다. 아금받게 주먹 쥐고 있던 손은 세상 끈을 놓아버린 듯 가볍게 펴져 있었고, 표정은 더없이 평온해보였다. 이제 슬픔은 남아있는 사람들의 몫이었다. 각자의 인연에 따라, 각자 마음속에 들어있는 무늬에 따라 슬픔의 강도와 색깔은 다를 터.

옥봉은 그야말로 암흑 속에 홀로 들어있는 듯 적막하고 두려웠고 막막했다. 조금만 더 살아줬어도 좋을 일이었다. 조금만 더 이승의 사람으로 머물러 있었어도 행복할 일이었다. 이제 누가 있어 제 깊은 심중을 토로하고 길을 물을까. 이제 누가 있어 여자의 길을 가르쳐 줄까.

초상은 간소하고도 소박하게 치러졌다. 어엿한 안방마님이었다면 임종에서 졸곡까지 서른세 번의 곡을 할 텐데, 천첩이라 곡하는 것도 조심스러워했다. 세상을 서른세 분의 관음이 지배한다고 해서 서른세 번의 곡을 해야 했다. 호곡벽용이라고, 임종할 때 가슴을 치고 발을 동동 구르며 큰 소리로 울어야 하거늘, 그것도 생략했다. 그저 큰 소리로만 울었다. 수의를 입히고 습이 끝나면 전신을 바닥에 대고 엎드려 우는 부복곡도 생략했고, 시신을 묶을 때 시신에 기대어 가슴을 치며 애통해하는 빙시곡벽도 하지 않았고, 입관 시 마지막 이별을 할 때 우는 곡진애도 생략했다. 장곡, 좌곡, 곡부, 회곡도 없었다.

그저 너무 많이 울어 눈가가 짓물렀고, 울다 기진해 못 울면 가슴에 울음이 가득 차올랐다. 서른세 번의 울음을 받은 자는 오히려 가는 길이 어지러울지도 모른다. 먼 길을 훌훌 털고 편히 가고 싶은데 저렇듯 들려오는 곡소리에 어찌 발길이 떨어질까.

아니다. 모른다. 곡비가 대신 울어주는 울음을 장단 삼아 갈지도 모른다. 그럼 그 가련한 여인을 위해 곡진애로 울어 볼까나. 정녕 그 여인을 위해서라면 발을 동동 구르고, 가슴을 치고, 엎드려 우는 곡진애로 넋을 위로하리라.

하지만 그런다고 무슨 소용이 있을까. 한번 떠난 여인이 습신을 비단 꽃신으로 갈아 신고 가던 길 다시 되짚어 돌아 올 수 있을까.

옥봉은 오동나무 꽃이 검은빛으로 사그라들 때 어머니의 유품들을 자신의 짐 속에 함께 꾸렸다. 어머니의 손때가 묻은 경대와 바느질 쌈지와 옥비녀였다.

한양으로 떠나기 전 나리께 인사하러 사랑채에 들렀다.

"서울 살림은 불편한 게 없더냐?"

"나리께서 보살펴 주신 덕에 아직까지는 크게 불편한 게 없습니다."

"오며가며 사람들에게 너의 안부를 물어보았다. 헌데 운강이라는 선비를 좋아한다고 그러더구나. 그래, 내 그 사람에 대해 알아보았다. 사람은 점잖고, 올곧고 괜찮은 사람이라고 하더구나. 어떠냐? 운강의 후실로 들어가는 것이."

옥봉의 가슴에 밀물이 들어차는 듯 설움 같은 게 차올랐지만 애써 침착하게 대답했다.

"그게 어찌 제 마음대로 되는 일이겠습니까?"

"내가 다리를 놓아보마."

"아직 제 마음이 정한 바 없으니, 그때까지만 기다려 주십시오."

"네 에미하고 약조한 일이야. 더구나 네 마음에 들인 사람이라니 좋지 않느냐?"

"하지만 그 사람이 싫다 할 것입니다."

"네 마음만 정하면 될 일이다."

"아직 어머니의 상중입니다. 천천히 생각해보겠습니다."

"알았다. 나중에 이야기 하자꾸나."

옥봉은 사랑채를 나왔다. 어머니가 계시지 않는 이 집이 왠지 낯설어보였다.

운강의 방문

흰 꽃상여에 실려 집을 떠나던 어머니가 자꾸만 떠올랐다. 상여를 덮은 종이꽃 이파리들이 파르르, 바람에 떨렸다. 송이송이 꽃들은 누군가 살아 생전의 넋들처럼 보였다. 보아줘. 우리를. 그 넋들이 사람들에게 소리쳤다.

멀어져 가는 꽃상여는 한 송이 커다란 매화꽃처럼 보였었다. 그리 허망하게 떠날 일을 두고, 짧디 짧은 생을 살 것을 그간 왜 전전긍긍하며 살았을까. 그 목숨 무얼 하겠다고. 그 목숨으로 무슨 누리를 보겠다고 한평생 마음 졸이며 살았을까.

옥봉은 집안에만 틀어박혀 지냈다. 간간이 윤관서가 하인을 보내 시회에 참석해달라고 요청했지만 초상을 이유로 거절했다. 천근만근의 쇳덩이가 몸에 채워진 채 물속으로 내던져진 기분이었다. 무자맥질 칠 기력도 없었고, 그리하리라 의욕도 없었다. 하루하루가 무기력함 속에서 그렇게 부패해갔지만 그 게으름이 부끄럽지도 않았다. 책을 보는 일도 드물어졌고, 거문고는 한편에서 제 음을 잃어가고 있었다. 소리를 내본지가 언제인지도 몰랐다. 잠도 달아나 불면의 시간은 계속되었고, 각질처럼 그리움은 쌓여만 갔다. 시만 통곡처럼 수시로 터져 나왔다.

그새 계절은 여름이었다. 가만있어도 등에서 땀이 흘러내렸고, 햇빛은 옹골찼다. 그 옹골찬 햇빛에 과육들은 다디단 향기를 내뿜으며 안에서 씨들을 키워나가고 있겠지만 옥봉은 그저 세상이 그 햇빛에 남김없이 증발되는 기분이었다. 저 밑바닥에 고여 있던 삶의 기운까지도 깡그리 빨려나가는 느낌이었다.

하지만 운강에 대한 애틋한 연모의 정만큼은 햇빛도 건드릴 수 없었다. 백두산에, 백두산에 가고 싶었다. 금강산도 가고 싶었다. 중국도 가고 싶었다. 그곳에서 머리 풀어헤치고 넝마 같은 모습으로 떠돌다 오면 운강에 대한 그리움이 소진될까. 움직일래야 더는 움직일 수 없고, 생각할래야 더는 생각할 수 없을 만큼 자신을 닦아세우다 보면 그 그리움으로부터 풀려나지 않을까. 은산철벽에 다다랐다 힘차게 솟아오르면 독한 것, 운명의 신도 눈 한번 흘기고는 항복을 인정할지 모른다.

자신이 밉다. 자신을 단속하지 못하는 자신이 원망스럽다. 유약한 자신이 한없이 미욱하다. 저리 꿈쩍도 하지 않는데, 옥천 고향 땅, 묵묵히 굽어보는 마애석불처럼 손 한번 내밀어주지 않는데, 자신 혼자만 운강을 가슴에 품은 채 시름시름 앓고 싶지 않았다. 생이 짧은데, 한여름 여우볕처럼 짧기만 한데, 운강의 생각으로 이 짧은 생을 소진시키고 싶지는 않았다. 하지만 도망가면 도망갈수록 운강은 옥봉의 마음속에 더 단단하게 뿌리를 내렸다.

시를 짓다가도, 후원 연못가를 거닐다가도 옥봉은 넘어지기 일쑤였다. 건건이 하나를 삼키면 목에 걸렸고, 잠은 생각에 걸려 넘어져 멀찌감치 달아났다. 가슴속에 들어있는 운강 때문에 숨을 쉬기도 버거웠다.

"아씨. 그러다 병나시겠어요."

들여놓은 점심상을 손도 대지 않고 그대로 밀어놓은 것을 보고 막례가 걱정스러운 얼굴로 말했다.

"여름을 타서 그래. 여름만 지나면 괜찮을 거야."

"암탉 한 마리 잡아 삼 넣고 황기 당귀 넣고 푹 고아드려요?"

"아니다."

옥봉은 도리질을 했다.

"왜 그러세요? 돌아가신 마님이야 어쩔 수 없는 일 아니에요. 헌데 아씨마저 이러고 계시면 어떡해요? 외출도 하고 그러시지 이렇듯 집에만 계시면 어떡해요. 요즘에는 통 시회도 안 나가시고 말예요. 그러지 말고 억지로라도 한 술 떠보세요."

"싫다는데도 그러구나."

옥봉은 사뭇 짜증을 내었다. 말이 줄어든 대신 짜증이 늘었고, 웃음이 줄어든 대신 눈물이 늘었으며, 미소가 줄어든 대신 수심이 늘었다.

막례가 염려스럽다는 표정으로 잠시 옥봉을 쳐다보다 상을 들고 나갔다. 옥봉은 어머니가 쓰던 삼작노리개를 만지작거렸다. 산호가

지와 밀화덩어리와 옥을 홍색 황색 남색 나비매듭으로 묶어 멋을 낸 중삼작이었다. 어머니의 삶은 행복했는지 모른다.

한 남자를 사랑하고, 자식을 얻고, 그렇게 살다 가는 길도 나쁘지 않을지 모른다. 여자로 사는 길이 평생 시만 지으며 사는 일보다 더 행복할지 모른다. 그렇다면 자신도 그런 삶을 살아야 하지 않을까. 운강과 함께라면 행복할 터이다.

"아씨 운강 선비님께서 오셨어요."

막례의 전언이 햇빛 속에서 환청인 듯 들렸다. 환청은 아니었다. 운강이었다. 운강이 와 있었다. 행여 헛것을 본 것은 아닐는지. 하도 간절한 마음이 자신을 속이고, 눈을 속이고 있는 것은 아닌지.

옥봉은 웃지도, 또 말을 건네지도 못하고 운강을 쳐다보고만 있었다. 그악스러운 햇빛을 그대로 안은 채 운강이 서 있었다. 그 쨍쨍한 햇살 때문에 운강은 더욱 환영인 듯싶었다. 신기루. 그 햇빛의 장난.

"허허, 앉으란 소리도 없구려. 손님을 이리 박대해도 된단 말이오?"

운강이 멋쩍은 표정을 지었다.

"어인 일이세요."

"통 바깥출입을 하지 않는다하여 걱정이 되어서 와 봤소. 옥봉의 안색이 말이 아니오, 그려. 지난번처럼 또 아플까 걱정이 되오."

옥봉은 울컥 설움이 복받쳐 올라 왔다. 운강의 위로 한 마디가 마음의 울보를 건드렸다. 매듭이 풀린 울보를 거듬거듬 다시 묶었지만 어쩔 수 없이 저도 모르게 눈물을 찍어냈다.

"허허. 마음고생이 심했던 모양이오. 옥봉이 눈물을 다 흘리는 것이. 하긴 왜 아니 그러겠소. 어머니가 돌아가셨는데 왜 슬프지 않겠소. 세상이 무너진 듯 땅이 꺼진 듯 무섭고 슬프겠지. 하지만 인생이란 그런 게 아니겠소? 왔다가는 언젠가는 가는 것. 그래 어머니의 초상은 잘 치르셨소?"

"네. 나리도 계시고 식구들도 많아 초상은 외롭지 않게 치렀습니다만, 굶어도 이승이 낫다고 하였는데, 죽은 사람의 넋을 어떻게 위로하겠어요."

"생로병사야 어찌 사람 마음대로 하겠소. 그러니 마음 굳세게 먹고 슬픔을 이겨내는 수밖에 도리가 없지요."

"그렇겠지요. 일 년 사시사철 변화하는 천체를 지켜보면서 인간에게 주어진 시간이 억겁의 시간인 줄 알았는데 참으로 짧더군요. 그 짧은 생을 어찌 운용해야 후회가 적을까요. 이리 살아도 후회하고 저리 살아도 후회한다면 그저 되는대로 살아야 할까요."

"그야 사람 생각하는 거, 마음먹은 거에 달리지 않았겠소? 저마다 다를 테고. 헌데 오늘 옥봉이 옛날 같지 않구려. 어머니의 죽음이 그대를 참 많이 힘들게 하는 모양이요."

"그래요. 그래요. 저는 달라졌어요. 아니 다른 사람으로 살고 싶어요. 이제부터 그럴 거예요. 이옥봉이 아닌, 여자로 살고 싶어요."

말을 마친 옥봉은 자리에서 일어나 운강을 향해 큰절을 올렸다. 느닷없는 옥봉의 행동에 운강은 당혹스러운 표정을 지으며 손사래를 쳤다.

"왜 이러시오? 갑자기 웬 절이란 말이오?"

"드릴 말씀이 있습니다."

"할 이야기라니. 무슨 이야기인데 이리 사람을 겁부터 주시오. 절이라니."

운강의 표정이 기이하게 흔들렸다.

"저를 후실로 맞아주시지요."

옥봉은 조금도 주저함이 없었다.

"뭐라 그랬는가?"

운강이 제 귀를 의심하며 되물었다.

"저를 후실로 들여달라고 했습니다."

말을 마치고는 옥봉은 운강의 눈을 똑바로 쳐다보았다.

"밑도 끝도 없이 그게 무슨 말이오?"

"처음 본 그 순간부터 사모하고 있었습니다. 내 비록 옥천 땅을 떠나올 때 시만 짓고 살겠다고 아버님께 약조하였으나 그게 얼마나 가당치 않은지 이제야 알았습니다."

"허허. 그것 참."

"받아주신다고 하셔요."

"내 그대를 한 명의 친한 벗이라 여겼거늘, 후실이라니. 게다가 선비가 축첩이라니, 말이 되오? 오늘 이 이야기는 안 들은 이야기로 할 터이니 두 번 다시 그런 얘기 꺼내지 마시오. 그럼 나는 그만 가보겠소."

운강이 몹시 곤혹스러운 표정을 지으며 자리에서 일어났다.

"나리."

어느새 옥봉의 호칭이 나리로 바뀌어 있었다.

"그만 가보겠소. 아무튼 방금 했던 이야기는 없었던 걸로 하겠소."

"전들 후실이 마음 편하겠습니까. 비록 운신이야 호강하겠지만 그것은 죽은 꽃이나 다름없겠지요. 내 옥천 땅을 떠나올 때도 아버님께 혼인은 하지 않겠다고 단호히 말씀드렸는데, 저도 이럴 줄 몰랐습니다."

"그럼 그렇게 하시오. 부디 그 초심을 꺾지 마시오."

"하지만 돌아가신 어머님께서 저 때문에 편히 가시지 못하셨습니다. 혼자 남겨진 딸년 생각에 죽는 그 순간까지도 편히 못 가셨지요."

"그만하시오. 이때까지 난 선비로 살아온 사람이오. 자네나 나나, 이제껏 잘 살아온 자취를 욕되게 하지 마시오. 그럼 나는 자네 얼굴을 보았으니 그만 일어서겠소."

"나리."

옥봉은 애원하듯 운강을 불렀다. 하지만 뿌리치는 운강의 발을 잡지 못했다. 그가 앉았던 자리에는 서늘한 기운만 서려 있을 뿐 온기는 없었다. 예전 같으면 운강이 남겨놓고 간 그 온기로 며칠은 설레었었다.

"어쩐대요. 우리 아씨. 불쌍해서 어쩐대요? 하고 많은 사람 다 놓아두고 왜 하필 운강 선비님이래요?"

언제 왔는지 막례가 측은한 표정을 지으며 옥봉의 기색을 살폈다.

"아니야. 아니야. 나를 거절할 줄 알았어. 거절할 줄 알았기에 더 간절한 거야."

"에고. 그게 무슨 심사래요. 아씨를 거절할 줄 알고 받아달라고 간청했다니요. 그게 무슨 말이래요. 손바닥도 마주쳐야 소리가 나고, 소리가 나야 손뼉 치는 재미도 있는 건데 그게 무슨 말이래요?"

"그래서 내가 운강 선비님을 연모하는 거야."

"에휴. 모르겠어요. 저는 아씨가 안타까워 못살겠어요."

"그래. 왜 아니겠니. 나도 내가 안쓰러운데."

옥봉은 희미하게 웃어보였다. 하지만 눈에서는 금방이라도 눈물이 떨어질 것처럼 그렁그렁 차올랐다.

"아씨나 나리가 알면 얼마나 마음 아파하실까요."

"혼인하겠다는 말에는 좋아하시겠지만 상대가 날 받아들이지 않는다는 말에는 마음 아파 하시겠지."

"그새 아씨 얼굴이 핼쑥해졌어요. 예전에는 이마에 빛이 났는데, 지금은 어둡기만 하네요."

"나는 두렵다. 그 어떤 결기도, 그 어떤 독기도 사랑 앞에서는 무력하기 짝이 없구나."

탄식하듯 옥봉이 내뱉었다.

옥봉이 오랜만에 거문고를 끄집어당겼다. 슬기둥, 슬기둥, 슬기덩. 옥봉의 가느다랗고 하얀 손이 거문고의 현을 탈 때마다 슬기둥, 슬기덩, 슬기둥 거문고가 울었다.

주세붕의 엄연곡이었다. 하지만 이전처럼 소리를 모을 수 없었다. 소리는 자꾸만 흩어졌다. 마음과 머리가 어지러운 탓이었다. 한 곳에 모아 낭랑한 소리를 내야 하는데, 단전 저 깊은 곳에서 모아 우주의 기운과 어울려야 하는데, 자꾸만 흩어지고 있었다. 그 우주와 함께 어울리지 못했다.

옥봉은 순간 딱 멈추었다. 그리고 거문고를 밀어놓고 자리에 누웠다. 옥봉의 얼굴이 목련 꽃잎 물크러지듯 어둡게 죽어가고 있었다. 다시 병이 도지고 있었다.

여름을 희롱하다

 피서나 가자며 윤관서가 사람을 보내왔다. 탁족에 차운으로 여름을 희롱하다 술내기를 하자는 것이었다. 발칙하게 향기를 내뿜으며 함부로 씨방을 내보여주고 있는 꽃들에게 수작도 벌이자고 했다. 물길에 술 채운 잔을 띄우고, 그 술잔이 멈추는 자리 앞에 선 이가 벌칙으로 술을 마시고 시 한 수 짓자고 했다. 폭염도 한 때의 위세일 뿐, 그 위세를 마음껏 추켜 세워주자고 했다.

 옥봉은 막례를 불러 차비를 차리도록 했다.

 "그 몸으로 가시게요?"

 막례가 놀라 물었다.

 "가야지. 가야 하고말고. 세상은 저렇듯 눈부신데 나만 이렇듯 처져 있어야 되겠니? 게다가 운강도 가신다고 하잖니? 뵌 지가 얼마인지 모르겠구나. 이렇게라도 뵙지 않으면 언제 그분을 뵙겠느냐. 아믄. 가야지. 가서 그분을 봬야지."

 옥봉의 얼굴이 한여름인데도 흰빛으로 질려 있었다.

"안 됩니다. 아씨. 그 몸으로 못 가십니다."

막례의 어조가 단호했다.

"괜찮다. 이렇게라도 해서 기운을 차려야 되지 않겠냐."

"안 돼요."

"괜찮다는데도 그러는구나."

"제발요. 아예 못 가시게 하는 게 아녜요. 다 낫고 가시라는 거예요."

"언제는 나보고 밖으로 나가라면서."

"더구나 아씨는 지금 상중이세요. 머리에 리본을 꽂고 꽃놀이를 가시겠다고요?"

막례의 말에 가시가 들어있었다.

"어머니도 이해하실 거야. 아믄. 이해하시고말고. 나를 시집 못 보내고 돌아가신 게 한이 된 분인데, 내가 좋아하는 사람 생겼다는 사실을 알면 틀림없이 잘했다, 칭찬해 주실 거야."

옥봉은 우겼다. 말을 할 때마다 단전에 힘을 모아야 소리를 만들 수 있었다. 그 소리의 파동이 온 몸을 울리며 가라앉아 있던 세포들을 깨웠다. 운강을 보면 없던 기운도 날 터이다. 막혔던 기운이 다시 돌 것이며 화색도 다시 되찾을 것이다. 이미 여자로서의 자존심은 내버린 지 오래. 사랑 앞에서 남자와 여자의 구별이 무슨 소용이란 말인가. 사랑도 자신이 선택하고 자신의 운명은 자신이 만들어 갈 터이다.

"네가 고집을 피우면 내가 하는 수밖에."

옥봉은 손수 반닫이에서 옷가지를 꺼내 들었다.

막례는 마지못해 그녀의 손에서 저고리를 뺏었다. 푸른색 갑사 저고리에 노란색 치마였다. 꽃버선을 꺼내 놓고 비단 손수건 고이 접어 살소매에 챙겨 넣었다.

막상 길을 나서고 보니 햇볕의 위세는 대단했다. 바람 한 점 느낄 수 없었다. 길가 먼지를 뒤집어 쓴 풀들은 생기를 잃은 채 납작 엎드려 있었고, 지난 가을 초가를 다시 잇지 못한 집들은 열기에 지붕이 까맣게 썩어 들어가며 한쪽부터 기울어가고 있었다. 아이들은 배를 드러내놓은 채 그늘 밑에서 축 늘어져 있었고, 그 옆에서 개들도 혀를 내밀고 죽은 듯 잠들어 있었다.

속곳에 적삼에 속치마에 차곡차곡 챙겨 입은 옥봉은 그 한여름 땡볕 밑을 덥다, 불평 한 마디 없이 종종거리며 걸어갔다. 그 뒤를 따라가는 막례는 금방이라도 울 듯한 표정이었다.

"아씨, 피곤하시면 이야기해요. 잠시 쉬었다가요."

막례는 옥봉의 그림자를 밟으며 징징거렸다.

"아니다. 아냐. 빨리 가야지. 운강을 빨리 보고 싶어."

막례의 걱정에 옥봉은 오히려 걸음을 빨리했다. 이밥처럼 하얗던 옥봉의 얼굴이 갈색으로 달아오르며 이마에서 땀이 흘러내렸다. 몸 안 어딘가에 부레가 들어있는 듯 몸이 가벼웠고, 발걸음은 춤을 추는 것처럼 가뿐했다.

옥봉이 생각하기에도 놀라운 일이었다. 집에 누워 있을 때만 해도 땅 밑에 귀신이 살아 그악스럽게 진을 빨아가는 듯 기운이 쇠하고 의식이 자꾸만 까라졌는데, 오금에 힘을 모을 수가 없었는데, 새삼 이 기운이라니.

윤관서는 아예 작정을 한 듯 했다. 돼지를 잡고 악공까지 초대했다. 게다가 소리하는 어린 기생에다 춤을 추는 종까지 데리고 왔고, 술도 넉넉하게 가져왔다. 분칠한 어린 기생의 표정이 도도하였지만 한편으로는 슬퍼 보였다.

"허허. 아무래도 윤공께서 과용하지 않으셨나 모르겠습니다."

걸때가 큰 이 선비가 부럽고도 미안한 표정으로 윤관서를 향해 말 치레를 했다.

"아닙니다. 아닙니다. 다 여러분들 덕분인데, 이걸로 양이 차시겠습니까? 말씀만 하십시오. 내 바로 준비 시킬 테니 말예요."

그러고 보니 일전에 승진을 한 인사를 하는 모양이었다.

"조금 기다려보십시오. 내 화공도 불렀습니다. 우리 오늘 유쾌하게 놀아봅시다."

"이런. 허."

"누가 오는지 궁금하지 않습니까? 나와가 옵니다."

"나와라면 시에도 능한 화가가 아닙니까? 최립한테 글을 배웠다지요."

"허허. 이리 수선스럽게 하시면 다음 번에 차례를 받은 사람은 어찌하라고 이러십니까?"

"여러분들께 부담드릴 생각은 없었습니다. 그냥 제 마음이지요. 아무튼 남들은 금강산이다 묘향산이다 행장 꾸려 달포나 보름씩 떠나지만 우리는 기껏 남산이지 않습니까? 여러 선비들의 유산기행을 듣노라면 부럽기 한이 없습니다."

"그렇지요. 남명 선생은 두류산에만 열일곱 번을 오르셨다지요. 그곳에서 선생은 운수 속에 있을 때는 운수가 아닌 것은 눈에 들어오지도 않았다고 하지 않으셨습니까? 그 운수가 보고 싶습니다. 남명 선생이 목도하신 그 구름과 비취빛 물이 궁금합니다. 그 운수가 남명 선생을 잡았겠지요. 어느 여인의 눈동자인들 그 운수를 능가하겠습니까? 남명 선생 같으신 분이 세상에 나오셔서 어지러운 질서를 바로잡았으면 좋았을 텐데"

"오물을 피하고 싶으셨던 게지요."

"남명 선생은 화담과도 친하다고 들었습니다. 화담의 태허론은 그 깊이가 참으로 깊습니다. 화담은 우주에 충만해 있는 기운을 기로 보고 기의 본질을 태허라 했지요. 태허는 맑고 형체가 없는 것으로 선천이라 했지요. 크기는 한정이 없으며 시작도 없고 끝도 없으며 그저 맑고 고요하며 움직임이 없는 것이 기의 근원이라 했습니다. 가득 차 있어 멀고 가까움이 없고 꽉 차 있어 비거나 빠진 데가 없다고 했습니다. 보이지는 않지만 실재하니 이것을 무라고 할 수 없다고 했지요. 화담은 인간의 죽음도 우주의 기에 환원된다며 사생일여를 주장하고 있지요. 화담학파는 서얼들에게 영향을 많이 끼치고 있다고 들었습니다. 평등을 논한다고 하더군요."

"정여립이 주창한 것도 곧 그 세상이 아니겠습니까? 양반 사회를 혁파하고 평등세상을 구현하는 게 꿈이라고 들었습니다."

"정여립은 실제 그런 세상을 만들기 위해 따로 장정들을 모아놓고 검술 훈련과 검법 등을 훈련시켰다지 않아요. 그 위세가 가히 놀라울 정도라고 들었습니다. 다행히 사전에 발각돼 징벌했으니 망정이지, 그 자들이 준동했다면 정말 이 세상이 어떻게 되었을지 생각만으로도 가슴이 다 서늘해집니다."

"이 사회에 불만을 품은 자들의 소행이지요. 그러니 글깨나 익혔다는 선비들이 빨리 도를 찾고 예를 회복하며 인을 실천해야 하는데, 쓸데없는 논쟁과 파벌로 힘만 소모하고 있으니 참으로 걱정입니다."

"그러게 말입니다. 그나저나 그 정여립의 무리들이 완전 소탕이 되지 않고 여기저기 뿔뿔이 흩어져 다시 뭉칠 날을 기다리고 있다니, 걱정이 아닙니까? 게다가 길삼봉이란 작자가 있는데 검술이 뛰어나고 신통력이 대단하다 들었습니다. 아직 그 사람의 정체조차 파악하지 못하고 있다더군요."

"헌데 옥봉의 얼굴이 많이 상하셨소. 지난번에 모친상을 당하셨다더니 마음이 많이 상하시나 보오. 인생무상 한 걸요. 화담이 말했던 것처럼 태허로 돌아가셨는데요. 그 맑고 청정한 곳으로 말입니다. 그러니 너무 상심하지 마세요."

상중을 알리는 옥봉의 머리에 꽂힌 흰 리본이 꽃그늘 아래서 꽃빛으로 물들어 있었다. 운강은 애써 옥봉의 시선을 외면하고 있었다. 옥봉의 시선이 멀리, 향하고 있을 때 더듬듯 운강의 눈길이 한 번씩 그 흰 리본 위에 머물다 떠났을 뿐, 허공에서 두 시선이 엉키는 일만큼은 피하고 있었다.

 윤관서가 데리고 온 종이 동기의 가야금 소리에 맞춰 춤을 출 때 옥봉은 속으로 자지러지고 있었다.

붉은 비단 너머

기어이 옥봉은 자리에 누웠다. 어머니의 삼작노리개를 손에 꼭 쥐고 까무룩 잠이 들었다가 화들짝 숨을 몰아쉬며 다시 깨어나기를 반복했다. 그 꿈에 바닥은 없었다. 암죽 같은 질펀한 어둠만 깔려있었을 뿐. 그 어둠 속에 갇히면 사지수족이 무력한 게 영락없이 죽은 사람처럼 축 늘어졌다. 막례가 흔들어 깨우면 넘늘거리는 버드나무 가지처럼 옥봉은 축 늘어진 몸으로 흔들렸다.

그 어떤 약도 듣지 않았다. 그저 마음속에 이글거리며 타오르고 있는 불이 옥봉을 간단없이 담금질해대고 있었다. 그렇게 타오르고 타오르다 보면 불은 제 풀에 겨워 사위어들만도 한데 죽지도 않고 여전히 불땀 좋게 타올라 옥봉의 기운을 앗아갔다.

살아있어도 살아있는 것이 아니었다. 입술은 메말라 하얗게 각질이 일어나 있었고, 눈은 움푹 꺼져서는 퀭했다. 그 퀭한 눈은 자꾸만 헛것을 들였다.

"어머니."

가끔 돌아가신 어머니가 안쓰러운 눈길로 옥봉을 쳐다보았다.

"어머니. 저는 어찌해야 합니까?"

"미안하구나. 애야. 미안해. 미천하디 미천한 내 몸에서 태어나 네가 이리 마음고생을 하는구나."

"아니에요. 아니에요. 어머니."

"내 이쁜 딸. 네 단장의 아픔이 그대로 느껴지는구나. 어이할까. 우리 이쁜 딸을 어이할까. 내가 더 살아 너의 길을 살펴보아줬어야 하는 건데. 뭐가 급해 이리 빨리 너를 떠나왔을까. 미안하다. 애야."

"어머니 때문이 아니에요. 사랑이 저를 이리 만드는 걸요. 한 사람이 저를 이리 아프게 하는데요. 어머니 때문이 아니에요."

"사랑한다고 해서 전부 네 사람이 되는 건 아니란다. 애야. 그만 그 사람을 버리고 잊어라. 사람 마음은 어떻게 할 수 없는 것. 그 사람을 계속해서 품고 있다가 네가 잘못될까 저어되는구나."

"어떻게요? 어떻게 그 사람을 버릴 수 있나요? 그 길을 알면 저도 그러고 싶어요. 살고 싶어요. 헌데 버리려고 하면 할수록 더 욕심나는 걸요."

"일체유심조라고 했다. 마음먹기에 달린 거야."

"어머니도 그러셨나요? 막례의 아비를 그리 사랑하셨나요?"

"아니다 애야. 막례의 아버지도 사랑했지만 난 너를 낳고 난 뒤에는 나리를 더 사랑했다. 너를 사랑하듯 나리를 사랑했어. 그러니 이만큼이라도 살 수 있었다."

"그럼 막례 아비는요?"

"어쩌겠니? 처음부터 인연이 아니었던 것을."

"헌데 그 나무비녀는요? 나리를 더 사랑하셨다면서 왜 지금은 나무비녀를 꽂고 계시는데요?"

"약속 때문이지. 이승에서 맺지 못한 부부 연, 저승에서 맺자고 한 약속 때문이란다."

"나리를 버리실 수 있으세요? 나리를 더 사랑하셨다면서 그런 나리를 놓아두고 어찌 다른 사내랑 부부가 되기를 희망하세요."

"하지만 나를 진정 사랑한 사람은 막례 아버지였어. 나리는 내가 사랑했지만 막례 아버지는 나를 사랑했지. 여자는 자기를 사랑해주는 사람하고 살아야 편단다. 그렇다고 내가 불행했던 건 아니야. 네가 있어서 얼마나 행복했는지 몰라. 그러니 애야. 어서 일어나거라. 너를 사랑해주는 사람은 많아. 그러니 어서 기운 차리고 일어나."

스륵, 어느 순간 어머니는 사라져버리고 없었다. 대신 어머니가 있던 구석진 자리에는 음울하고도 서늘한 기운이 서려 있었다. 아니, 어머니가 있던 자위에 푸른 기운이 도는 듯도 했다. 투명하면서도 흰빛이 도는 발광의 푸른빛 무리. 어머니는 그렇게 연기가 흩날리듯 빛으로 흩어졌다.

"어머니 가지 마세요. 제발 가지 마세요. 저 혼자 무서워요. 어머니."

옥봉이 손을 내저었다. 휘휘. 아금받게 무언가를 잡으려고 허공을 뒤지는 손이 자꾸만 쥐엄질을 해댔다. 하지만 잡히는 건 없었다. 허망하게 허공에서 흔들릴 뿐. 기력이 없어 그마저도 오래 견디지 못하고 이내 털썩 팔을 떨어뜨렸다.

　여름 햇살에 꽃들이 진한 향기로 물러지고 있었다. 물봉숭아는 화단에서 힘없이 떨어져 내리고, 꽃 있던 자리에는 자루 같은 씨방들이 제법 굵게 여물어가고 있었다.

　옥봉은 무언가에 이끌리듯 잠에서 빠져 나왔다. 깨어보니 환영인 듯 나리가 머리맡에 앉아있었다. 행여 어머니처럼 헛것인 듯싶어 옥봉은 손으로 더듬어 나리를 만져 보았다. 손끝에 닿는 단단한 존재감이 틀림없는 나리였다. 꿈속도 아니었고, 헛것도 아니었으며, 엄연한 현실이었다.

　옥봉이 힘들게 자리에서 일어나려 하자 나리가 말렸다.

"그냥 누워 있거라."

"어쩐 일이세요?"

"아프다는 기별을 받고 왔다."

"죄송해요."

"의원이 그러는데 마음의 병이라더구나."

　옥봉의 눈에서 눈물이 주르르 흘러내렸다. 처음으로 나리 앞에서 흘려 본 눈물이었다. 어렸을 때도 흘리지 않던 눈물이었다. 거문고를 배울 때도, 소리를 배울 때도, 시를 배울 때도 늘 강단 있게 세상을 헤쳐 가던 옥봉이었다.

"우느냐?"

"네. 나리."

　고개를 돌리거나 눈물을 삼키지도 않았다. 차라리 눈물을 들킨 게

후련했다. 명치끝에 막혀 있던 숨들이 비로소 제 길을 찾아 나오는 듯 했다. 나리는 옥봉의 손에 들려 있던 어머니의 삼작노리개를 보고는 표정에 그늘이 졌다.

"네 에미 것이 아니더냐?"

"네. 어머니 것이옵니다."

"너를 낳고 고생했다, 선물로 주었는데, 생전에 그걸 하고 있는 걸 보지 못했다."

"어머니는 이걸 장롱 속 깊숙이 숨겨놓으셨지요. 아주 소중하게요."

나리는 한동안 추연하게 그 삼작노리개를 내려다보았다. 지난날 어머니와 보냈던 날들이 새로운 감회로 나리의 묵은 연정을 자극하는 모양이었다.

"네 어머니하고 약속했다."

옥봉은 언뜻 나리 뒤에서 어머니를 다시 본 듯했다.

"어머니."

옥봉은 땀을 쏟아내며 입술을 달싹였다.

"너를 꼭 혼인시키겠다고 말이다. 그러니 아무 생각하지 말고 한숨 푹 자고 있거라."

그렇게 말하는 나리의 시선은 삼작노리개에 머물러 있었다. 그 시선 속에 새삼스럽게 애틋함이 서려 있었다. 사라져버린 것에 대한 회한과 더불어 새롭게 괴는 그 애틋함에 곤혹스러운 태도를 보였다. 사랑 앞에서 무력하게 꺼져 가는 옥봉을 보고는 나리 또한 옛 정인이 그리운 모양이었다.

"자거라. 한숨 자고 나면 나아질 게야. 모든 걸 나한테 맡겨라."

옥봉의 눈에서는 하염없이 눈물이 흘러내렸다. 산들 살아갈 자신이 없었다. 차라리 어머니를 따라 가는 것이 더 편할 일이었다.

따르리라. 따라가리라. 푸른빛으로 떠도는 어머니를 따라가리라. 어머니를 싸고 있는 빛무리 가운데 한 점을 붙잡고 다른 세상으로 건너가리라. 태허. 그 맑고 청정한 공간으로.

다시 옥봉은 아득한 잠속으로 빠져 들었다. 그 꿈속이 마냥 어수선했다.

잠인지 혼절인지 모를 그 암흑의 세상 속에서 돌아와 보니 밤이었다. 눈에 제일 먼저 밟힌 건 나비 등잔에서 너울거리는 등불이었다.

"나리는 가셨느냐?"

옥봉이 주위를 둘러보며 물었다.

"아니에요. 건넌채에 들어계셔요. 아까 의원을 불러들이시더니 한참동안이나 말씀을 나누셨어요. 그나저나 아씨 걱정이 이만저만이 아니세요."

"그래. 내가 불효를 하는구나."

말끝에 옥봉은 한숨을 내쉬었다.

"그런 말씀 마시고 빨리 일어날 생각이나 하세요. 그게 모두를 위하는 길이에요."

"그래."

옥봉은 달빛이 엉겨 있는 방문을 바라보았다. 맑은 연한 금빛으로 달빛이 들어와 있었다. 그렇게 시간이 지나고 달빛이 사라지더니 어느새 박명이 스며들고 있었다.

옥봉은 오랜만에 경대를 앞에 두고 머리단장을 하였다. 달군 인두로 빗의 몸체에 꽃그림을 그려 넣은 낙죽참빗으로 머리를 빗어 내리다가도 몇 번이나 손을 멈추고 숨을 몰아쉬었다.

"웬일이세요?"

"나리에게 아침 문안 드리러 가려고 한다."

"아서요. 나리는 아침 일찍 나가셨어요."

막례가 손사래를 치며 말렸다.

"이 아침에 말이냐?"

"어디 들를 데가 있다시면서 나가셨어요."

"새벽같이 어딜 가셨을꼬?"

옥봉은 경대를 밀어놓고 마당을 내려다보았다. 군데군데 빗살무늬가 져 있는 것이 막례가 그새 마당을 쓸어놓은 모양이었다.

"봉숭아꽃 떨어진 것도 괜찮았는데."

옥봉은 혼잣말로 중얼거렸다.

"손톱에 꽃물 들여줘요?"

막례의 물음에 옥봉은 힘없이 고개를 저었다. 문설주에 기대 앉아 있는 것도 힘에 부쳤다.

옥봉은 다시 자리에 누웠다. 방문을 열어두고 발도 걷었다. 새들이 낮게 난다 싶더니 기어이 점심 무렵이 되자 한바탕 소낙비가 쏟아져 내렸다. 장대비에 비릿한 흙냄새가 사방으로 퍼졌고, 새들은 서둘러 나뭇가지 밑으로 숨어들었다. 그 채찍같은 비에 후두둑 꽃잎들이 떨어졌다. 땅에 떨어졌어도 빗물에 젖은 꽃잎들은 한동안 붉은 빛을 잃지 않았다.

나리가 아직까지 돌아오시지 않는 양이 옥천으로 내려가신 모양이라고 생각했는데 밤이 다 돼 천 서방의 모습이 보였다.

"나리 돌아오셨습니다."

옥봉은 자리에서 일어났다.

"됐다. 그대로 있거라."

헌데 나리의 표정이 어두웠다.

"그래, 운강 그 사람 말고는 아니 되겠느냐? 그보다 더 나은 사람이 얼마든지 있지 않겠느냐?"

"사람 마음이 어찌 생각대로 되겠는지요."

"하긴 그렇지. 그렇다마는……."

"송구스럽습니다."

"아니다."

나리의 표정에 앉은 그늘이 더 짙어졌다. 옥봉은 고개를 떨구었다. 그저 나리한테 죄송스러울 뿐이었다.

나리가 들어있는 방의 불빛이 저녁 늦게까지 흔들렸다. 혼자 술잔을 기울이고 있는 그림자가 외로워보였다.

죽음의 자리

 소란스러운 것이 햇빛 때문인가 싶었는데, 인기척 탓이었다. 발소리, 말소리들이 분주하게 엉기면서 한낮의 적요를 흔들어놓고 있었다.
 "나리께서 돌아가신답니다."
 막례가 잰걸음으로 달려왔다. 옥봉은 자리에서 일어나려 했지만 기력이 없었다.
 "나올 거 없다."
 나리의 음성이 무거웠다. 표정도 음성만큼이나 무거웠다.
 "죄송합니다."
 "네가 죄송할 게 뭐 있겠느냐. 어서 빨리 몸을 추스르거라. 뭐라도 먹어야지, 속에서 받지 않는다고 무작정 안 먹으면 어쩌자는 게냐. 죽은 네 에미를 생각해서라도 이렇게 맥놓고 누워있으면 되겠느냐."
 나리의 애정이 깃든 나무람에 옥봉은 말이 없었다. 그게 어디 마음먹은 대로 될 일이던가. 그랬으면 저 살자고 진작 다른 길을 보았을 것이다. 운강이 아닌 다른 사람의 마음을 두드리고, 그곳에서 미래를 보았을 것이다. 설령 척박한 땅일지라도 힘들여 갈고 물을 주고 씨를 뿌렸을 것이다.

하지만 운강에게 갇혀 그 탈출구를 찾지 못했다. 헤어나오면 헤어나올수록 운강은 수렁 같아서 더 깊숙이 빠져들 뿐이었다. 의지로도, 결기로도 되지 않는 일이었다.

"너를 억지로라도 내 곁에 붙잡아놓을 걸 그랬구나. 아니면 네 고집을 꺾어서라도 혼인을 시킬 것을. 하지만 뒤늦은 후회가 무슨 소용 있겠느냐?"

"아닙니다. 나리. 비록 지금 이렇듯 고통을 당하고는 있지만 그래도 살아있다는 것을 느낍니다. 이 고통이 제가 감당할 지경을 넘어서 외람되게도 살아있는 것이 힘겹기는 하나, 그래도 이 감정이 얼마나 소중한지 모르겠습니다. 운강을 원망하지 않습니다. 그는 가만히 있는데, 저 혼자 그를 들었다 놓았다 하는 것뿐, 그를 미워하거나 탓하지 않습니다. 살아있다는 것이 다 이렇지 않겠습니까? 세상살이가 다 자기가 하고자하는 대로 된다면 얼마나 밋밋하고 심드렁하겠습니까."

나리는 잠시 옥봉을 말없이 바라보다 일어섰다.

"나올 거 없다."

옥봉은 인사를 올렸다. 그래도 천륜이 주는 그늘과 기운이 깊고도 장했는데, 그런 나리가 가시고 나자 더 허전하고 기운이 빠졌다.

옥봉은 자리에 누웠다. 그리고 방문에 쳐둔 발을 거두고 방문을 닫았다. 탁. 방문 닫히는 소리가 저 땅 속 깊은 곳에서 들려 오는 듯 음험한 울림을 품었다.

하루가 지나고 이틀이 지나도 옥봉은 자리에서 일어나지 않았다. 삼시 세 끼 상을 차려 온 막례가 부르고 졸랐지만 모두 물리치고 겨우 물만 넘겼다. 어쩌자는 작정은 없었다. 그저, 안 먹으니 속이 편하고, 까무룩 잠이 드니 그나마 살아있다는 것을 잊을 수 있었다.

어느 날 막례는 훌쩍이며 옥봉을 타박했다.

"나리가 운강 선비님을 만났대요. 천 서방한테 들었어요. 지난번 올라 오셨을 때, 아침 일찍 나가셨던 날 말예요. 그날, 운강 선비님을 만나러 가셨답니다. 나리가 체통도, 위엄도, 다 내던지고 운강 선비님한테 아씨를 후실로 맞아들여달라고 간청하셨대요. 헌데, 운강 선비님이 거절하셨대요. 나리 앞에서 단호하게 못 하겠다고 그러셨대요. 그래도 나리는 운강 선비님한테 사람 살려 달라고 부탁하셨대요. 하지만 운강 선비님이 나리를 그냥 돌려 보내셨대요. 그러니 어째요. 아씨가 단념하는 수밖에는. 이런다고 될 일이 어디 있겠어요. 보란 듯이 털고 일어나 예전처럼 씩씩하게 살아야지요. 제가 얼마나 아씨를 좋아했는데요. 남자들에게 뒤지지 않는 아씨를 제가 얼마나 자랑스러웠는데요. 제발 문 좀 열어봐요."

나리가 운강을 만났다니. 나리가 운강 앞에서 사정하는 모습이 울연하게 떠올랐다. 그러기도 쉽지 않았을 터이다. 나리의 성정으로는 결코 쉬운 일이 아니었을 것이다. 이 목숨 하나 살리겠다고 자신의 위엄을 버리다니.

주루룩 뜨거운 눈물이 흘러내렸다. 눈물은 피처럼 끈적였다.

옥봉은 귀를 닫았다. 마음도 닫았다. 그리고 입도 닫았다. 자신의 내부로 통할 수 있는 것은 모든 것을 닫아걸었다. 자신을 닫아걸고 나니 세상과 유리되고 격리되었다.

옥봉이 들어있는 방안이 무덤 속처럼 고요했다. 한낮에도 문 닫아 건 방안에는 기이한 정적만이 고여 있었고, 한밤에 내려앉은 건 괴괴한 달빛과 서늘한 기운뿐이었다. 가끔 어머니만 찾아와 방 안에 떠있다 갈 뿐이었다.

그 어머니가 말을 걸어왔다.

"아가. 일어나렴."

"일어날 수가 없어요."

"일어나. 그만 기운 차리고 일어나야지. 언제까지 그러고 있을 셈이냐?"

"아니에요. 어머니. 차라리 이렇게 있다 어머니에게 가는 게 편해요."

그 말끝에 주루룩, 눈물이 흘러내렸다.

"무슨 그런 몹쓸 소리를 하는 게냐. 살아라. 살아야 한다. 살아서 행복해야 한다."

"이제는 더 버틸 힘이 없어요. 어머니. 차라리 지금 이 순간 자는 듯 가고 싶어요."

"아니다. 애야. 생은 더 살아봐야 아는 거란다. 지금이 전부가 아니고 끝도 아니야."

"그렇지 않아요. 나리가 찾아가 간청했는데도 그이는 거절했어요."

"그래도 더 살아봐야 한단다. 아무도 내일을 알 수 없어."

"그는 돌보다도, 나무보다도, 태산보다도 강해요."

"돌도 나무도 태산도 시간이 가면 조금씩 변한단다. 세상에 변하지 않는 것은 없단다."

"아니에요. 돌도 나무도 변하지만 그는 변하지 않아요."

"기다려 보렴."

"이젠 그럴 기력조차 없어요. 어머니 그냥 가시지 말고 저를 데려가 주세요. 그곳에서 어머니랑 같이 살아요. 어머니 품이 그리워요."

"아니다. 아니다. 애야. 여기는 아직 네가 올 곳이 못 돼."

"그곳 이야기를 해주세요."

"사는 게 끔찍해도 이승이 낫다고 했다. 아무려면 저승이 낫겠느냐. 기다려 보렴. 지금이 전부가 아니야."

"얼마나 더요? 얼마나 더 기다려야 하는데요?"

"죽을힘을 다해 빌고 또 빌면 그 기운으로 안 되는 게 없단다. 그러니 애야, 포기하지 말고 끝까지 빌어."

"그러면요. 그러면 운강이 저를 받아들일까요?"

"그래. 그러니 이 에미를 따라온다는 소릴랑은 말고 어서 기운 차리거라. 기운차려서 좋은 세상 살아야지. 그래서 네가 그리도 만나고 싶었던 세상을 살아야지."

"어머니, 정말 그런 날이 올까요?"

"믿는대로 된다고 했다. 그러니 믿고 기다려라. 암. 기필코 올 거다."

"가지마세요. 어머니."

"가야 해. 명심하거라."

탕탕탕. 탕탕탕. 그때였다. 어머니가 홀연히 사라지는 것과 동시에 꽁꽁 걸어 잠근 방문이 거칠게 흔들렸다.

"아씨, 아씨 문 좀 열어보세요."

막례였다. 막례의 손길에 장지문이 흔들렸다. 탕탕탕. 장지문에 막례의 그림자가 어른거렸다. 탕탕탕.

옥봉은 문을 열지 않았다.

"아씨, 제발 문 좀 열어줘요."

"무슨 일이냐?"

"문 좀 열어봐요."

막례가 울먹이며 사정을 했다.

옥봉은 마지못해 일어나 문을 열었다. 한순간 쏟아져 들어온 햇빛에 옥봉은 저도 모르게 그만 눈을 질끈 감았다.

"세상에, 이게 뭐예요? 이 얼굴 좀 봐요."

막례가 울먹였다. 그리고는 이내 얼굴을 돌려 치맛자락을 잡더니 팽, 물코를 풀어냈다.

"이런다고 뭐가 해결되나요? 오히려 잘 먹고 보란 듯 잘살아야죠. 우리 아씨가 뭐가 부족해서 이리 홀대를 받는데요. 제발 기운 차리세요."

"이럴려면 가거라."

"천 서방이 다녀갔어요. 아씨가 어찌 지내시나하고 나리가 보고 오랬답니다. 그리고 이거……."

막례가 주섬주섬 들고 온 보따리를 내밀었다. 이게 뭐냐? 옥봉은 눈으로 물었다.

"아랫동네 용한 무당이 내려준 처방이에요. 이걸 베개 밑에 베고 있으면 소원이 이루어진대요. 그렇게 맥없이 누워만 있지 말고 이렇게라도 해봐요. 뭐가 신통한 비방인지 어떻게 알아요? 해보라는 대로 다 해볼 수밖에는 도리가 없죠. 아씨만 생기를 찾을 수 있다면 뭘 못하겠어요. 그러니 어여 베개 줘 봐요."

옥봉은 막례의 손에서 베개를 뺏어들며 무서운 얼굴로 나무랐다.

"치워라. 이런 걸로 운강의 마음을 얻고 싶지 않다. 무릇 은애의 감정은 순정한 것이거늘, 이런 사술로 얻은 마음이 어찌 진심이라 할 수 있겠느냐. 내 차라리 상사병으로 죽을지언정 이런 짓은 하지 않을 게야."

옥봉의 음성이 강단졌다.

"아씨. 살다보면 없던 정도 드는 법이에요. 그러니 당장에 운강 선비님의 허락을 얻는 게 중요한 일이 아니겠어요?"

"치우래도. 당장에 이 요망한 것들을 내다 버리거라. 이런 사술을 쓴다고 해서 운강의 마음이 내게로 향하지 않을 뿐더러 나 또한 이렇게까지 해서 운강의 마음을 얻고 싶지는 않다."

옥봉의 음성이 낮고도 결연했고, 또 비장했다. 막례의 마음 씀씀이가 고맙지 않은 것은 아니었으나 그렇게까지 자신이 처참하게 무너지고 싶지는 않았다.

옥봉의 단호한 호통에 막례는 서운한 표정으로 눈물을 글썽이며 다시 싸들고 나갔다.

"우리 아씨 어쩐대요. 우리 아씨 어쩐대요."

막례는 나가면서 울음 섞인 후렴구 같은 소리를 빼물었다.

옥봉은 눈을 감았다. 눈을 감고 기다렸다. 죽을 것인지 살 것인지 그것은 시간이 해결 줄 일. 어머니는 빌고 또 빌면 이루어지지 않는 것이 없다고 했으니 죽을힘 다해 한 번만 더 빌어보자고 자신을 추스렸다.

다시 살다

시간이 어떻게 흐르는지, 얼마만큼 흘렀는지 옥봉은 관심이 없었다. 스스로 자신을 세상에서 유폐시켜 놓은 그 순간부터 옥봉은 시간으로부터 비껴나 있었다.

뒷산에서 들려 오는 소쩍새 울음도, 한낮 줄기차게 울어대는 매미 소리도 옥봉의 마음을 건드리지 못했고, 아침저녁 뒤바뀌는 명암도 옥봉은 무심히 흘려보냈다. 세상의 끈을 놓아버린 사람처럼 그 어떤 것에도 반응하지 않았고, 무감각했다.

"아씨. 아씨. 운강 선비님이 오셨어요."

막례의 음성이 아주 멀리서 들리는 듯 아득했다. 꿈결인 듯도 싶었다.

"운강 선비님이 오셨어요."

옥봉은 꿈이라고 여겼다.

"아씨. 운강 선비님이 오셨다니까요. 문 좀 열어보세요."

장지문이 흔들리고 막례의 그림자가 방문에 어리는 것을 보고 나서야 옥봉은 꿈이 아닌 현실이라는 사실을 깨달았다. 하지만 옥봉은 운강이 왔다는 말은 거짓인 줄 알았다. 저를 일으켜 세우기 위해 거짓으로 꾸며낸 이야기인 줄 알았다.

"가거라. 더는 귀찮게 하지 말아."

"아씨, 정말이에요. 왜 제가 그런 거짓을 여쭙겠어요. 지금 마당에서 기다리고 계셔요."

막례의 음성이 여느 때 같지 않게 조심스러웠다. 방문 흔드는 소리도 진중했다.

옥봉은 힘들게 몸을 일으켰다. 아니야, 거짓말이야. 거짓말일 게다. 옥봉은 혼자서 도리질을 했다. 공연히 헛된 기대는 하지 말자, 마음도 다잡았다.

"아씨."

"귀찮게 하지 말고 가래도."

막례의 계속되는 부름에 옥봉의 음성이 사뭇 짜증스러웠다.

"나와 보구려."

운강이었다. 운강의 음성이었다. 꿈속에서도 사무치게 그리운 사람. 옥봉은 그제야 막혔던 명치가 풀리고, 피가 돌며 숨이 쉬어졌다. 저를 살리러 왔구나.

문을 열어보니 운강이 마당가운데 서 있었다. 갓 그늘이 앉은 얼굴에 연민이 가득 들어있었다.

"건넌채로 모시어라."

옥봉은 경대를 끄집어당겼다. 살이 내린 얼굴이 마른 찔레꽃처럼 초췌했다. 분홍색 갑사 저고리에 쪽물 들인 치마 꺼내 입고, 밀기름 바른 쪽진 머리에 옥 매화잠을 꽂고 삼작노리개를 달았다. 은애하는 임. 연모하는 임이 저 건넌채에 있다고 생각하니 가슴이 떨리고 손이 떨렸다. 가슴이 떨리고 손이 떨려 고름 하나 엽렵하게 맬 수 없었다.

사랑한다, 붙잡을 것이다. 이젠 그냥 보낼 수 없다고, 옷자락 부여잡을 것이다. 냉정하게 떨쳐내도 이대로는 못 가신다, 떼를 쓸 것이다. 제 목숨과도 같은 사람을 그대로 보낼 수는 없었다. 오늘 이 순간을 기다리고 또 기다렸다 고백할 것이다.

"오랜만입니다. 그간 안녕하셨지요."

옥봉이 자리에 앉으며 안부를 물었다. 명치끝에서 뜨거운 기운이 뭉쳐 졌지만 애써 참았다.

"얼굴이 많이 상했구려."

"네. 꿈적도 하지 않는 태산을 상대하다 보니 이리 되었습니다."

"허허. 태산이라니요. 당치도 않은 소리."

운강은 멋쩍은 표정을 지었다.

"아니에요. 태산은 자신이 태산인지도 모르는 법. 제가 이제까지 상대한 것은 태산이 맞지요."

"허허. 아무리 그렇더라도 목숨과 바꿀만한 가치가 있었겠소?"

"네. 그리하려고 마음먹었습니다. 그냥 내놓으려 했습니다."

"천하의 이옥봉의 기개는 다 어디로 간 거요?"

"이옥봉도 아녀자에 불과할 뿐이지요. 그저 심성 여린 한 여자에 지나지 않지요. 그런 여자가 옳게 임자를 만난 게지요."

"그래도 이전의 그 이옥봉이 보기에 좋았다오."

"그리 모질게 돌아서시더니 어인 일이시옵니까?"

"글쎄, 그게 말이오."

운강은 잠시 말을 끊었다. 그리고는 옥봉을 한동안 그윽한 눈길로 바라보더니 입을 뗐다.

"일전에 그대 아버님이 나를 찾아오셨더군. 어찌나 난감하고 송구스럽던지. 혹여 알고 있었소?"

"아랫것에게 들어 알고 있었습니다. 공연한 일을 하셨지요. 하지만 그게 부모 마음이 아니겠습니까? 공연히 저 때문에 아버님께서 난감한 일을 당하신 것을 생각하면 그저 죄스러울 뿐이지요."

"송구스러운 마음으로 치자면 나또한 그대 못지않을 거요. 왜 나라고 마음이 편했겠소."

"그러시겠지요. 그 또한 짐작하고 남을 만합니다. 모든 게 저로 인해 비롯된 일. 몸 둘 바를 모르겠습니다. 허나 어찌 사람 일이 마음먹은 대로 되겠습니까? 저 역시 한양으로 올라올 때는 독한 마음먹고 올라왔었습니다. 혼처도 마다하고 떠나온 길이었는데 이렇듯 더 크고 깊은 허방을 만날 줄 누가 알았겠습니까? 그러니 인생이 장담할 수 없는 노릇이지요.

"미안하구려."

"어찌 운강이 저에게 미안하겠습니까. 다만 길을 잃은 저한테 잘못이 있다면 있겠지요."

"장인어른께서 며칠 전에 나를 찾아오셨소. 그 어른이 나한테 간

곡하게 부탁하더이다. 그대를 후실로 맞아들이라고."

"그러셨군요. 여러 분들한테 마음 고생을 시키는군요."

옥봉은 참으로 부끄럽고 민망했다. 제 마음 하나 단속하지 못하고 너덜거리는 붉은 마음 그대로 열어 보인 채 장대에 매달려 저자거리에 높이 매달린 기분이었다.

한동안 말없이 무언가를 골똘히 생각하던 운강이 말을 했다.

"나하고 약조할 수 있겠소?"

"?"

옥봉은 눈으로 물었다.

"시를 버릴 수 있겠소?"

"시를 버리다니요?"

"나하고 살면서 시를 짓지 않겠다고 약조하면 그대를 후실로 맞아들이겠소. 그럴 자신이 없으면 못한다, 지금 말하시오. 내 누구보다 당신을 잘 알기에 하는 이야기요. 당신은 시 없이는 살 수 없는 사람이고, 시로 인해 새로운 목숨을 얻은 사람이오. 그러니 어찌 시를 버리고 행복한 삶을 살 수 있을 거라 장담할 수 있겠소."

"운강의 말씀은 다 맞는 말입니다. 이년 팔천의 하나인 노비의 딸로 태어나 시를 알았으니 참으로 감사하고 고마운 일이지요. 허나 제가 뜻을 품은들 어찌 세상을 가질 수 있을 것이며, 원하는 삶을 살 수 있었겠습니까. 그저 시로 시간을 희롱하고, 시로 세상을 후려치며 천명을 거스르려 했던 것일 뿐. 하여 첩실의 자리만큼은 극구 사양하고 홀로 꼿꼿하게 가려 했습니다. 하지만 운명의 장난인지 하늘의 배려인지 몰라도 이렇게 운강을 만나고 연모하게 되었습니다. 어쩔 수 없이 저 또한 여자인지라 무엇보다 남자의 사랑이 그립습니다."

옥봉의 음성이 가느다랗게 떨렸다.

"알았소. 내 그대의 마음을 알았으니 그대 원대로 하겠소."

운강이 옥봉의 손을 잡았다. 희고 가느다란 손이었다. 옥봉은 운강의 손에 자신의 손을 그대로 놓아둔 채 얼굴만 붉혔다.

"기다리고 계시오. 내 돌아가는 대로 다음 일을 알아서 할 터이니, 대신 빨리 기운을 차리고 일어나도록 하시오. 내 의원을 보내리다."

"그래야지요. 그래야지요. 이제 살 것입니다. 운강이 저를 살리셨습니다."

옥봉의 음성이 희미하게 떨렸다. 빌고 또 빌면 이루어지리라는 어머니의 말이 떠올랐다.

소문

옥봉의 입술에 붉은 기가 돌고 볼에 살이 오르며 차츰 화색이 돌기 시작했다. 늘 가슴에 묵직한 돌덩이가 얹힌 듯 답답했는데, 하여 꽁꽁 여민 치마말기 풀어헤치고 깊은 숨 내쉬었는데 언제 그랬냐 싶게 가뿐했다.

"아씨, 나와 보세요."

막례가 지칫대는 걸음으로 오더니 난감한 얼굴로 이야기했다.

"무슨 일이냐?"

"김 선비가 찾아왔어요."

"김 선비가?"

옥봉은 머리를 매만지다 말고 막례를 돌아다보았다.

"꼭 뵙고 가야겠답니다."

옥봉은 잠시 생각에 사로잡혔다. 이제 한 사람의 여자가 되기로 한 마당에 외간 남자와 마주대하고 앉아 해야 할 이야기가 없었다. 하지만 옥봉은 김 선비의 마음속에 들어있는 넘지 못한 산을 허물어주고 싶었다. 그 환상으로부터, 그 미망으로부터 김 선비를 꺼내주고 싶었다. 마음속에 사람을 품고 있는 것만큼 또 힘든 일이 어디 있을까. 그 고역을 옥봉은 누구보다 잘 알고 있었다. 부디 잊고 살라, 살다보면 잊을 날 있으리라, 일러주고 싶었다.

"알았다. 내 곧 갈 테니 건넌방으로 모시어라."

방문을 열자 김 선비의 원망에 찬 시선이 살처럼 날아왔다.

"운강과 혼인한다는 소문이 사실이오?

"네."

김 선비의 얼굴이 무참하게 일그러졌다.

"너무하는구려. 왜 나는 아니 되고 운강은 된단 말이오. 일전에 분명 그대가 첩실로는 살기 싫다, 이유를 댔었소. 헌데, 이제와 첩실이라니. 내 그대가 참으로 야속하기 짝이 없소."

"어찌 사람 인연이라는 게 마음먹은 대로 흐른답니까. 저 또한 이리 될지 몰랐지요. 그러니 부디 서운함을 푸시고 공부에만 열중하세요."

"너무 야속하고 무정하구려. 내 이제까지 마음 한구석 그대를 담아놓고 아쉽지만 그래도 행복했는데, 이제 깜깜절벽이오. 그대를 마음속에 들였던 세월만큼 지우기도 힘들 텐데, 그 세월만큼 어찌해야 할지 모르겠소."

"아닙니다. 아닙니다. 다른 곳에 정주고 다른 곳을 바라보고 다른 곳에 몸담고 있다 보면 금방 잊혀 질 것입니다. 때론 김 선비님이 아직 저를 은애한다, 사랑한다, 스스로를 속일지도 모르겠지만 어찌 그게 진실이겠습니까. 늘 거짓에 속지 않도록 눈 똑 뜨고 자신을 지켜보노라면 금방 잊겠지요. 몸 가는 데 마음 가는 법. 부디 저를 잊고 선비님의 세상을 사십시오."

"마음 가는 데 몸 간다고도 했소? 그대가 마음에 들어있는데 어찌 몸이 다른 데로 갈 수 있단 말이오."

"시간이 해결해 줄 일. 이렇게 저렇게 지내다보면 선비님 마음자리에 있는 저는 까마득히 잊혀지겠지요."

"내 사내로 태어나 지금껏 몸가짐을 조심하며 살아왔고, 하여 큰 봉변 한 번 당하지 않고 살아왔는데 지금처럼 참담해져 보기는 처음이오."

"인연이 아니었다 생각하십시오. 제가 드리고 싶은 말씀은 여기까지입니다."

김 선비는 참혹한 표정으로 옥봉을 쳐다보더니 자리에서 일어났다. 그리고 굳은 표정으로 방을 나섰다.

김 선비를 배웅하고 돌아서는데 마당가 막례의 처소 쪽에서 낯선 사내가 보였다. 키는 작았으나 뼈마디가 강단져 보이는 사내였다. 희천이었다.

"너 희천이 아니냐? 여기는 웬일이냐?"

몇 년 만이던가. 어릴 적 거문고를 가르쳐 주던 기생방 스승의 하나뿐인 아들이었다. 가끔, 희천을 본 적이 있었다. 제 어미를 따라와 옥봉과 함께 거문고를 뜯던 아이였다.

갸름한 얼굴에 세월이 많이 묻어있었다.

"운강에게 시집간다는 말이 사실이구나."

"그래. 들어가자. 들어가 오랜만에 네 이야기를 들어보자꾸나. 그래, 그동안 어디 있었니?"

"그냥 여기저기 떠돌아다녔지."

"떠돌아다니다니."

"그랬어."

옆얼굴에 어릴 때의 모습이 남아있었다. 거문고를 앞에 두고 자꾸 몸을 틀며 지루해 하던 희천이었다. 기생 어머니에 장사로 큰 돈을 모은 상인을 아버지로 둔 희천은 옥봉을 볼 때마다 말을 더듬었다.

"넌 첩실의 자리는 싫다 하지 않았느냐? 헌데 후회하지 않겠느냐?"

옥봉을 바라보는 그의 눈빛이 예사롭지 않았다. 이전보다 더 날카로웠고 눈매가 더 매서웠다. 옛날에는 천진하고 순진무구한 눈빛이었다면 지금은 잘 벼려진 칼날을 보는 듯했다. 헌데 그 눈매를 이전에 어디선가 본 듯도 싶었다. 어디였더라. 아! 그러다 옥봉은 짧게 소리를 내질렀다. 지난번 그 복면의 사내. 그 사내의 옆얼굴이 희천에게 들어있었다.

"너 혹시?"

순간 희천이 눈빛이 흔들렸다.

"맞구나. 너였구나. 너였어. 어쩐지 어디서 눈에 익더라 싶었다. 헌데 그 밤에 삿갓은 무엇이며 또 등에 찬 칼은 무엇이더냐? 너 행여?"

희천은 옥봉의 물음에 대답하지 않았다. 그 대답 없음이 오히려 옥봉의 심증을 굳혔다.

"칼 찬 무리들로 세상이 흉흉타, 걱정들이 많은데, 너도 그 한패구나. 여기는 어쩐 일이야?"

"주막에서 우연히 너를 데려오라고 시키는 소리를 들었다. 행여 그게 너인가 싶었는데 정말 너였어. 그 뒤로 널 지켜봤지."

"그랬구나. 네가 나를 구했구나."

"대답해. 첩으로 가는 거 후회하지 않겠어?"

옥봉은 잠시 희천의 얼굴을 말없이 바라보았다. 희천이 역시 그녀의 눈길을 피하지 않고 쨍쨍한 시선으로 바라보았다.

"그이는 내가 은애하는 사람이야. 내가 사정해서 들어가는 것이고. 그런 자리에 무슨 후회가 있겠느냐?"

한참만에 옥봉은 희천의 시선을 피하며 대답했다.

"알았다. 그러면 됐다."

희천의 음성이 무겁게 가라앉아 있었다.

"그래, 갈 데는 있니?"

"발길 닿는 곳이 있는 곳이고, 발길 가는 곳이 가는 곳이지, 뭐."

"갈 데 없으면 이곳에 있어도 좋다."

희천은 눈 들어 먼데 산을 바라보았다. 그 먼데 산을 바라보는 희천의 턱선이 참으로 갸름해 보였다.

시를 버리고 사랑을 얻다

운강의 집 별채에 신방이 차려졌다. 볕이 잘 드는 후원 한쪽, 아담한 별채가 하루 종일 신방 준비로 부산했다. 새로운 시작 앞에서 행여 삿된 기운이 침범할까 함부로 낯선 사람을 들이지 않았고 장지문은 나뭇잎 끼워 새롭게 발라두었다. 방안 윗목에는 소박한 개다리소반에 호도, 대추, 생밤이 푸짐하게 올라 있는 주안상이 마련돼 있고, 아래쪽에 원앙금침이 어디 한군데 괴이거나 접힌 데 없이 편편하게 깔려 있었다. 그 옆으로 부부의 화목과 자손의 번성을 기원하는 연꽃 자수 병풍이 쳐 있고, 나비등잔은 은은하게 불을 밝히고 있었다. 그 불빛에 연꽃이 흔들리고, 잉어들은 유유히 지느러미를 흔들며 연꽃 사이를 헤엄쳐 다녔다.

어디선가 은은히 난초꽃 향도 날아왔고, 백자 주전자에서는 나는 듯 안 나는 듯 술향이 맴돌았다. 행여 살이 괴일까, 솜을 두둑하게 둔 이불은 하얗다못해 사뭇 푸른빛으로 빛났고, 손으로 쓰다듬으면 빛을 털어내듯 사각거렸다.

옥봉은 다홍치마에 노란색 저고리를 입고 수줍은 듯 앉아있었다.

살과 뼈가 떨렸다. 아침에 난초를 띄운 물에 몸을 담그고 목욕을 했다. 점점이 떠있는 꽃잎들이 마치 지난 시간들이 토해낸 핏덩이 같았다.

잊으려 눈감으면 오히려 눈 안으로 파고들던 운강이었다. 마음에서 도려내 놓으려 하면 할수록 오히려 더 깊숙이 파고들며 자신을 닦달해대던 운강이었다. 미워하려 하면 할수록 오히려 애틋한 연모의 정이 비수처럼 벼려져서는 명치 깊숙이 꽂혔다.

아무리해도 운강에게서 도망칠 수 없었다. 운강은 옥봉의 살 자리였고, 또 무덤 자리였다. 살고자 했다. 죽고 싶지 않았다. 은애하는 임의 사랑을 받으며 천년만년 살고 싶었다. 애틋한 시선을 적삼처럼 걸치고 그렇게 임의 정인으로, 임의 목숨으로 살고자 했다.

임과 함께 세상을 보고, 임과 함께 세월을 헤아리며, 임과 함께 호호백발 귀신의 몰골이 될 때까지 살고 싶었다. 억만 년 우주천지를 지수화풍으로 떠돌다 겨우 사람 몸 받아 태어났는데, 그 생목숨을 걸만큼 사랑하는 사람을 만났는데, 그 사람과 남은 평생을 함께 하고 싶었다.

명주를 비틀어 꼰 실로 얼굴의 잔털을 정리하고 난초꽃 향 은은한 물에 몸을 담글 때도 옥봉은 꿈인 듯싶었다. 이 꿈 깨고 나면 또 얼마나 허망할까, 깨기가 겁나 그대로 숨이 멎기를 바랐다.

비록 첩실의 자리였지만 마음만큼은 꽉 찬듯 뿌듯했고 절로 미소가 괼만큼 기뻤다. 부귀영화를 위해 자존심을 버리고 첩실의 자리를 본 것은 아니었다. 오로지 하나. 은애함으로써, 사랑함으로써, 그이의 일부가 되기로 마음먹었다. 그이의 그림자로 살겠노라, 시를 버렸다.

　방문에 그림자가 어른거리는가 싶더니 헛기침 소리 한 번에 운강이 방으로 들었다. 표정은 평소처럼 담담했다. 새로운 인연을 앞에 두고 설레거나, 두려워하거나, 쑥스러워하지 않았다. 그늘도 없었다. 시사에서 보아왔던 것처럼, 그저 말을 아끼고 표정을 단속 했을 뿐.

　옥봉은 서운치 않았다. 그 변함없음이, 그 여일함이, 그 침중한 성품이 오히려 운강을 믿음직스러운 사람으로 보이게 만들지 않았던가. 작은 바람에도 요동치며 흔들리거나 일희일비하는, 그 가벼움은 싫었다.

　"그래 불편함이 없었소? 지난번 살던 데와는 다를 텐데, 설령 불편함이 있더라도 이제 이곳에 적응해야 할 게요."

　운강은 옥봉이 지낼 방안을 휘둘러보며 염려스럽다는 표정을 지었다. 그의 얼굴에 등잔 불빛이 어른거렸다.

　"어찌 불편한 데가 있을 수 있겠습니까? 방이 크면 적막할 테고, 적막하면 그 틈새로 삿된 생각들이 가지를 뻗을게 분명한데 적막한 것 보다는 꽉 찬듯, 아늑한 듯, 작은 듯 한 게 좋지요. 방문 앞의 매화나무가 어릴 적 살던 때와 같아 생소하지 않습니다."

　옥봉이 수줍게 웃으며 대답했다. 말이 많지 않았으나 운강은 자상했다. 이거 저거 살펴보며 부족한 것은 위로했고, 과한 것은 말하지 않았다. 하긴 과한 것은 없었다. 별채는 후원 한 켠에 고즈넉이 자리

잡고 있었고 눈에 띄는 장식이나 치장 없이 그저 아담했고, 소박했다. 차라리 번잡스럽지 않아 마음에 더 들었다.

"내 다시 다짐을 하는데, 시 짓는 일은 하지 않겠다고 약속하시오."

"시 대신 운강을 얻었으니 천하를 다 얻은 것과 진배없는데, 어찌 내 경솔함으로 어렵게 얻은 천하를 잃겠습니까? 그런 염려는 마세요."

"그대를 믿겠소."

운강의 잔에 술을 따랐다. 이 술로 인해 오늘 밤 나누는 운우지정은 더 깊고 강렬하고 향기로울 것이다. 가슴이 뛰었다. 운강의 남색 저고리에 불빛이 너울거렸다.

훅. 불이 꺼지고, 만월의 배부른 빛이 방문으로 스며들었다. 색은 사라지고 만월의 빛에 윤곽만 어스름하게 잡혔다. 슬금슬금 들어온 만월의 투명한 빛으로 방 안은 환했고 그 빛 속에서 사각사각 금침이 쏠리는 소리가 방 안으로 기어들던 날것들을 물리쳤다.

운강이 옥봉의 저고리 고름을 풀었다. 숙고사 저고리 고름을 풀고 조심스럽게 벗기자 속저고리가 나왔다. 숨 한 번 내쉬고 속저고리 벗고 나자 이번에는 투명한 속적삼이 나왔다. 속적삼 밑으로 치마말기에 꽉 조인 가슴이 드러났다. 달빛은 함부로 보늬 같은 속적삼을 비집고 들어가 수밀도 같은 옥봉의 속살을 더듬었다.

살 냄새가 아찔했다. 잘 익은 과육의 다디단 향내처럼 옥봉에게서 잘 익은 매화꽃 향이 풍겼다. 어미가 난분분 매화꽃 떨어지던 날 혼미한 정신으로 잉태했던 그 매화 꽃잎이었고, 향이었다.

치마말기에 감긴 향낭과 노리개를 풀어 저고리 옆에 놓아두고 비단치마를 풀었다. 무지기를 벗기자 너른바지가 나왔고, 너른바지 벗고 나니 이번에는 단속곳이었다. 단속곳을 벗고 바지곳곳, 속속곳, 다리속곳을 차례로 벗었다. 하나씩 하나씩 운강의 손에 의해 몸을 감싸고 있던 것들이 꽃잎처럼 떨어져 나가고, 옥봉은 비로소 세상에 부려지던 그 순간처럼 온전히 알몸이 되었다.

달빛이 옥봉의 맨살을 핥아댔다. 달빛이 머문 자리에 윤기가 도는 것이 달빛이 남겨놓은 진득한 침인 듯싶었다. 게걸스럽게 옥봉의 몸을 탐하는 달빛에 작은 터럭 하나, 숨구멍 하나, 소름 하나 부끄러운 듯 드러났고, 옥봉은 깊은 호흡으로 그 달빛과 교합하고 교접했다. 제 어미가 그랬던 것처럼 달빛의 편린들은 옥봉의 몸 안 어느 구석엔가 새로운 살과 피톨로 돌아다녔다.

옷을 벗은 옥봉은 작은 짐승이었다. 그녀가 움직일 때마다 한번도 유즙을 빨려 보지 못한 유방은 원시의 세상으로 출렁거렸다. 작은 동물처럼 유방은 달빛 아래 혼자 움직이고 혼자 누웠다. 오늘을 위해 옥봉은 얼마나 가슴 졸였던가.

이제 운강의 여자로만 살 것이다. 옥봉이 아닌, 운강의 반쪽으로만 살아갈 것이다. 그간의 아픔도 잊고, 어머니의 애달픈 사랑이야기도 잊고, 그간에 저를 힘들게 하고 설레게 하던 시도 잊고, 원망과 증오와 애증도 다 잊고, 그저 한 여자로 살아갈 것이다. 운강을 위해 한 점 붉은 꽃으로 피어날 것이다.

운강의 손이 닿을 때마다 온 몸이 팽팽하게 당겨 지는 듯했다. 잘

조여진 거문고의 현처럼 운강의 손이 닿을 때마다 절로 흥감스러운 소리가 터져 나왔다.

 옥봉은 운강의 손길 밑에서 수굿했지만 어느 순간에는 운강의 손길을 유도했다. 마침내 운강이 억세게 옥봉의 몸속으로 파고들었을 때 옥봉은 아득함을 느꼈다. 먼 우주로 밀려나는 듯 묵중한 힘이 아래를 떠받쳤다. 이런 느낌은 처음이었다. 온몸을 열어젖히는 듯 운강이 파고든 아랫도리에서 날카로운 통증과 함께 해일이 일었다. 모든 핏줄을 통해 운강과 연결이 돼 있는 기분이었다. 운강이 곧 저 자신이었고, 저 자신이 운강인 듯 했다. 이제껏 한 번도 느껴보지 못한 강렬하고도 도저한 쾌감이 저 밑에서부터 치받쳐 올라왔다. 옥봉은 저도 모르게 소리를 내질렀다. 우주가 흔들리고, 요동쳤다. 이 또한 시였다. 어찌 시가 아니겠는가.

 옥봉의 몸 비밀한 구석을 찾아 헤매던 운강이 어느 순간 탁 멈추더니 가쁘게 숨을 내쉬며 몸에서 떨어져 나왔다. 옥봉은 운강의 등을 쓸어내렸다. 그의 등이 땀으로 흥건했다. 손끝으로 운강의 등뼈 마디마디가 읽혀졌다.

베갯머리 사랑에

　가을인데도 이불 속이 춥지 않았다. 늘 몸 안과 뼛속에, 스며 있는 냉기로 혼자 눕는 이불 속이 추웠는데, 추워 잠마저 시린 발끝에서 오락가락했었는데, 운강이 들어있는 이불 속은 마음까지 포근했다. 요의 같기도 하고, 뻐근함 같기도 한, 그 충만함. 늘 세상에 혼자 부려진 듯 막막한 외로움이 뼛속 깊이 사무쳤었는데, 언제 그랬냐 싶게 비단 이불 속에 누운 몸이 훈훈하게 달아올랐다.
　옥봉은 가만히 운강의 얼굴을 내려다보았다. 꿈을 꾸는가, 살이 없는 그의 얼굴에 엷은 미소가 번져 있었고 감은 눈꺼풀 밑으로 동자가 흔들리고 있었다.
　강직함은 간 데 없고 아이 같은 평화로운 모습이었다. 숨을 쉴 때마다 오르락내리락 하는 그의 가슴이 무장해제 된 채 여린 모습으로 드러나 있었다. 뜨거운 피가 쿨쿨 흐르고 있을 저 가슴속에 무엇을 품고 있는지. 어느 한 구석 자신의 자리도 환한 꽃으로 들어있는지. 옥봉은 운강의 가슴으로 손을 가져가다가 그만 거두었다.

옥봉은 운강이 깨지 않도록 기척을 줄이며 밖으로 나왔다. 간밤에 나누었던 운우지정이 아랫도리에서 묵직한 동통으로 다시 살아났다. 벌이 밀원을 찾아 꽃받침 속 깊숙한 씨방을 뒤지듯 운강은 그렇게 옥봉의 여자를 찾아 몸 깊숙한 곳으로 밀고 들어왔다. 여자이게 만들고 사랑에 목 메이게 만들던 시간. 그 시간동안 촛불은 환희에 떨며 녹아들어갔고 방문에 엉기던 달빛은 제가 수줍은 듯 구름 속에 숨기도 했다.

운강의 살과 뼈를 더듬고 안을 때 제 안에 숨어있던 또 다른 옥봉이 잠을 깼다. 그 옥봉이 운강을 물었다. 그 옥봉이 운강을 핥았다. 요분질을 해대고 이불이 밀리도록 뒹굴었다. 촛농보다도 뜨거웠고, 밤보다도 깊었다. 그 깊고 은밀하고, 격렬한 몸짓에 시간도 멈추었다. 시만 짓고 살겠습니다. 옛 맹세는 유효했다. 다만 시의 대상이 바뀌었을 뿐. 그 시는 곧 운강이었다. 그게 시였다. 노곤해 죽을 만큼 몸으로 쓴 시였다.

늦은 백일홍이 교교한 달빛에 귀기를 품은 채 숨죽이고 있었다. 옥봉은 자귀나무 이파리를 떼 가만히 연못 위에 띄웠다. 삶이, 사는 것이 새삼 경이로웠다. 어찌 이런 시간이 있으리라고 짐작이나 했겠는가. 하마터면 며칠 환한 달빛으로 피어 있다 순간 떨어져 흙빛으로 물크러져 가는 목련처럼 목숨이 질 뻔했다.

"아니, 왜 나와 계셔요?"

청람빛 어둠 속에서 누군가의 기척이 들린다 싶더니 막례였다.

"잠이 오지 않아 나왔구나. 행여 내 움직임에 서방님이 깰까 봐 조심스러워 그냥 나왔다."

"신부가 밤에 혼자 나와 계시다니. 게다가 첫날밤에. 어여 들어가세요."

막례가 호들갑스럽게 옥봉을 나무랐다. 그 모양이 마치 언니 같았다.

"넌 이 밤에 여긴 웬일이냐?"

"저도 잠이 안 와서요. 잠이 안 와 이리 뒤척 저리 뒤척하는데 밖에서 인기척이 들리지 뭐에요. 그래서 혹시 하고 나와 보았지요. 나와 보길 잘했네요. 빨리 들어가세요. 게다가 밤이슬 맞다가 고뿔이라도 들면 어떡하려구요. 이제 아씨 혼자 몸이 아니니 예전보다 더 몸단속을 잘해야 한다구요."

"그래, 너도 잠이 오질 않는 모양이구나. 그래 왜 안 그러겠느냐? 새로운 사람들과 친해지려면 네가 마음고생을 좀 해야겠구나."

"그게 뭐 대순가요? 그나저나 아씨, 잘 사셔야 해요. 오래오래 나리 사랑받고 오래오래 행복하게 사셔야 해요."

"아믄. 그래야지. 어떻게 얻은 서방님이더냐. 그간의 힘든 세월을 생각해서라도 잘 살아야지."

"그래야지요. 그래야 돌아가신 마님도 편히 저 세상으로 가실 수 있으실 거예요."

"너도 빨리 혼인을 해야 할 텐데 미안하구나. 그래 마음에 둔 사람은 없더냐?"

"저야, 할 때 되면 어련히 할라구요. 그만 들어가세요. 서방님이 아씨 안을 때 몸이 차가우면 싫어하실지 몰라요. 아침에 일찌감치 소세물 갖다드릴게요."

"너 먼저 들어가거라. 나는 조금 더 있고 싶구나."

"들어가세요. 서방님이 아씨를 찾을지도 몰라요. 봐요. 벌써 적삼이 눅눅하니 살갗에 들러붙었어요. 세상에. 어쩜 곱기도 해라. 아씨 속살이 참으로 이쁘시네요. 엄동설한에 핀 매화가 이럴까요? 아씨 몸에서 매화꽃 향기가 나는 듯해요."

"허풍이 심하구나."

"참말이에요. 이런 아씨를 품은 서방님은 얼마나 황홀할까요?"

"처녀가 못하는 소리가 없구나."

옥봉은 가볍게 눈을 흘기며 웃었다.

"왜요? 처녀라고 모르는 게 있는 줄 아세요? 우물가 가 봐요. 아니 우물가까지 안가더라도 아랫것들 부엌일 하다보면 별별 소리 다 하는데 귀동냥만 해도 애 서넛은 진즉에 난 사람하고 똑같아요."

"그래, 그래. 알았어. 어쨌든 여기 일하는 사람들은 괜찮더냐?"

"지내다 보면 괜찮아지겠지요. 처음이야 다 데면데면하고 그렇지만 자기들이나 나나 뭐 별수 있는감요? 눈칫밥 먹고 살려면 서로 도와주고 살아야지요."

"그래, 네가 당분간 마음고생, 몸 고생이 심하겠구나."

"그래도 아씨가 행복하니 저도 마음이 좋은 걸요."

"고맙구나."

"고맙긴요. 이제 그만 들어가세요."

옥봉은 막례에게 떠밀리듯 방으로 들어왔다. 달빛이 운강의 얼굴을 더듬고 있었다. 운강의 얼굴에 난 수염들이 그 달빛에 명주 올처럼 올올이 빛났다.

남자에게 사랑을 받으려거든 늘 부지런해야 한단다. 제 몸단장 하나 제대로 할 줄 모르는 게으른 여자가 무얼 염렵하게 할 수 있겠느냐. 언제나 아침 일찍 일어나 머리단장 마치고, 단정하게 옷 갖춰 입은 채 남자를 맞아야 한단다.

그게 쉬운 일 같지만 그것처럼 어려운 일도 없단다. 제 자신을 놓치지 않아야만, 늘 긴장의 끈을 놓치지 않아야만 가능한 일이 바로 그거란다. 그렇게 수양하듯 힘들게 자신을 지켜낸다 해도 남자의 사랑을 얻고, 또 붙들어놓기가 쉽지 않은 일.

여자의 인생이 무엇이더냐. 남자가 전부가 아니더냐. 제 아무리 미색이 뛰어나고, 문장이 출중한들, 남자의 사랑 없이는 다 허망한 것들이 아니더냐.

여자로 태어나서 남자의 사랑을 얻는다는 것은 하늘의 순리를 따르는 일이나 마찬가지 일이더니라. 음양의 조화. 음양의 합일 없이는 어찌 온전한 삶을 살았다고 할 수 있겠느냐. 제 남자 마음 하나 붙잡아 놓을 수 없는 여자는 아무것도 이룰 수 없다.

어머니는 나리의 버선을 짓다 말고 문득 고개 들어 한숨을 내쉬더니 혼잣말처럼 중얼거렸다. 한동안 버선을 떠난 어머니의 시선은 마당가 환하게 무리지어 피어있는 수수꽃다리 꽃 무리에 머물러 있었다. 어머니의 신칙은 옥봉을 향한 것이었으되 옥봉에게는 그녀 스스로에 대한 다짐처럼 들렸다.

 어머니는 아침 일찍 일어나 머리단장 마치고 정갈하게 방을 소제하고 기다렸는데도 나리는 어머니의 방을 찾지 않았다. 늘 다른 여인네의 치맛자락을 쫓아 걸음이 바빴을 뿐. 어머니가 지어준 버선은 다른 여자의 치마폭 속에서 더욱 은근하고 더욱 애틋했다.

 칠성판에 모실 때 어머니의 손에 설봉이 만들어주었던 나무 비녀를 쥐어 주었다. 자귀가 빗나가 손에 상처를 내면서 흘린 피는 붉음이 다해 갈색으로 변해 있었지만 결결이 남아있는 칼 지나간 흔적만큼은 그때도 아릿했다.

 온기가 사라진 손으로 놀랍게도 어머니는 그 나무 비녀를 쥐었다. 칠성판에 누운 어머니는 이쁜 꽃신을 신고 있었다. 그 험한 황천길을 어찌 건너가려고 그리 이쁜 꽃신이었을까.

 중의 염불이 꽃잎처럼 흩날려 칠성판 위에 누운 어머니위로 날렸다. 저승길 가는 걸음걸음 그 꽃 같은 염불을 밟고 어머니는 발밤발밤 저 세상으로 건너갔을까. 꽃잎 하나에 이승의 미련 한 점 내려놓고, 꽃잎 하나에 또 다른 미련 한 점 올려놓고, 그렇게 그렇게 아쉬운 마음으로 저 세상으로 갔을까. 그 이쁜 꽃신으로 어찌 길을 가고 강을 건너 북두칠성이 있는 자미원으로 갔을까.

 그 염불이 칠성판을 깔고 누운 어머니를 자미원으로 가는 길로 길라잡이 했는지는 모른다. 아니, 아니다. 그리운 나리 곁을 떠날 수 없어 뜬 것으로, 푸른 불티로 나리 곁을 떠돌고 있는지도 모른다. 나무 비녀를 쥔 채 차마 사랑하는 사람의 곁을 떠날 수 없어 그렇게 한 점 푸른 불빛의 기운으로 떠돌고 있는지도 모른다.

사랑하는 남자의 품에 안긴다는 게 이리도 행복한 것을. 이리도 충만한 것을. 이리도 설레는 것을. 어머니는 하고많은 날들을 헛헛함과 쓸쓸함으로 뒤척였다. 그러다 끝내 자리에서 일어나 나리가 들어있는 안채를 바라보며 저미는 가슴을 탁탁 손바닥으로 쳐대며 통증을 달랬다. 새삼 같은 여인으로 어머니가 안쓰러웠다.

새벽보다 먼저 닭이 홰를 쳤다. 어둠 속에서 울려오는 홰치는 소리에 운강이 몸을 뒤척였다. 그 소리에 꿈도 물러나고, 어둠도 물러나고, 이승을 떠돌던 귀신들도 물러났다. 잠은 오지 않았다. 그 새벽이 올 때까지 옥봉은 자는 듯 마는 듯 누워 운강을 지켜보았다.

소세물을 떠와 마루에 두고 가만히 문을 열었다. 손수 운강의 얼굴과 손을 닦아주고 싶었다.

"이러지 않아도 돼요. 아랫것들에게 시켜요."

언제 일어났는지 옥봉이 소세물을 들이자 운강은 민망한 표정을 지으며 손을 내저었다.

"아닙니다. 이제까지 살면서 한번도 여자의 행복을 느끼지 못했습니다. 그러나 서방님을 만나 처음으로 여자의 행복이 무엇인지, 기쁨이 무엇인지, 낙이 무엇인지 알게 되었는데, 오늘만이라도 하게 해주십시오. 오늘 부부의 연을 맺고 처음으로 맞는 아침이 아니옵니까? 그러니 앞으로의 날들을 다짐하는 의미에서라도 오늘은 제가 꼭 서방님을 씻겨 드리고 싶습니다."

옥봉은 나긋나긋한 어조로 운강을 달랬다.

"내가 더 거북해서 그러오."

"거북할 게 뭐 있겠습니까. 이미 하나를 이루었던 몸. 이제 서방님의 몸은 제 몸이나 다름없고, 제 몸 또한 서방님의 것일진대 왜 거북하다 생각하십니까?"

"허허. 아침에 그런 소리를 들으니 민망하구려."

운강은 쑥스러운 표정을 지었다.

"그러니 오늘 만이라도 제게 몸을 맡겨 주십시오. 이 손으로 꼭 씻겨 드리고 싶습니다."

옥봉의 간청에 운강은 마지못한 듯 몸을 내주었다. 옥봉은 천천히 운강의 몸을 씻겼다. 얼굴을 닦고, 손을 닦고, 발을 닦았다. 행여 물이 식을까 싶어 더운물을 탔고, 너무 뜨거울까 싶어 손을 넣어 휘휘 저으며 식히기도 했다. 운강은 옥봉이 하는 대로 손을 내어달라 하면 내어주고 눈을 감으라 하면 감았고, 발을 내어달라 하면 내어주었다. 얼굴을 훔쳐내고 손을 씻기고 발을 씻기는 손안의 힘이 저마다 달랐다.

"천상 여자이구려. 내 시만 잘 짓는 줄 알았더니만."

운강이 웃었다. 웃음을 따라 운강의 얼굴에 잔잔한 웃음 주름이 거미줄처럼 피어났다.

꿈인 듯 생시인 듯

앞산에 내려앉은 밑턱구름이 지들끼리 모여 숨을 고르며 산을 넘어갈 준비를 하고 있었고, 사방이 고요할 만하면 바람은 심술궂게 한 번씩 몸을 일으켜 세상을 들쑤셔 놓았다. 그 바람에 구름들이 연기처럼 흩어졌다가 다시 모여들었다.

가끔씩 가슴속에 앙금처럼 가라앉아 있던 시어들이 불끈불끈 치받쳐 올라와 입안에 거위침처럼 고이기도 했지만 그 시가 옥봉을 닦달해대지는 않았다.

시를 품고 살 때에는 늘 아득한 단애 끝에 서 있는 사람처럼 생이, 하루하루가, 위태롭고 아슬아슬했었는데, 지금은 고요하고도 안온했다. 여자로서의 삶으로는 고요하고 안온한 게 최고가 아니던가. 지아비의 뒷모습을 바라보다 그림자에 가만히 발 담구어 보는 것. 지아비가 남겨 놓고 간 체취에 가만히 몸 적시어 보는 것. 그것만큼 또 행복한 일이 있을까.

옥봉은 그렇듯 시를 가슴에 묻은 채 책을 보고, 수틀에 비단 걸어

놓고 한 뜸 한 뜸 수를 놓고, 후원을 거닐거나 거문고를 타며 하루를 보냈다.

한데 하루는 외출했다 돌아온 운강의 표정이 좋지 않았다.

"무슨 일 있으세요? 안색이 좋지 않으십니다."

"아니외다."

"무슨 일이시온데요. 얼굴에 거짓이라고 쓰여있습니다."

"허허. 그렇소? 하긴 시름이 깊은데 어찌 마음을 숨길 수 있겠소. 이번에 병조판서께서 군사와 군비를 크게 늘리자고 상감께 주청을 드렸는데, 조정 대신들 사이에서 이를 두고 어찌나 말이 많은지……."

"뭐라 하셨는데요?"

"어질고 유능한 사람을 장수로 임명하고 군사를 기르며, 군수물자를 준비하고 국경을 튼튼히 하며 전쟁 용도의 말을 준비하자고 말입니다."

"한 나라의 자주생존을 지키기 위해서는 당연히 강력한 군대가 필요한 법 아니겠습니까? 헌데 반대할 까닭이 무어 있겠습니까? 더욱이 병조판서는 지난번 이탕계의 난도 슬기롭게 잘 처리하시지 않았습니까?"

"그렇지요. 하지만 이 나라의 사직을 진정으로 걱정하는 사람들이 얼마나 있겠소? 나라의 녹을 받아먹고 사는 벼슬아치들이 나라의 운명과 내일을 생각하기보다는 일신의 안위와 가문의 명예를 위해 목소리를 높이고 있으니 답답한 일이 아니겠소? 게다가 대의는 간데 없고 오로지 당리당략에 따라 움직이니 참으로 한심하지요."

"세자 책봉 문제만이라도 빨리 매듭지어야 할 텐데 이 일은 어찌 되는지요."

"그러게 말이오. 이일 또한 쉽지 않은 문제요. 정철 대감은 광해군을 옹립하려는데 인빈이 도끼눈을 뜨고 있으니 어떨지 모르겠소. 게다가 문제는 영의정을 비롯해 동인 일파가 인빈의 눈치를 보고 있다는 게요. 벌써부터 인빈의 오빠인 김공량에게 줄을 서며 아첨하느라 그 집 문턱이 닳는다 하오. 그런 인빈의 기세에 눌려 다른 후궁들은 아예 바른 말 엄두조차 내지 못하고 있고……."

"하지만 제왕은 하늘이 내리는 법이지요."

옥봉 역시 답답했다.

"동인의 세상에서 광해군을 두둔하는 정철 대감이 어떤 화를 입을까 적이 걱정이 되오."

"설마 무슨 일이 있겠어요? 우의정은 임금께서 준총마를 내리실 만큼 총애하지 않아요."

"하지만 어찌 알겠소. 베개머리 송사에 어떤 화를 입을지. 게다가 더 걱정스러운 일은 서인 동인으로 나뉘어 피 튀기는 정파 싸움을 하는 것도 마뜩찮은데 그나마 동인들 가운데서도 북촌에 산다하여 북인당이라 부르고 남산 기슭에 산다하여 남인당으로 까지 다시 나뉘니, 그게 더 걱정이지요. 왜는 호시탐탐 우리를 엿보고 있는데 우리는 이렇게 사색당파 싸움이나 벌이고 있으니 한심한 일이지요."

운강은 탄식하듯 말했.

"정비이신 박 비께서 지금에라도 떡하니 대군을 생산해 주시면 문제가 간단하게 해결이 될 텐데, 아무래도 이제는 어려울 듯싶고…… 무엇보다 임금의 우유부단함이 문제지요."

"박 비께서는 광해군을 마음에 두시고 계시는데, 임금께서는 인빈의 아들인 신성군을 마음에 두고 계신 듯하니 그게 지금 가장 큰 문제요."

"다 당신의 자격지심 때문이겠지요. 적통이 아니라서……."

"따지고 보면 광해군보다는 장자인 임해군이 더 적통인데, 만약 광해군이 세자로 추대된다면 임해군이 가만있겠소? 인빈 역시 가만있으려 들지 않을 테고…… 헌데 임해군은 일찌감치 임금의 눈 밖에 난 터라…… 세자 문제로 또다시 조정에 피바람이 불지 않을까 심히 걱정되오."

"이럴 때일수록 현명한 중지를 모아 상소해야겠지요."

"이럴 때는 내 솔직히 스승이 부럽소. 두류산 자락에 산천재를 짓고 평생 벼슬과는 담쌓고 학문만 하다 살다 간 스승의 푸른 기개가 그립소. 나 역시 그리 살고 싶기도 하고."

"사는 길은 여러 길이 있을 수 있겠지요. 서방님의 스승처럼 청렴한 은자의 삶도 있을 수 있겠고, 벼슬을 얻고 녹을 받는 관리의 삶도 있을 테고 무지렁이 농투사니로 사는 삶도 있지요. 맑고 향기롭고 스스로에게 부끄럽지 않다면 어디에 있든 상관없을 줄 압니다."

"그대 말이 맞소. 내 하도 답답해 그대에게 잠시 엄살을 부리고 싶었던 모양이오. 헌데 말이오. 두메산골의 한 선비가 책력을 빌려 달라는 편지를 보내 왔는데, 어찌 대답을 해야 할지 모르겠소. 당신도 알다시피 우리가 남에게 빌려 줄 만한 책력이 어디 있소? 헌데 없다고 대답하자니 박정한 사람으로 여길 터이고 그렇다고 없는 물건을 만들어 보내 줄 수도 없고……."

운강의 표정이 난감했다.

"저에게 좋은 생각이 있습니다."

"허허. 그럼 당신이 그 선비에게 답장을 쓰시구려."

옥봉의 말에 운강은 담박 환한 표정을 지으며 그녀 앞으로 지필묵을 내주었다.

옥봉은 잠시 숨을 고르더니 답장을 쓰기 시작했다.

'그대는 어찌 남산의 스님에게 빗을 청하지는 않으시오?'

옥봉이 붓을 내려놓자 운강이 미소를 지었다.

"그대의 재치가 나를 살리는구려."

"제가 가진 미천한 재주가 서방님을 곤궁에서 구했다니 저도 기쁘기 그지없습니다."

"고맙소, 고마워."

운강이 애틋한 시선으로 옥봉을 쳐다보았다. 옥봉은 새삼 부끄러웠다. 운강의 눈길이 온몸을 간지럽게 만들었다.

그때 집사가 집안 문제로 긴히 말씀을 드릴 게 있다고 사랑채 누마루 밑에서 뵙기를 청하자 옥봉은 운강의 사랑채를 나왔다.

운강의 사랑채를 나서는 옥봉은 이 나라 사직이 걱정이 되지 않을 수 없었다. 저 역시 절반은 이 나라 왕실의 피. 아무리 절반은 천것의 피로 나머지 절반마저 무시된다지만 아예 귀 닫고 입 막고 눈감은 채 지낼 수 없었다.

옥봉은 저도 모르게 발길이 후원으로 향하였다. 연못에 핀 부용연이 보고 싶었다. 연못으로 가는데 희일의 글 읽는 소리가 다른 날보다 더 낭랑했다. 옥봉은 연못으로 향하던 발길을 돌려 희일이 있는 곳으로 갔다.

"공부하는구나. 네 글 읽는 소리가 초목을 움직이는 듯싶구나."

"오셨습니까?"

희일은 자리에서 일어나더니 공손하게 인사를 올렸다.

"온갖 기화요초 어우러진 풍경도 좋다지만 그래도 네 글공부하는 모습이 더 보기가 좋구나."

"그리 말씀해 주시니 감사합니다."

"열심히 공부해야지. 그래 장원급제해 임금이 이 나라를 바로 이끌도록 보필해야지. 희일은 그리하고도 남을 게다."

"부담이 백배됩니다."

"사실인 걸. 부담 가질 필요 없다. 이렇게만 해준다면 장원급제는 따 놓은 당상이지. 삼대가 장원급제하는 그런 영광이 오리라 믿는다."

"정말 그럴까요?"

"아무렴, 그렇고 말고. 붓을 이리 다오. 오늘은 희일을 격려하는 시 한 구절 쓰지 않고는 그냥 못 지나가겠구나. 아버님이 시를 짓지 말라 당부하셨지만 이는 어미가 자식에게 주는 격려문이니 아버님도 이해해 주시겠지."

옥봉은 숨을 가다듬었다.

> 어린 나이 남다른 재주 기특하여
> 동방에 우리 모자 이름 냈구나
> 네가 붓을 잡으면 바람이 놀라고
> 내가 시를 지으면 귀신도 곡하였지
> 妙譽皆童稚, 東方母子名
> 驚風君筆落, 泣鬼我詩成
>
> ─아들에게 준다, 원제: 贈嫡子

"과찬이십니다. 부끄럽습니다."

시를 본 희일이 계면쩍은 표정을 지었다. 희일의 이마에 앉은 햇빛이 반짝거렸다. 그 단단한 이마를 지닌 희일이 자신의 뱃속으로 난 자식인 양 한없이 사랑스러웠다. 저런 아들 하나, 제 뱃속에 담고, 키우고 싶었다.

여자로 태어나 자식을 생산한다는 건, 한 생명을 잉태하고, 키우고, 세상에 내놓는다는 건 참으로 설레는 일일 것이다. 이어진 숨줄로 모든 것을 나누는 그 완벽한 합일. 어릴 적 나리도 이렇듯 자신이 공부할 때면 말없이 바라보곤 하였다. 옥봉은 이제야 방문가에 움직이는 그림자로 서성이던 나리의 마음을 이해할 수 있었다.

옥봉의 마음이 잠시 찡하게 흔들렸다.

"희일에게 주고 싶은 것이 있다."

희일이 눈으로 물었다.

"내 한양으로 떠나올 때 아버님께서 주신 선물이지. 연적인데 그걸 너에게 주고 싶구나."

"어찌 그 귀한 걸 저에게 주십니까?"

"모자간에 아까운 게 뭐가 있겠느냐? 더 열심히 해서 가문을 빛내고 공부가 더 깊어지라고 주는 게지."

옥봉은 다 주어도 아깝지 않았다. 비록 제 속으로 난 자식은 아니었지만 그게 무슨 대수던가. 저리 총명하고 너볏하며 의젓한 게 보면 볼수록 정이 들고 애틋하기만 한 것을.

삼척으로 가다

운강이 삼척부사를 제수 받았다. 좌천의 성격이 짙은 자리였지만 언제나 그렇듯 운강은 표정 하나 말씨 하나 함부로 짓거나 내뱉지 않고 감사하게 받아들였다. 신하된 도리로 어찌 군왕의 뜻에 불만을 지니겠는가. 그건 불충이라 여겼다.

하지만 운강이 들어있는 사랑방은 저녁 내내 촛불의 그림자가 방문에 너울거렸다. 깊은 생각에 잠겨 있는지 그림자로 앉아있는 운강은 내내 꼿꼿하였다. 보료의 장침에 팔을 괴고 비스듬히 몸을 기댈 만한데도 운강은 그렇게 허리를 곧추세우고 앉아 좌불의 모습으로 새벽을 맞았다.

하긴 왜 그러지 않겠는가. 당쟁의 폐해를 왕에게 직언 드렸다 당쟁의 주모자들로부터 미움을 받아 외지로 떠나게 되었는데, 일신의 안위보다는 나라 걱정에 더 잠 못 이루었을 게다.

"아버님 저희들 인사드리러 왔습니다."

날이 밝자 희정과 희철, 희일, 희진 네 아들이 나란히 사랑방에 들었다. 운강을 닮아 모두가 조용하고 진중했다.

"그래. 어머니 모시고 잘 지내거라. 내 이제 가면 언제 돌아올지 모르는 일. 그래도 이렇게 잘 커 준 너희들이 있기에 떠나는 내 걸음이 한결 가볍구나. 지금까지도 잘 해 왔지만 나 없다고 공부에 게으름을 피우지는 말거라.

공부는 무릇 자신을 위한 일. 더 깊어지고 넓어지고 더 큰 사람이 되기 위해서는 잠시도 나를 놓쳐서는 안 될 것이야. 자신과의 싸움이지. 그렇게 하다보면 수양하듯 닦았던 공부가 세상을 향해 쓸 날도 있겠지.

한데 먼저 자신과의 싸움에서 이기지 못하면 그 공부가 무슨 소용이 있겠으며 또 세상에 무슨 이로움이 있겠느냐? 이제까지 잘 해 왔지만 나 없는 동안에는 더욱 더 열심히 공부에 정진해야 할 것이며, 몸가짐 또한 바로하며, 말 한마디 함부로 내뱉지 말아야 할 것이야. 그게 어느 날엔가는 다 칼이 되고 독이 되어 자신을 해치는 흉기가 될 수도 있는 일. 명심하여라.

그리고 희정이 너는 맏이로서 내가 없는 동안 네 책임이 막중할 게야. 큰일이야 있겠냐마는 그래도 사람 사는 일은 모르는 일. 그런 일이 있거들랑 네 어머니와 잘 상의해서 처리하여라. 그리고 자주 기별을 넣도록 하고."

운강의 얼굴에 불면의 흔적이 까칠함으로 남아있었지만 음성만큼은 진중하고도 침착했다. 운강을 빼닮은 네 아들은 새로운 부임지로 떠나는 그에게 깍듯한 절을 올림으로써 당부의 말을 지킬 것을 약조했다.

"그만 일어나야겠구나. 그 험한 고갯길을 해 떨어지기 전에 넘기 위해서는 서둘러도 부족하지 않겠느냐."

운강은 자리에서 일어났다. 대문 밖에는 운강이 타고 갈 말이 기다리고 있었다. 당장에 필요한 물건만 동행하는 하인 편에 딸려 실어 보낼 뿐 나머지 살림살이들은 옥봉이 챙겨 천천히 떠나기로 운강과 말을 맞춘 뒤였다.

"나 없는 동안 부인이 고생이 많겠구려."

"걱정 마시고 떠나십시오. 다 큰 아들들이 넷이나 있는데 무어 걱정이 있겠습니까? 다만 머나먼 객지에서 고생하실 나리가 걱정이지요. 암튼 마음 편히 가십시오. 나머지 가재도구들은 이 사람 옥봉 편에 보내겠습니다."

대문 밖까지 배웅 나온 부인이 표정을 단속하며 말했다. 언제까지 이어질지 모를 남편의 부재가 내심 서운하기도 했으련만 얼굴에 드러내지는 않았다. 외려 어디 한 곳 언짢은 기색이 보일까봐 부러 잔잔한 미소를 지으며 운강의 발길을 재촉했다.

그녀는 자신의 친정아버지의 부탁으로 옥봉을 별채로 맞아들인 터라 특별히 마음 고생시키지 않았다. 운명이 달라서 길을 달리 할 뿐 같은 여자로서, 한 지아비를 섬기는 여자로서 옥봉을 친 아우 대하듯 살뜰하게 보살펴 주었다.

운강은 훌쩍 말 위에 올라타고는 길을 떠났다.

그 너른 바다, 짭조름한 냄새, 살아 펄떡이는 바다의 생물들을 직접 볼 수 있다니. 옥봉은 생각만으로도 가슴이 뛰었다. 하늘이라고 해서 다 같은 하늘은 아닐 것이다. 옥천의 하늘이 한양의 하늘과 다르듯, 바다와 면한 하늘은 또 다를 터. 그 하늘이 보고 싶었다. 물색 하늘에 붉게 퍼지는 석양도 보고 싶었고, 바다가 해를 집어삼키는 장엄한 풍경도 보고 싶었고, 거울처럼 잔잔한 수면도 보고 싶었고, 광풍으로 몸을 뒤집으며 으르렁대는 바다도 보고 싶었다. 그 바다가, 물결 일으키며 포효하는 바다가 더 보고 싶었다. 그 파도 앞에 마주하고 서 있으면 사는 것이 겸허해 질 것이다.

저를 키운 것이 옥천의 첩첩하고도 험준한 산세였다면 저를 여물게 한 것은 한양의 번잡한 육조거리와 사람이었다. 삼척에서는 저를 어떻게 또 다듬어놓을까. 이 마음속에 이는 불을 어떻게 다독이며 살라고 할까.

빨리 바다가 보고 싶었다. 바다의 소리를, 바다의 속삭임을, 바다의 울음을 듣고 싶었다. 광포한 바다의 으르렁거림도, 울부짖는 모양도, 소리도, 빨리 보고 싶고 듣고 싶었다. 그곳이라면 가슴에서 이는 시들을 다 묻을 수 있을 것만 같았다. 깊고 깊은 바다 속에 시들을 수장시킬 수 있을 듯싶었다. 시들은 더 이상 저항하지 않고 그 검푸른 바다 속으로 가라앉을 것이다.

하지만 막례가 문제였다. 희천이 다녀간 뒤로 막례의 배가 불러오더니 벌써 산달을 맞고 있었다. 옥봉은 별채로 향하던 발길을 돌려 막례에게 갔다. 얄따랗게 썬 호박을 햇빛에 말리고 있던 막례가 고개만 돌려 옥봉을 맞았다.

"올해는 호박이 푸지네요. 올 겨울에는 호박고지 나물을 푸짐하게 먹겠어요."

막례는 반달처럼 부풀어 오른 배 때문에 숨 쉬는 것도 힘이 들어 보였다. 얼굴은 퉁퉁 부어올랐고, 일어설 때나 앉을 때나 허리에 손을 짚은 채, 끙, 신음 같은 한숨을 내뱉었다.

가끔 막례의 우울하고도 쓸쓸한 시선이 허공에 풀어졌다가 다시 힘없이 돌아왔다. 씨만 뿌리고 가버린 희천에 대한 그리움과 원망이 복잡하게 뒤엉킨 눈빛이었다. 나날이 뱃속의 아기는 커 가는데 얼굴 한번 내밀지 않은 희천에 대한 서운함이 그 아이와 더불어 그악스럽게 커나가는 모양이었다.

막례가 애잔했다. 그녀인들 왜 희천의 사랑이 그립지 않겠는가. 여자에게 남자의 사랑은 목숨과도 같은 의미일 텐데 그 어떤 위로의 말로도 희천을 대신할 수 없을 것이다.

"희천이한테는 아직 연락이 없니?"

그늘을 피해 호박 조각들을 편편히 펴던 막례의 표정을 살피며 옥봉이 조심스럽게 물었다. 막례가 힘없이 고개를 끄덕였다.

"어디 있는 줄은 아니?"

"전주에 있는 모악산에 있다고도 하고, 김제에 있는 금산에 있다고도 하고 또 황해도에 있는 구월산에도 있다고 하는데 정작 어디에 있는 줄은 몰라요."

황해도 구월산이라는 소리가 가시처럼 옥봉의 마음에 박혔다. 군역을 내지 못한 농민들이 산으로 숨어들어 도적떼에 합류하거나 주인에게 불만을 품은 노비들이 도망쳐 살주계를 조직하고 검계를 만들어 조직적으로 상전을 해하고, 탐관오리를 벌한다더니 행여 희천 또한 그 무리에 속해 있음은 아닐는지.

"사람을 시켜 한번 찾아볼까?"

"놔두세요. 부른다고 해서 올 위인이 아니에요. 아씨가 누구보다도 희천이를 잘 알잖아요."

좋아할 줄 알았는데 막례는 힘없이 고개를 가로 저었다. 그 얼굴에 기미가 짙었다.

"그래도 자식이 있다는 걸 알면 달라질지도 모르지."

"아니에요. 오히려 저와 이 아이를 원망할 거예요. 희천이는 혼인하지 않겠다고 했거든요. 평생 혼자 몸으로 세상을 떠돌다 그렇게 길에서 죽겠다고 했어요."

"제가 그리 살고 싶다고 해서 그리 살아지는 것이더냐? 아무리 용을 쓰고 발버둥을 쳐도 안 되는 게 있는 법. 삶도 그 가운데 하나인데, 쓸데없는 소릴 했구나."

"아니에요. 쓸데없는 소리가 아니에요. 희천이는 그럴 거예요. 분명 그리하고도 남을 사람이에요. 희천이의 눈빛을 아씨가 봤어야 했어요."

막례의 눈가가 어느새 젖어있었다.

희천이의 눈빛. 옥봉은 그 눈빛을 기억하고 있었다. 거문고 앞에 앉기 싫어 갖은 핑계를 끌어다대며 한사코 도망치던 어린아이의 얼굴에서 눈빛만큼은 날카롭기 짝이 없었다.

"그리고…… 희천이가 저를 기다리지 말라고 했어요."

"그런 소릴 했어?"

막례가 힘없이 고개를 끄덕였다. 막례의 얼굴이 까칠했다. 그랬을 것이다. 희천이는 자신의 신분을 저주하지 않았든가. 그러니 다시 노비로 살고 싶지 않았을 것이다. 하지만 운명이라는 것이 자신의 의지대로 되는 것이던가. 원하지 않았지만 자신의 씨가 이렇게 존재해 있다는 사실을 알면 희천은 어떤 표정을 지을까.

"따라 갈 수 있겠니? 그 몸으로?"

옥봉은 막례의 배를 보며 걱정스러운 표정을 지었다.

"가야지요. 가다가 죽어도 아씨를 따라 가야지요. 살고 죽는 건 다 하늘의 뜻. 제가 죽고 싶어도 하늘이 부르지 않으면 어찌 갈 수 있겠어요. 멀고도 가까운 게 하늘 가는 길이랬는데. 이 아이도 마찬가지일 테고."

"못하는 소리가 없구나. 아직 태중에 있는 아이에게 그 무슨 망측한 소리더냐. 아이 가진 여자는 앉을자리, 설자리도 구분해야 한다는 걸 잊었느냐? 모난 것도 먹지 말고, 삐뚤어진 자리도 앉지 말고, 삿된 생각도 금물이고 나쁜 말도 하지 말아야 한다는 것을 몰라서 하는 말이더냐?"

"그건 귀하신 안방마님들한테나 해당되는 소리구요, 저처럼 천하디천한 것들이야 어디 이것저것 따져 살 수 있는감요? 그저 똥 누다가도 쏨풍 낳는 게 애새끼고, 밭 매다가도 퍼질러놓는 게 목숨인데……"

자꾸만 어긋나게 말을 하는 양이 막례의 심사가 많이 불편한 모양이었다.

"하지만 그래도 조심해서 나쁠 건 없겠지. 그래, 가자. 이제까지 같이 했는데 네 몸을 핑계로 떼어놓고 간다는 건 나도 마음이 편치 않구나. 네가 타고 갈 마차를 따로 더 준비해야겠구나."

"고마워요."

"네 아이는 내 아이나 마찬가지야. 내 이제껏 아이를 기다렸지만 나는 허락하지 않는구나. 사람은 갖고 싶다고 해서 다 가질 수 없는 법. 운강을 주셨으니 더는 욕심을 부리지 않겠다고 하면서도 자꾸만 마음 한쪽이 허전해지는 것은 어찌할 수 없구나. 아무래도 내 몸이 황무지인 모양이야. 그러지 않고서야 아이가 왜 들어서지 않겠느냐. 아무튼 소식 한 장 없는 희천이에게 마음이야 서운하겠지만 아이를 원망하지는 말아라. 비록 태중에 있지만 그 아이 또한 엄연한 한 생명이거늘 지를 싫어하는지, 좋아하는지 기운으로 고스란히 느낄 수 있는 법. 그러니 언제나 조심하여라."

"고마워요. 그래도 아씨밖에 없어요."

막례가 치마 끝자락을 걷어 올리더니 눈가를 훔쳐내고는 팽, 물코를 풀어냈다.

옥봉은 내심 막례가 부러웠다. 하루하루 쑥쑥 불러가는 막례의 배를 보고 있자니 움푹 꺼진 자신의 배가 죽음의 공간처럼 느껴져 간혹 속이 메스껍기도 했다.

정말 운강의 아이가 갖고 싶었는데, 아이는 들어서지 않았다. 생명이 자랄 수 없는 불모의 땅. 아니, 어쩌면 내밀한 속내는 저처럼 천출의 아이는 갖고 싶지 않았는지도 모른다. 하여 운강이 몸을 파고들 때 아기집은 문을 닫고 생의 기운을 물리쳤을 것이다. 몸과 마음은 뜨거웠으되, 대를 이을 삶의 미로는 차가웠다.

옥봉은 서운하면서도 서운하지 않았다. 어차피 제 몸에서 태어나는 목숨은 천출의 자식으로 삶이 서러울 텐데, 그 아이의 운명을 생각하면 서운하지 않았고, 은애하는 임의 자식을 품지 못하는 일은 서운했다. 하지만 어쩔 수 없이 옥봉은 막례의 부른 배가 부러웠다.

대문 밖에 마차가 마련되었다고 늙은 하인이 알려왔다. 아침 일찍 옥봉은 안방 운강의 본처에게 이제 길 떠난다고 알리고 운강의 네 아들들에게 차례로 인사를 받은 뒤였다. 이제 떠나면 되었다.

막례는 가마니를 넉넉히 깐 마차 위에 다른 짐들과 함께 무거운 몸을 올렸다. 한양으로 들어올 때는 겨울의 끝자락이 버짐처럼 남아 있던 봄이었지만 떠날 때는 가을이었다.

만추, 단심처럼 남산은 단풍으로 붉게 물들고, 간간이 서 있는 상록수는 푸르름으로 제 절개를 지키고 있었다. 제 생에 가장 뜨거운 한 때가 남아있는 한양을 출발했다. 언제고 다시 돌아올 한양이었다.

언제 해산할지 모를 막례 때문에 길을 재촉하고 재촉했다. 길에서 아이를 받을 수는 없었다. 주막에서 차분히 몸을 풀 수도 없었다. 바닥으로부터 올라오는 진동에 허리가 아프고, 배가 아픈지 막례는 미간을 구기며 몸을 이리저리 뒤집었다.

마차에 몸을 부리고 가는 일도 만삭의 막례에게는 힘에 부치는 모양이었다. 옷섶을 헤집고 손톱을 들이미는 이 만만치 않은 냉기를 어쩌지 못하고 막례는 부르르 진저리를 치며 자꾸만 몸을 움츠렸다.

영월에 도착하니 감회가 남다를 수밖에 없었다. 어린 노산군의 원혼이 구름처럼 떠도는 곳이었다. 한때 노산군의 복위 운동에 힘을 보태고 말을 보태던 때가 떠올랐다. 윤관서, 그 무리에 섞여 얼마나 많은 이야기들을 흘렸던가. 말은 허무하고, 벽은 높았다.

> 닷새는 강 건너고 사흘을 산 넘었어라
> 단종의 애끓는 노래 구름에 흩어진다
> 이 몸 또한 왕가의 자손이라
> 여기서 들리는 두견새 소리 차마 듣지 못하겠네
> 千里長關三日越, 哀歌唱斷魯陵雲
> 妾身自是王孫女, 此地鵑聲不忍聞
>
> ─ 영월 가는 길, 원제: 寧越道中

시는 무력했다. 심사만 읊었지, 세상을 바꿔놓지는 못했다. 어쩌면 자신의 시보다도 희천의 칼이 세상을 바꾸기에 더 빠를지도 모른다. 저도 모르게 시가 입 밖으로 샜는지 막례가 옥봉을 걱정스러운 얼굴로 쳐다보며 물었다.

"아씨, 방금 노래하신 것이 시였지요?"

옥봉은 대답 대신 씩 웃어보였다.

"나리가 아시면 어쩌시려구?"

"여기에 우리 식구밖에 더 있느냐?"

"그런 말씀 마세요. 낮말은 새가 듣고 밤말은 쥐가 듣는다고 했어요. 아씨 귀는 두 개여도 듣는 귀는 많아요."

"그래. 그래. 네가 옳다. 하지만 그냥 지나칠 수가 없구나. 어린 임금이 이 낯선 땅에서 얼마나 무서웠겠느냐? 살아있어도 살아있는 목숨이 아니었을 게야. 목전에 닥친 죽음을 기다리는 심정이 얼마나 외롭고 두렵고 끔찍했겠느냐? 그리고 지아비를 보내야 하는 어린 여인의 마음은 또 얼마나 참담했겠느냐. 그 마음들을 생각하니 내 그냥 무심히 지나칠 수가 없었다."

"참, 용하십니다. 시박에 모르던 아씨가 어찌 그 세월을 참고 사시는지. 아씨가 나리를 많이 좋아하시긴 하신 모양입니다."

순간 막례는 말을 하다 말고 배를 움켜쥐며 신음을 내질렀다.

"왜 그러느냐? 행여 아이가 나오려고 그러는 건 아니지?"

"아닙니다. 아씨. 아이가 발로 차서 그럽니다. 어찌나 발힘이 센지. 한 번씩 발로 찰 때마다 오장육부가 다 흔들립니다."

막례가 미간을 찌푸리며 말했다. 하지만 입가에는 웃음이 피어나 있었다.

"허허. 그놈, 틀림없이 사내 녀석일 거야. 저리 나대는 것이."

"사내면 뭐하고 계집애면 뭐합니까요? 마소보다도 못한 목숨인 걸요."

"또 심술이 났구나."

하긴 새로 태어난 목숨이라고는 해도 제 목숨 임의대로 하지 못하는 애잔한 목숨일 뿐이었다. 그저 옥봉의 본가에 또 하나의 이름으로 올라가는 재산 목록에 지나지 않는 생명이었다.

옥봉 또한 제 운명을 내리물림하기 싫어 혼인은 하지 않겠다고 버티던 때가 있었다. 저도 그럴진대, 하물며 막례의 심정이야 오죽할까.

바람결에 짭조름한 갯내음이 섞여있었다. 얼굴에 와 닿는 바람결 역시 눅눅한 게 한양의 그것과는 달랐다. 산세도 우줄우줄 가파른 경사로 치솟으며 첩첩이 포개어지는 게 눈에 띄게 험해지기 시작했다. 저 고개만 넘으면 바다가 눈에 들어올 것이다. 장엄한 푸른색으로 하늘가에 맞닿아있을 물의 세상.

"서두르자. 예서 밤을 맞을 수는 없는 일."

옥봉은 채근했다. 막례 때문에 주막에 짐 부리지 않고 무리해서 넘어온 고갯마루였다. 여전히 막례는 덜컹거리는 마차의 진동에 멀미를 느끼며 몸을 이리저리 뒤척였다. 그러다가도 어느 순간에는 어쩔 수 없다는 듯 입술을 감쳐물고 신음을 안으로 삼켰다. 오히려 상전의 보살핌을 받는 것이 미안했는지 마음껏 신음 한번 빼물지 못했다. 그런 막례의 얼굴이 치자꽃 같은 누런빛을 띠고 있었다.

죽는 것이 오히려 사는 것처럼 생각되었을 때, 죽음의 길을 살피러 의식이 무시로 이승과 저승의 경계를 넘나들 때 염려해 주고 걱정해 주고 보살펴 주던 사람이 막례였다. 이 막례가 있었기에 깊디깊은 외로움의 수렁을 아슬아슬하게나마 빠져 나올 수 있었다. 신분의 차이가 무슨 소용이더란 말인가. 따지고 보면 저 또한 절반은 막례와 같은 처지인 것을. 왕손의 자존심은 허울뿐이거늘.

"많이 힘들지?"

이 말 한 마디가 당장에 막례의 고통을 덜어줄 수 없다는 사실을 알았지만 옥봉은 이 말 외에는 달리 할 말이 없었다. 그저 무사히 저를 닮은 건강한 아이를 순산하기만을 바랄뿐.

옥봉은 막례의 손을 붙잡고 길을 재촉했다.

막례의 해산

막례에게 해산기가 있었다. 그 몸으로 먼 길을 떠나온 게 무리가 되었던지 짐을 풀지도 못하고 겨우 등만 대고 누운 자리에서 막례는 배를 뒤틀고 비명에 가까운 고함을 질러댔다. 고요한 삼척의 부중이 이내 막례의 고통에 찬 신음으로 들썩였다.

막례는 아끼지 않고 깔아놓은 짚더미 위에 몸을 누인 채 짐승 같은 울음으로 울부짖었다. 그 작은 몸에 터질듯 부풀어 오른 배가 측은하기도 하고 경이로워 보이기도 했다.

"어구, 아씨, 나 죽어요. 아구. 아씨. 아구, 희천이, 희천이 좀 불러줘요."

하얀 버캐가 핀 막례의 입에서 무시로 희천이 이름이 튀어나왔다. 때로는 날카롭게, 때로는 기진한 듯 쉰 음성으로, 때로는 흐느낌 속에 섞여 나오기도 했고, 때로는 신음처럼 새나오기도 했다.

"그래, 희천이가 보고도 싶겠지. 나 역시 희천이 야속하구나. 지 자식이 나오는 줄도 모르고 있을 텐데."

옥봉은 막례의 몸이 열리기만 기다리며 희천을 원망했다. 하지만 늙은 산파는 무뚝뚝한 표정으로 막례의 몸이 열리기만 기다리고 있었다. 희천이 있었다면 홀로 감당해야 하는 저 통증의 그악스러움은 얼마간 덜 수 있었을 것이다. 그의 존재를 느끼는 것만으로도, 서성이는 그의 발소리를 듣는 것만으로도 막례는 짱짱한 힘을 모으고 어느 순간 아이가 들어있는 자궁으로 실어 보냈을 것이다.

헌데 그러지 못했다. 번번이 힘이 흩어지고 마는지 막례는 끙, 이를 악물고 힘을 모으다가도 이내 뼈마디마디에 맺혀 있던 강단진 결기를 풀어냈다. 어찌나 세게 물었던지, 그녀의 입술에 파란 피멍이 들어있었고 어느 곳에서는 빨갛게 피도 배나왔다.

시간은 더디 갔다. 좀처럼 막례의 꽃 판은 열릴 줄 몰랐다. 세상길로 통하는 깊고도 은밀한 통로를 완고하게 다물고만 있을 뿐, 활짝 열고 새로운 목숨을 내놓지 못했다. 금방 열릴 것 같다가도 다시 아물려지고 또 열릴 듯싶다가도 이내 도로 닫혀 버렸다. 줄다리기처럼 질기게도 죽음과 삶은 한 목숨을 놓고 양쪽에서 힘겨루기를 하고 있었다. 아니면 태중의 아이는 벌써부터 가시덤불로 자라 막례의 애기집을 칭칭 감고 있거나.

어둠은 갈수록 장해지고 있었다.

"아이구, 애가 왜 이리 안 나오는 게야?"

시간이 지날수록 초조해하는 사람은 막례보다도 애를 받으러 온 늙은 할미였다. 한때는 양반으로 행세하던 집안의 여식이었으나, 아비가 죄를 짓는 바람에 관노로 삶이 주저앉은 인생이었다. 앉을 자리가 달라진 노파는 그 누구보다도 삶이, 인생이 봄날 오수에 꾼 꿈처럼 허망하다는 사실을 알았다. 하여 좋아도 그다지 좋아하지 않았고, 나빠도 별로 나빠하지 않았다. 군데군데 검버섯이 핀 얼굴은 노상 굳어있었을 뿐 그 주름투성이의 얼굴에 웃음 한번 담아본 적 없었다. 그저 무심하게 세상에 자신을 놓아둔 채 주어진 생을 살았다. 오히려 생이 무강하지 않은 게 그 할미한테는 다행이었을 것이다.

어쨌거나 옥봉은 그 할미가 웃는 모습을 본 적이 없었다. 내려앉은 눈꺼풀 속으로 흰 막이 낀 눈동자는 세상을 제대로 담아낼까 의문이 들었지만 노파는 그 눈으로 세상을 보고 굽은 허리로 밥도 짓고 청소도 하고 바느질도 했다.

그리고 지금은 그 눈으로 아이를 받고 있었다. 등불의 그림자가 노파의 얼굴과 막례의 얼굴에 일렁였다. 그 일렁임에 표정이 흔들려 보였다.

"힘 좀 줘 봐."

"아이구, 아씨. 죽을 것만 같아요."

"죽긴 왜 죽어. 어서 힘 좀 써 봐."

시간이 갈수록 막례의 낯빛이 그늘 깊은 계곡처럼 어두워졌다.

방은 절절 끓었다. 자신은 아이를 낳고 몸조리를 제대로 못해 반병신이 되었다며 노파는 막례가 몸을 풀 방에 군불부터 지펴 놓았다. 밖은 쌀쌀한 데도 방은 한여름처럼 후텁지근했다.

"힘 좀 내 봐. 조금만 더."

노파의 소리는 그 밤에 장부의 소리처럼 우렁찼다. 슬금슬금 방안으로 쳐들어오던 어둠도 노파의 소리에 무춤, 흔들렸고, 촛불도 따라 너울거렸다.

"조금 더. 조금 더."

노파의 소리는 구령처럼 막례의 숨을 조절했다. 산도의 은밀한 길을 타고 노파의 소리는 태중의 아이에게로 전달될 것이다. 노파의 소리에 아이는 제가 나올 시간임을 깨닫고 부지런히 세상을 향해 고개 들이밀 것이다.

어둠이 깊어지면서 바다 냄새도 진해졌다. 어둠 속에서 바다는 더 깊고 짙푸른 세상으로 다가왔다. 하지만 오늘만큼은 어둠도, 바다도, 힘을 발휘하지 못했다.

"아씨, 나 죽을 것만 같아요. 나 죽으면 우리 아씨 어쩐대요."

"내 걱정은 말고 어서 빨리 순산하기나 해."

옥봉은 막례의 손을 잡았다. 옥봉의 손을 잡는 막례의 손이 넝쿨처럼 억세고도 아귀가 셌다.

"뭐하고 있어. 빨리 힘주라니까."

노파는 나무라듯 막례를 채근했다. 부엉이 울음이 우웡우웡, 파도소리인 양 들렸다.

그러다 어느 순간 막례가 윗몸을 일으켜 세우더니 웅숭깊은 신음을 내질렀다. 그 신음에 막례의 꽃 판이 열리고 아이가 세상에 나왔다.

사내아이였다. 세상에 가장 순결하고도 순정한 목숨이었다.

땀으로 뒤발한 막례는 기진한 듯 누워서는 눈도 제대로 뜨지 못했다.

"봐라. 네 아들이야. 이 눈 코 입 좀 봐. 어쩌면 이 작은 몸에 다 있을까. 봐라. 코는 너를 닮았고, 입은 희천을 닮은 듯하구나."

옥봉은 그저 신기했다. 제 어미도 그랬을 것이다. 저를 낳을 때, 이리 힘들었을 것이다. 새삼 옥봉은 어머니가 그리웠다. 어머니가 살아있다면 그 기운으로라도 삶이 든든했을 것이다.

"미안해요. 아씨. 제가 아씨 수발을 해야 하는 데 도리어 아씨께 제 몸을 주쳇덩어리마냥 맡기고 있으니 면목이 없구먼요."

막례가 쇠진한 음성으로 말했다. 얼마나 소리를 질렀는지 목이 잠겨 있었다.

"그런 소리 마라. 네가 오자마자 이렇듯 튼튼한 사내아이를 낳아주었으니 앞으로 이곳에 좋은 일만 있을 징조가 아니더냐? 내 이 금줄로 세상의 부정함이 네 모자에게 범접치 못하게 할 테니 걱정하지 말거라."

옥봉이 미리 준비해 둔 새끼줄에 붉은 고추를 끼우다가 웃어보였다.

"봐라. 붉고 단단하고 잘생긴 고추로만 골랐지 않느냐."

"그래도 저는 복이 있는 모양입니다. 다른 상전들 같았으면 일 못한다고 눈 모로 뜨고 구박했을 텐데, 이렇듯 손수 해산 준비에 시중까지 다 해주시고 들어주시니."

"무슨 말이냐. 너와 나는 함께 커 오고 살아왔지 않느냐? 이 삼척에 누가 있어 의지하겠느냐. 할 수만 있음 옥천에 있는 네 에미를 불러오고 싶었다만 사정이 여의치 못해 그것까지 챙기지 못해 미안하구나. 암튼 몸 추스르면 언제 한번 다녀오너라."

"고마워요. 아씨."

하지만 아이를 더듬는 막례의 눈가가 축축이 젖어들었다.

"왜 그러느냐?"

"아니에요."

"아니긴. 네 표정이 우울한데. 희천이 때문에 그러는 모양이구나."

막례가 대답대신 우울한 표정으로 아이를 내려다보았다.

"기다려 보거라. 언젠가는 오겠지."

하지만 옥봉은 자신의 말이 막례에게 아무런 위안이 되지 않는다는 사실을 알았다. 제 안의 설움이 잦아들 때까지 실컷 울게 놔둘 수밖에. 그 울음이 바닥을 보았을 때 그때 막례는 스스로 살아갈 힘을 얻을 것이다.

아이 역시 세상으로 나오는 일이 힘들었는지 잠들어있었다. 하룻밤 인연에 덜컥 들어앉은 생명은 아닐 터. 타래처럼 꼬인 시간의 기억을 따라 거슬러 올라가보면 저 생명과는 어떤 업으로 얽혀 있을 것이다.

그 업이 무언지, 그 인연이 무언지, 막례도, 저 아이도, 희천도 모를 터. 그저 한 세상, 가시 돋친 덤불로 자라 서로를 찌르고, 자신을 찌르고, 서로를 친친감고, 자신을 옥죄며 그러구러 살다 홀연히 가면 그만이었다.

그게 목숨이었고, 삶이었다.

옥봉은 막례의 방을 나왔다. 어둠이 왈칵 달려들었다. 옥봉은 왠지 아랫배가 헛헛했다.

편지 한 통

옥봉은 새 지저귀는 소리에 귀를 열어두고 있다가 다시 책을 펴들었다. 잠시 환한 햇빛 속을 더듬던 동공은 책으로 옮겨 오는 순간 먹물을 끼얹은 듯 암암한 어둠을 담아냈다.

옥봉은 숨을 깊게 들이마셨다가 내쉬었다. 무언가 명치끝에 매듭같은 게 단단히 홀 맺혀 있는 기분이었다. 여전히 머릿속은 어지러웠고 마음은 붉고 뜨거운 기운으로 먹먹했다. 재주는 있으되, 그 재주가 오히려 칼이 되어 자신을 해치는 불행한 사람. 여자로 태어난 게 죄라면 죄였다. 죄도 큰 죄였다. 허난설헌이었다.

조선에 태어난 것을 후회하고, 여자로 태어난 것을 후회하고, 또 김성립의 아내가 된 것을 후회한다고 밝혔던 여자. 집안은 풍비박산 나고 아들마저 잃었는데도 바람막이가 되어 줘야 할 시어머니와 남편은 그녀를 죽음의 길로 이끌었다.

아니, 그녀를 죽음으로 이끈 건 다름 아닌 시였는지도 모른다. 그녀의 재능이, 그녀의 시가 그녀를 죽음의 길로 인도했는지 모른다.

스물일곱의 나이에 스스로 죽음의 길을 택하다니. 죽기 전에 그녀는 자신을 다비하듯, 공양하듯, 탄식처럼 토해 놓은 시들을, 그 허망한 시들을 전부 불태워 버렸다고 했다. 그 불티들이, 너울거리는 그 불티들이 눈에 선했다.

조선에 온 명나라 사신들은 그녀의 시를 받아가는 것을 최고의 선물로 여긴다고 했던가. 명나라 당대 최고의 시인인 주지번은 일부러 그녀의 시를 얻기 위해 조선까지 왔다고 하질 않던가.

옥봉 역시 허난설헌의 시를 좋아하고 또 그녀를 좋아했다.

그녀의 시를 읽다 무언가 울컥 치받쳐 올라오는 뜨듯하고도 습한 기운에 옥봉은 오롯이 시 읽기에 전념할 수 없었다. 이게 무얼까. 여자가 재주를 가지고 있다는 거. 그것은 이 시대에서 덕도 아니요, 자랑도 아니었다. 외려 그 재주가 외롭게 만들고 위태롭게 만들고 쓸쓸하게 만들고 불행하게 만들었다. 그렇다면 오히려 없느니만 못할 터. 허난설헌처럼 시로 살고 싶은 것인가. 사랑을 버리고 시로 살 것인가. 내밀한 곳에서 시는 고개를 쳐들고 은근히 옥봉을 유혹해댔다.

이제까지 옥봉이 읽었던 것은 그녀의 불행이었고, 슬픔이었고, 절절한 외로움이었다. 그녀를 보듬어주어야 할 가족은 또 무언가. 그녀의 삶이, 그녀의 마음이 오롯이 옥봉에게로 옮겨와 마치 그녀인 듯 했다.

달뜨는 다락 가을은 저무는데
옥병풍 규방은 비어있어요

서리 내린 갈대섬
해 저물어 기러기 내리는데

구슬장식 거문고 뜯어도
임의 모습은 뵐길 없네요

연꽃 어느덧 시들어
들 가운데 연못에 지고 있어요
月樓秋盡玉屛空
箱汀蘆洲下暮鴻
瑤琴一彈人下見
藕花令落野塘中

―규방의 외로움, 원제: 閨怨. 허난설헌

   규원이라는 시에 오랫동안 옥봉의 마음이 붙들려 있었다. 그 지독한 외로움이 온 몸으로 기운차게 침범해 들어오는 듯 터럭이 곤두서고 살갗에 소름까지 돋았다. 진정 외로움을 아는 사람만이 쓸 수 있는 시였다. 한때 운강을 연모하던 시절에 저 또한 그 수렁 같은 외로움에 헤맨 적이 있었다.

옥봉은 먹을 갈았다. 규원이라는 시를, 허난설헌의 마음을 그대로 느껴 보고 싶었다. 그녀의 외로움의 깊이를 따라 들어가 보고자 했다.

짓지 못함으로 읽는 것으로 대신해야 했다. 가슴에 괴는 시어들을 꽃잎처럼 뜯어내야 했다. 간혹 그 시어들은 또 다른 바람으로, 또 다른 나뭇잎으로 흩어졌다. 따글따글, 몸 안에서 자갈 밀리는 소리를 내며 돌아다니던 시어들이 빠져나가고 나면 몸은 그만큼 가뿐했다.

헌데 그때 막례가 오더니 웬 여인이 찾아왔다고 알려 왔다.

"누구라더냐?"

"산지기의 아내라고 하던데요."

"무슨 일로 나를 찾는단 말이더냐?"

"글쎄요."

"데리고 오너라."

잠시 후에 앙바틈한 여자가 황망한 표정으로 다가왔다. 너무 울어 눈이 퉁퉁 부어있었다.

"무슨 일로 보자 했는가?"

"제 억울한 사연을 하소연 할 데가 없어서 이렇게 뵙기를 청했습니다."

"억울한 일이라니?"

"저는 조 씨 문중의 산지기 아낙입니다. 헌데 어느 날 아전들이 들이닥치더니 제 남편이 소를 도둑질했다며 관아로 끌고 갔습니다. 전

재산으로 소 한 마리 있는 거, 아전들이 빼앗으려는 계략이지 결단코 제 남편은 소도둑이 아닙니다. 그 소마저 빼앗기고 나면 저희들은 무슨 희망으로 살아가야 합니까? 하도 억울하고 기가 막혀 이렇게 찾아왔습니다."

"그런 일이라면 관아로 가서 호소하지 왜 나에게로 왔느냐."

"그게 그렇게 간단한 일이 아닙니다. 관아에 있는 사람들은 서로 한 통속이 돼 제 남편의 말을 믿지 않습니다. 게다가 이 집 나리는 제 남편이 끌려 간 파주 목사와 친분이 있는 걸로 알고 있습니다. 하여 이렇게 제 남편의 무고함을 밝혀 주십사 부탁하러 왔습니다."

아낙은 섧게 울었다. 울음이 이야기를 방해했다.

"내가 무슨 힘이 있겠느냐."

"아닙니다. 죄가 없다, 편지 한 통만 써주신다면 그것만으로도 우리에게는 큰 힘이 될 것입니다."

"편지 한 통이면 되겠느냐?"

"그럼요. 그렇고말고요. 제발 부탁이에요."

옥봉은 난감했다. 하지만 여자의 울음을 모른 체 할 수 없었다. 지아비의 억울한 누명을 벗기기 위해 이리 애를 쓰는 모양도 가상했다. 게다가 남편을 그리는 여인의 애절한 마음이 옥봉의 마음을 움직였다.

"알았다. 기다려 보거라."

세숫물로 거울을 삼고

물을 기름 삼아 참빗으로 머리 빗습니다

이 몸 직녀가 아니온데

내 낭군 어찌 견우라 하오리까

洗面盆爲鏡, 流頭水作油

妾身非織女, 郎豈是牽牛

—임의 억울함을 호소하며, 원제: 爲人訟寃

옥봉은 단숨에 써 내려 갔다. 생각할 것도 없었다.
"이걸 가지고 파주 목사께 보여 드려라."
옥봉에게서 서찰을 건네 받은 여인은 거푸 절을 하며 물러났다.
"어쩌자고 그러셨어요?"
옆에서 막례가 걱정스러운 얼굴로 타박하듯 따졌다.
"무얼 말이냐?"
"나리하고 시를 짓지 않겠다, 약조하셨잖아요?"
"그랬지."
"잘 아시면서 시는 왜 지으셨대요?"
"이번 경우는 틀리지 않느냐? 그냥 시를 지은 게 아니라 억울함을 살피자는 게 아니냐? 나리도 이해하실 거야. 청렴하신 분이라, 누명을 벗겨 주기 위해 어쩔 수 없이 쓴 시였다 말씀드리면 문제 삼지 않을 거야. 게다가 지난번 책력을 빌려 달라는 선비의 청에도 나리가 나한테 답장을 쓰라 하지 않았더냐? 그러니 이번 것도 잘했다 하실 거야."

"아씨도, 참. 전 모르겠어요."

"지아비를 그리는 여인의 마음이 아프더라. 여인의 마음이 어찌 다를 수가 있겠느냐? 너 또한 희천을 그리는 마음이 같지 않더냐?"

그 말에 막례는 표정을 수긋하게 단속하고는 입을 다물었다.

옥봉의 가슴에 묵직한 통증과 함께 점점이 붉은 기운이 번져 나왔다.

10년 전의 약속

넘어가는 해를 넋 놓고 바라보고 있다 옥봉은 깜짝 놀랐다. 저 장엄한 붉은 기운이 공연히 서러웠다. 새들은 저 붉은 기운을 길라잡이 삼아 날고, 산은 웅크린 채 어둠을 품었다. 살아있는 것들은 저 어둠을 신호로 서둘러 집으로 돌아갈 것이다. 어디로 갈 것인가. 돌아갈 집이 없다는 것은 막막한 공포일 것이다. 시나브로 어둠이 깃드는 길목에서 정처를 정하지 못한 채 서성이는 것은 죽음의 세상에 한 발을 담구고 있는 것과 무어 다르랴.

운강이 옥봉을 찾았다.

"다녀오셨습니까?"

옥봉이 표정을 단속하며 운강을 맞았다. 까치놀의 붉은빛 때문인지 운강의 얼굴이 자줏빛으로 붉었다.

"그대는 십년 전 나와 맺은 언약을 잊으시었소?"

어떠한 설명도 없이 무조건 따져 묻는 운강의 음성이 예사롭지 않았다. 얼굴의 붉은 기운 속에 마뜩찮은 기색이 섞여있는 게 까치놀 때문만이 아닌 듯싶었다.

"약조를 저버렸다니 무슨 말씀이신지요?"

옥봉이 놀란 얼굴로 운강의 기색을 살피며 물었다.

"산지기 아낙에게 시를 지어주었소, 지어주지 않았소?"

"아!"

옥봉은 탄식처럼 짧게 내뱉었다.

"어찌 그걸 나리가?"

"내가 알면 안 되는 일이었소? 그런 일을 왜 하시었소? 그대는 어찌 나와 한 약속을 그렇듯 쉽게 어길 수 있단 말이오."

"저는 단지 그 아낙이 가엽기도 하고 또 아전들의 토색질이 분명해보여……."

"이유야 어찌되었든 나와 한 약속은 저버리지 않았소? 오늘 그 산지기를 잡아가둔 파주 목사가 다녀갔소. 부인이 지은 시를 내게 보여주며 부인의 시 때문에 산지기를 풀어주었다면서 내게 자기의 공을 은근히 자랑하더란 말이오. 어찌 아녀자가 공사에 관여한단 말이오? 부인의 가벼운 행동이 나를 난처하게 만든다는 걸 모르시오?"

"거기까지는 생각하지 못했습니다. 아녀자의 짧은 소견이라 여기시고 노여움을 푸세요. 단지 저는 저간의 사정을 들으니 그 산지기가 소를 훔치지 않은 게 분명하기에 누명을 벗겨 주자 했을 뿐입니다. 화를 푸세요. 다음부터는 절대 이런 일이 없도록 명심하겠습니다."

"난 내 공직 생활에 돌이킬 수 없는 오점을 남기게 되었소. 산지기에게 죄가 없다면 시일이 아무리 걸려도 풀려났을 것이오. 헌데 당신이 써 준 시 한 수 때문에 풀려나게 되었으니, 그 산지기도 자신의 결백을 깨끗이 밝히지 못했고, 나또한 그 고을 수령에게 한 가지 떨떠름한 빌미를 안겨주게 되었단 말이오."

운강의 노여움은 좀처럼 꺾일 줄을 몰랐다.

옥봉은 일을 가볍게 여긴 자신의 행동이 후회되었지만 지금에 와 되돌릴 수는 없었다. 게다가 운강의 노여움을 풀 방도를 알지 못했다. 알지 못했으므로 더욱 전전긍긍할 수밖에 없었다.

"며칠 말미를 줄 터이니 이 집에서 나가시오. 더 이상 당신과 부부의 연을 이어가지 못하겠소. 먼저 약속을 깬 사람은 당신이니 원망하지 말구려."

"나리. 나리. 제 말씀 좀 들어보아요."

옥봉이 운강의 소맷자락을 붙잡았다. 하지만 운강은 거칠게 손을 뿌리치고 마당으로 내려섰다. 뒤돌아서는 몸짓과 표정이 얼음장처럼 차가왔다.

"이번 한 번만 용서해 주세요. 두 번 다시 그런 일은 없을 겁니다."

옥봉의 음성이 황망하고 떨렸다. 이렇게 허망하게 내쳐질 수는 없었다. 어떻게 얻은 운강인데, 어떻게 얻은 인연인데, 이리 쉽게 무너질 수는 없었다.

게다가 어디로 간단 말인가. 이집이 살 집인데, 제 살 집을 놓아두고 어디로 간단 말인가. 새들도 짐승들도 이 황혼녘에 깃 늘어뜨리고 다들 집으로 찾아드는데, 이 몸 이끌고 어디로 간단 말인가. 저 붉은 노을이 핏물처럼 끓어 넘치는 듯했다.

옥봉의 눈에 눈물이 고였다. 담대해지려 애를 써도 마음은 벌써 짓물러지고 있었다.

"아씨, 우리 아씨, 어쩐대요."

놀라 달려온 막례가 옆에서 훌쩍였다.

옥봉은 운강의 노여움이 풀리기를 기다렸다. 기다리고 또 기다렸다가 운강의 마음이 누그러지면 그때 가서 다시 사정하리라.

옥봉은 자신의 방 안에 어둠으로 깃들었다. 어둠이 밀려와 그 어둠을 덮고 다시 빠져나갔지만 옥봉은 여전히 한 점 어둠으로 그 방을 지키고 있었다.

하지만 시간이 가고 날이 바뀌어도 운강은 완강했다. 찾아가면 얼굴조차 볼 수 없었고 대신 하인을 통해 빨리 짐 정리해 나가라는 전언만 가져왔다. 스스로 반성하고, 더 아프게 내일을 기약한다고 해도 시간을 다시 되돌리지 않았다.

한 번 맺은 약속에 대해 물릴 사람도 아니었고, 옥봉이 피로써 다시 맹세한다고 해도 뒤로 물러설 운강이 아니었다.

옥봉은 몇 번이나 대들보를 쳐다보았다. 살아 이 집을 떠나느니 차라리 이승을 떠나는 게 나을 듯싶었다. 다시 돌아가는 것은 있을 수 없었다. 완고하게 지붕 밑을 가로지른 대들보는 한여름 숨아놓은 푸성귀가 제 안의 물기로 까맣게 물크러지듯 제 안의 울음으로 까맣게 물러지는 옥봉을 유혹했다. 올라서라고, 기꺼이 목에 두른 줄을 잡아주겠노라고.

옥봉은 고개를 가로저었다. 그럴 때마다 옥봉의 눈에서 눈물이 굴러 떨어졌다. 울고 또 울어도 눈물은 마를 줄 몰랐다. 울고 또 울수록 눈물은 더 푸지고 흥감스러웠다.

운강은 끝내 옥봉을 외면했다. 막례에게 옥봉이 거처할 집을 보게 하고 한시라도 빨리 짐을 빼가도록 시켰다.

이별

내일이면 이 집과도, 운강과의 인연도, 행복도, 끝이었다. 야속해도 너무 야속했다. 단 한 번 져버린 믿음으로 이렇듯 병든 가지 쳐내는 것 마냥 의절까지 한다면야 어느 부부가 검은 머리 희어지도록 해로할까.

운강이 원망스러웠다. 한번쯤 해찰하는 사람에게 교훈 삼아 서릿발 같은 야단을 쳤다가도 다시 그늘 안에 들여 다독여주기도 하련만 운강은 완고하게 옥봉에게 드리웠던 그늘을 거두어들였다.

슬픔이 명치를 틀어막고 있는 통에 몸 안의 기운이 제대로 돌지 않았다. 불 밝힌 초도 기가 막힌 듯 뚝뚝 눈물을 흘려 댔다.

옥봉은 잠을 이룰 수 없었다. 그 밤 내내 오동잎은 떨어져 가을바람에 흩어졌다.

　　임 가신 내일 밤은
　　짧고 짧아도 좋으니

임 계신 오늘 밤은

원컨대 길고 기옵소서

새벽 닭 홰치는 소리 들려오니

두 뺨에 천 가닥 눈물이 흐릅니다

明宵雖短短, 今夜願長長

鷄聲聽欲曉, 雙瞼淚千行

─이별을 울다, 원제: 別恨

옥봉은 눈물을 흘리며 집을 나왔다. 막례가 보아둔 집은 운강이 있는 곳에서 아주 가까웠다. 그렇게나마 운강의 그림자를 보고 운강의 기운을 느낄 수 있게 마음을 쓴 막례가 고마울 따름이었다.

옥봉은 행여 운강을 볼 수 있을까 싶어 날마다 문 열어놓고 운강이 있는 쪽을 향해 고개를 빼들고 바장였다. 어떤 날은 참다 못해 막례를 보내 다시 받아줄 것을 간청했다.

하지만 태산을 옮길 수는 있으되 운강의 마음은 움직일 수 없었다. 모든 것은 마음먹기에 달렸다고, 참아보자고, 참다보면 분명 좋은 일이 있을 거라고 자신을 속이고 또 속였지만 어쩔 수 없이 현실은 참담했다. 그렇게 깨닫는 현실이, 그렇게 목도하는 처지가 더 슬프고 비참했다.

어찌 운명이 이리 박복할까. 비단 옷 입고 기름진 음식으로 하루하루를 채운다 해서 생이 찬연히 빛나지 않는다는 사실을 옥봉은 알았다. 살이 쓸리는 거친 자리에다 번번이 목에 걸리는 목피로 연명

할지라도 등 기대고 품안에 들 은애하는 사람 하나 있다면 그 생이 눈부셨다.

옥봉도 눈부시고자 했다. 운강을 얻을 수 있다면 자신의 모든 것을 다 내다버리려 했다. 그리하여 눈부시고자 했다.

헌데 눈부셨던가. 자신의 삶이, 생이 눈부셨던가. 늘 맨발로 가시덤불을 걷는 듯 팽팽한 긴장 속에 숨 한 번 크게 내쉬어 보지 못하고, 마음 자리 하나 편히 두지 못하고, 그렇게 살아온 건 아니던가.

옥봉의 눈가가 짓물러졌다. 부드러우면서도 또렷하고, 별빛 같은 은은한 광채가 뿜어나오던 눈가는 눈물에 젖고 젖어 시울이 퉁퉁 불면서 참으로 처연해 보였다.

옥봉은 모든 게 슬펐다. 살아있는 것도 슬프고, 시도 슬프고, 먹는 것도 슬프고, 자는 것도 슬펐다. 앉아있어도 슬프고, 목을 길게 늘어뜨린 채 운강이 있는 곳을 더듬는 것도 슬프고, 그런 자신을 보는 것도 슬펐다. 슬픔은 슬픔을 낳고, 그 슬픔은 또 다른 슬픔을 배태했고 낳았다. 앙알앙알, 그 슬픔이 모이고 모여 바닥 깊은 물길을 이루었다. 그 강이 운강에게로 흘렀다.

그래도 행여 옥봉은 운강이 올까 싶어 화장대를 끌어다 놓고 화장을 했다. 아무리 운강이 얼음장처럼 차갑다 한들 십 년의 운우지정을 이렇듯 쉽게 내팽개칠 수는 없을 것이다.

그렇게 믿고 싶었다. 언제든 노여움을 풀고 자신을 불러 줄 것이다. 그 운강을 비루먹은 짐승의 모양으로 맞아서는 아니 됐다. 어떤 임인데, 어떤 사람인데, 그저 곱디고운 모습을 보여주어야 했다.

하지만 경대 속에 들어있는 모습은 차마 볼 수 없었다. 검은 타래머리는 윤기를 잃었고, 수밀도처럼 촉촉하던 피부는 나무의 보굿처럼 거칠었다. 그새 살이 빠진 볼은 움푹 꺼져 있었고, 웃음이 들어있던 입은 울음을 짓씹느라 하얗게 표피가 일어나 있었다. 하룻밤에 머리가 하얗게 세어 버린 사람도 있다는데, 옥봉에게로만 세월의 신산한 독기가 왈칵 쳐들어와 있는 듯했다. 그 모양에 옥봉은 또다시 상심했다.

하지만 날이 가고 달이 바뀌어도, 계절이 바뀌어도 운강은 옥봉을 찾지 않았다.

> 평생토록 이별의 한이 병으로 깊사와
> 술로도 못 고치고 약으로도 낫지를 않습니다
> 이불을 쓰고 누워 우는 것은
> 얼음 밑으로 강물이 흐르는 것 같아서
> 낮도 밤도 없이 끝없이 흐르는 것을
> 그 누구 있어 알아주오리까
> 平生離恨成身病, 酒不能療藥不治
> 衾裏泣如氷下水, 日夜長流人不知

―규방의 사랑, 원제: 閨情

옥봉은 탄식처럼 시를 뱉어냈다. 그간 가슴속 깊이 침잠해 있던 시어들이 일제히 고개를 들이밀며 아우성을 쳐댔다. 입을 떼면 한숨이고, 한숨 끝에 시들이 묻어나왔다. 그 시어들은 온 몸을 돌아다니면서 여기저기 마구 찔러대고 또 아프게 박혔다. 바늘이었다.

"우리 아씨 불쌍해서 어쩔거나."

막례도 코를 훔치며 소식 없는 운강을 원망했다. 몸에 좋다는 건 다 해왔 지만 옥봉은 도리질만 했다. 도저히 맨 정신으로는 버틸 수 없었다. 자신을 잊고, 시간을 잊고, 운강을 잊기 위해서는 술이 필요했다. 치사량에 가까운 술. 술을 마시고 정신을 놓으면 그나마 하루를 보내기가 수월했다. 술만이 지금 당장 옥봉을 구원해 줄 수 있었다.

옥봉은 마시고 또 마셨다. 우윳빛 말간 술잔 속에 운강의 얼굴이 들어있었다. 운강을 마시듯 술을 마셨다. 식도를 훑고 들어온 운강은 몸 안에 금방 따뜻하게 퍼지며 옥봉을 달랬다. 헌데 깨고 나면 더 추웠다. 추워 피눈물을 흘렸다.

여자의 길이 도대체 뭐란 말인가. 한 사람을 사랑하는 일이 이토록 힘든 일일 줄을 어찌 알았을까. 나리가 정해 준 혼처에 말없이 들어가 목석처럼 살아도 좋았을 일이다. 고통도, 설렘도 느끼는 일 없이 그저 감각 없이, 감정 없이 그렇게 주어진 생에서 하루하루를 잘라내도 좋았을 일이다. 이리 힘들 줄 알았더라면 미리 알고 도망쳤을 것이다.

담장 위에 얹은 기와에 오동나무 꽃이 지고 있었다. 그 사이에도 시간은 흐르고 계절은 넘어가고 있었다.

그 속절없는 낙화에 마음이 알싸하게 젖어드는데 막례가 느린 걸음으로 다가와서는 옥봉의 기색을 살피며 물었다.

"아씨, 김 선비가 아씨 뵙기를 청하는데 어쩔까요?"

김 선비가 소식을 듣고 옥봉을 찾았지만 그녀는 고개를 절레절레 흔들며 돌려보냈다. 처음부터 인연이 아닌 사람, 만나봤자 번민만 더 클 것이었다. 아니, 소박 중에 외간 남자를 만나는 일은 운강에 더 큰 욕을 보이는 일이었다. 자중해야 했다.

"꼭 뵈야겠다고 하는데……."

"그냥 가시라고 일러라. 이 꼴 보여 뭐 좋을 게 있겠으며 또 어찌 이 형국에 외간 남자를 들일 수가 있겠느냐. 그것은 서방님한테 두 번 죄를 짓는 일이니라."

옥봉은 방으로 들어왔다. 슬픔의 무덤처럼 방 안의 기운이 서늘했다. 한기가 들었다. 살갗에 엉기는 한기보다 마음으로 파고드는 한기가 더 그악스럽고 사박스러웠다.

옥봉은 무연한 시선으로 방 안을 휘둘러보았다. 이단 장식장에 반듯이 올려져 있는 서함이며, 문갑 위에 있는 붓통과 서책들은 생경하고도 서름한 태도로 옥봉을 내밀었다. 그간 자신의 손길에 닿고 닳아 그 안까지도 환하게 꿰고 있던 것들이 옥봉의 눈길을 외면한 채 고집스럽게 낯선 사물로 등을 돌렸다. 어쩌면, 어쩌면 운강이 자신을 찾지 않을지도 모른다는 생각이 든 것은 그때였다.

먼지가 앉은 거문고는 제 음을 잃어버린 채 구석에 귀신처럼 서 있었다. 그 모양이 운강에게 버림받은 자신의 모습과 흡사했다. 옥봉은 까닭 없이 웃었다. 그 웃음 끝에 또다시 꺼으꺼으, 울음이 비집고 나왔다. 소리는 입안에 갇혀 있었지만 창자가 끊어지는 울음이었다.

그리워, 그리워, 임 그리워

 아침부터 술에 취했다. 술 한 잔에 한숨 한 번 내쉬고, 술 한 잔에 허공 한 번 처다보고, 술 한 잔에 눈물 한 방울 떨구었다. 술이 떨어지면 넋이 나간 듯 방문 옆에 쪼그리고 앉아 개나리, 진달래로 울긋불긋해진 먼데 산을 처다보았고, 각혈하듯 시를 토해 냈다.

 시들이 피처럼 점점이 붉었다. 그러다 술이 오면 벌물 들이키듯 마셔댔고, 숨이 체해 딸꾹질을 했다.

 막례가 눈물 찍어내며 말려도 옥봉은 아금받게 술병을 그러잡고 내놓지 않았다.

 "아씨, 정신 차리세요. 제발. 제가 아씨 때문에 내 명에 못 죽겠어요. 이제 제발 술은 그만해요. 그저 시나 지으시면서 사세요."

 막례가 비손까지 했다. 옥봉은 말없이 고개를 저었다. 술 한 병이면 하루를 살 수 있었고, 술 두 병이면 이틀의 생명은 보장받았다. 술 세 병이면 꿈을 꿀 수 있었고, 술 네 병이면 기다릴 힘을 얻었다.

 맑은 정신으로는 하루를, 순간을, 견디기가 힘들었다. 술이 심장을 쪼고, 염통을 좀먹는다 해도 옥봉은 맨 정신으로는 이 이별의 시간들을 견딜 수가 없었다.

숨을 쉴 수도 없었다. 바람만 불어도 뼈가 시렸고, 봄볕에 꽃이 환하게 빛나도 가슴이 아렸다. 저리 만물은 생기가 도는데, 지들 살 자리를 보고 다투어 피어나는데, 옥봉은 하루하루 죽을 자리를 넘보고 사위어가고 있었다. 숨이 꺼져가고 있었다.

취기인지, 봄기운인지 늘 세상은 몽롱하였다. 그 몽롱함에 속절없이 젊음도, 미색도, 열정도 시들어만 갔다. 하지만 그 몽롱한 취기는 운강의 빈자리만큼은 무디게 만들지 못했고, 운강이 들어있던 마음자리에서는 진물이 흘렀다. 그 진물에 주변의 것들도 물크러져만 갔다.

      가슴속의 깊은 사랑

      어이 쉽게 이르리까

      하소를 하려 해도

      부끄러움이 앞섭니다

      임께서 이 몸 소식 묻자오면

      그 때 화장 지우지 못하고

      다락에 기대어 기다린다 여쭈오리

      深情容易寄, 欲說更含羞

      若問香閨信, 殘粧獨依樓

―이별의 아픔을 품고, 원제: 離愁

행여 운강이 올까 봐 대문 열어두고 몸단장하고 기다렸지만 끝내 그는 오지 않았다. 춘심에 못 이겨 한번쯤 찾아줄 법 한데도 운강은 무정했다. 무정해도 너무 무정했다. 햇빛은 저리 오지게 푸진데, 저 오지게 푸진 햇빛은 땅 속 얼어있는 생명들을 간질여 깨우는데 운강의 마음만은 여전히 혹독했다. 눈이 아프도록 운강이 있는 쪽을 더듬었지만 돌아오는 것은 지독한 설움뿐.

살아도 살아있는 것 같지 않았다. 살리라, 아니, 죽으리라. 죽고자 하면 행여 운강이 올까 싶어 살고 싶었고, 살고 싶으면 이 생이 끔찍해 죽고 싶었다.

제 목숨 저도 어쩌지 못하고 하루하루 옥봉은 망가져 갔다. 그 망가진 몸과 영혼에서 푸른 사리처럼 빛나는 것은 연심이었고, 시였다.

사월, 생의 환희가 세상에 낭자하게 흐를 때였다. 개나리 진달래가 땅 속 깊숙이 박아둔 뿌리로 부지런히 생의 기운들을 빨아들이며 눈부신 얼굴로 세상과 조우할 때 옥봉은 속절없이 마음만 다치고 있었다. 저리 꽃들은 화사한데, 저리 농염한 자태로 세상 것들을 유혹해대는데, 저만 아직도 삭풍 속을 헤매고 있다니.

이 봄, 깨어나지 못한 것들은 영영 일어나지 못할 것이다. 동토 밑에서 죽은 듯 시치미 떼고 있다가 슬금슬금 깨어나는 것들만이 삶을, 살아있음을, 생의 떨림을, 미래를 차지할 수 있을 것이다.

저 또한 그래야 할 것이다. 이 봄에 다시 살아나야 할 것이다. 삶을 꿈꾸는 자만이 삶을 얻을 수 있을 것이다.

옥봉의 얼굴에서 문득 결기가 맺혔다. 술상을 밀어두고 옥봉은 무륫 앞으로 경대를 끌어당겼다. 칙칙한 얼굴에 희디흰 분을 바르고, 반달 같은 눈썹을 그렸다.

언제 어느 때 불시에 운강이 올지도 모를 일이었다. 행여 오지 않는다 해도 어쩔 수 없는 일. 그런 기대마저 없으면, 그런 희망이라도 없으면 어찌 이 순간을 살 수 있으리.

저를 다시 품어줄 날이 있으리라는 기대만으로 오늘을 살 수 있으면 그 또한 운강이 주는 선물일 것이다.

"아씨, 아씨 큰일났어요."

밀납에 기름을 섞은 밀기름으로 살적의 머리를 붙이려는데, 막례가 상기된 얼굴로 허둥지둥 달려와서는 가쁜 숨 때문에 제대로 말도 잇지 못했다.

"웬 호들갑이냐?"

"난리가 났어요."

"난리라니?"

밑도 끝도 없는 막례의 말에 옥봉은 의아한 표정으로 되물었다. 그 어조 속에 화장을 방해하는 그녀에 대한 힐난의 기색이 엿보였다.

"섬나라 왜구들이 쳐들어왔대요. 다 피난가고 난리에요."

"그게 무슨 소리더냐?"

막례의 말에 옥봉은 순간 멍한 표정을 지었다.

"왜구가 쳐들어왔대요. 엄청 몰려왔나 봐요. 보이는 대로 다 죽이고, 불 지르고…… 아씨도 어서 몸을 피하세요."

막례는 두려움에 질린 표정으로 발을 동동 굴렀다. 금방이라도 저

문을 박차고 도깨비 야차 같은 왜적들이 들이닥칠까 싶어 울상을 지으며 연신 대문을 흘깃거렸다.

"기어이 올 것이 왔구나. 헌데 어디로 간단 말이더냐? 게다가 내가 갈 곳이 있긴 하더냐? 더구나 이대로 운강을 떠날 수는 없다."

"아이고, 아씨. 지금 이럴 시간이 없어요. 서방님은 한참 전에 조정의 부름을 받고 올라가셨대요. 그러니 어서 아씨도 피난 갈 차비를 차리세요."

"그랬구나. 그랬어. 나한테 한 마디 말도 없이 그리 가셨구나. 한 번 정도 찾아와 몸조심하라 당부할 법한데 그 말씀마저 없이 떠나신 게 기어이 나를 버리셨구나."

굵은 눈물이 툭 떨어져 남색 비단 치마에 얼룩이 졌다. 십 년의 정이 이리도 허무하다니. 이제 정말 그의 여인이 아니라는 걸 옥봉은 실감할 수 있었다. 이 위급한 순간에도 기별 없이 떠난 운강이 너무나 야속하고 원망스러웠다.

"아씨, 어서 준비하세요. 저희랑 같이 가세요."

"아니다. 난 중국으로 갈 거다. 이제 안 가면 언제 가보겠느냐? 어렸을 때부터 가보고 싶었다. 그 광활한 대륙을 내 눈으로 보고 싶다. 그곳에서 이백도 만나고, 두보도 만나고, 공자도 만나고, 맹자도 만나고, 그리 할 게야. 그러다 그곳에서 세상의 끝을 보련다. 그러니 너희들은 너희들끼리 어디든 떠나 살 곳을 찾아봐라. 아들 잘 키우고,"

옥봉이 얼굴을 들어 결연하게 말했다. 눈물에 분이 지워져 꽃그늘 같은 얼룩이 져 있었다.

"어떻게 이 난리 통에 간단 말이냐?"

언제 왔는지 희천이 방문 앞에 서서 쨍쨍한 얼굴로 옥봉을 쳐다보며 그녀의 말을 잘랐다. 화가 난 듯 그의 얼굴이 굳어있었다.

"그래, 너는 네 아들과 막례가 걱정 돼 예까지 찾아왔구나. 그래야지. 아무렴. 그래야지. 네 피붙이들을, 네 가족들을 네가 지키지 않으면 누가 지켜 준단 말이더냐. 헌데 나는 아무도 지켜 줄 사람이 없구나."

"아씨, 아씨한테는 우리가 있잖아요."

막례가 안쓰러운 표정으로 말했다.

"아니야. 더 이상은 아니야."

"부녀자들을 희롱하고 겁탈도 한다더라."

희천이었다.

"희천이 네가 막례를 데리고 가거라. 중국으로 떠나는데 막례 까지 고생시킬 수 없는 일. 네 아들하고 막례는 네가 책임져야지."

옥봉의 눈빛이 쓸쓸했다.

"그러지 말고 우리랑 가자."

"그래요. 아씨. 희천이 말대로 우리랑 가요. 아씨 혼자 어떻게 그 먼 곳을 가요. 그리고 나리가 아시면 얼마나 걱정하시겠어요."

"싫다. 중국으로 갈 거다."

"어떻게 갈 건데?"

희천이 물었다. 마뜩찮았는지 희천의 음성이 불퉁스러웠다.

"가야지. 어떡하든. 가다보면 수가 생기겠지."

"그곳이 지근거리도 아니고, 더구나 이 난리통에 아녀자 혼자 몸으로 간다는 게 가당키나 한 말이더냐?"

"그래도 여기서 말라 죽는 것보다 낫지. 너희들은 어디든 마음 맞는 곳에 가서 살아라. 노비의 굴레를 벗고 자유롭게 살아봐. 평등한 세상, 그게 너희 소원이 아니더냐?"

옥봉이 혼잣말하듯 중얼거렸다.

"아씨. 그러지 말고 저희랑 가요."

막례가 훌쩍였다. 그사이 담장 밖은 울음과 고함소리와 다급한 발길이 뒤엉켜 소란스러웠다. 그 소요에 조금 전까지만 해도 환하게 보이던 꽃무리들이 지금은 불안한 모습으로 오종종 웅크리고 있는 것처럼 보였다.

"그리고 이거 네가 가지고 있어. 네 손에는 칼보다 이게 더 어울려."

옥봉은 거문고를 끌어당겨 희천이에게 내주었다. 머나먼 길에 제 한 몸 건사하기도 힘들 텐데 거문고는 거추장스러운 짐만 될 터였다.

물건들의 주인은 애초부터 정해져 있는 법. 희천이라면 저를 쓰다듬듯 거문고를 만질 테고, 저를 보듯 거문고를 볼 것이고, 저를 만지듯 거문고를 탈 것이다. 거문고는 희천의 손끝에서 슬기둥, 슬기덩 몸을 떨며 울다 웃을 것이다.

"고집이 센 것이 옛날 그대로구나. 하나도 변하지 않았어. 나이 들어 이제 좀 부드러워졌나 했더니 그대로구나."

희천이 옥봉을 쏘아보듯 쳐다보다 휙 몸을 돌려 가버렸다.

"너도 가. 그동안 고생 많았다. 그리고 이거 가져 가."

옥봉이 반닫이 장을 열고 은 꾸러미를 꺼내 막례 앞으로 밀어내주었다.

"이거 보탬이 될 거다."

"아씨는요? 아씨는 어쩌려구요?"

"걱정하지 말고 가지고 가거라. 아들 잘 키우고 행복하게 살아. 희천이 또다시 집을 나가려고 하거들랑 소매부리 붙잡고 놓아주지 말고. 어서 가 봐라. 희천이 뛰쳐나갈지 몰라. 가서 잡아. 여자한테 무엇보다 큰 행복은 남정네 사랑이 아니겠느냐. 그러니 잘하고 사랑받고 살아라. 그리고 난리가 진정되면 다시 이곳에 와서 남은 세간들은 정리해서 네가 부리고 살거라."

"희천이한테는 아씨 밖에 없습니다. 제 아비가 마님을 연모했던 것처럼 희천이의 마음속에도 아씨 밖에 없습니다."

막례는 눈물을 훔쳐내며 사정했다.

"너한테 빚이 많구나. 하지만 살다 보면 정도 기우는 법. 연모의 마음보다 생활하면서 쌓는 정이 더 무섭지 않겠느냐."

"아씨, 평생 희천이가 아씨만을 생각하며 살아도 좋으니 우리랑 같이 가요. 네?"

막례가 옥봉을 붙잡았다.

"만났다 헤어지는 것이 인생사가 아니더냐. 조금 더 일찍 헤어지는 것뿐. 어찌 사람살이가 영원을 기약할 수 있는 것이더냐."

"이제 헤어지면 영영 못 볼지도 모를 텐데 어떻게 이대로 헤어져요."

"그래, 그럴지도 모르지. 어쨌든 막례 네가 있어 내 한때가 편안했구나."

"잠깐 기다리세요. 아씨, 그래도 제 손으로 정성껏 마련한 상은 한 번이라도 더 받고 가세요. 이제 가면 언제 잡수시겠어요."

"됐다. 어서 가 봐. 희천이가 또 떠나기 전에 가서 잡아."

옥봉은 싫다는 막례를 억지로 내보냈다. 조금 더 지체한다고 해서 달라질 게 뭐 있을까.

흰나비로 날다

 옥봉은 당장에 필요한 것들만 보퉁이에 꾸렸다. 다른 것들은 먼 길에 오히려 짐만 되고 발길을 더디게 할 뿐이었다. 필요 없는 것들. 사는 게 무어 큰일이라고 이리 많은 걸 곁에 두었을까. 있어도 그만 없어도 그만인 것들. 없으면 더욱 가뿐하게 살 수도 있었을 텐데. 없으면 미련도 생기지 않을 텐데.

 당장에 갈아입을 옷 몇 가지와 고심 끝에 나리가 준 벼루와 붓과 먹과 종이를 챙겼다. 옥천을 떠나올 때 나리가 벼루를 내어주던 시절이 아련히 떠올랐다. 평생 시만 짓고 살 줄 알았는데, 시로써 세상과 화합할 줄 알았는데…….

 그래도 후회는 하지 않았다. 시처럼, 사랑도 붉었으므로. 시처럼, 사랑도 안타까웠으므로. 그 사랑이 옥봉을 진정 여자로 만들어주었으므로. 어찌 사랑을 몰랐으면 시의 속살을 알 수 있었으리오.

 이제 떠날 일만 남았다. 다시 올 수 없으리라. 아니 육신의 허물을 벗어버리고 혼백으로 다시 돌아오리라. 그때 운강의 곁에서 머물리라. 한 결의 바람으로, 한 점의 푸른 불빛으로, 한 송이의 붉은 동백으로, 한 마리의 나비로, 한 마리의 접동새로 운강의 주변을 맴돌리라. 아무리 차가운 운강이라지만 어느 순간 행여 나인 듯 돌아볼지도 모를 일이다.

옥봉은 일어섰다. 그리고 한숨과 탄식과 눈물과 정한이 오롯이 배어있는 집안을 휘둘러보았다. 버림받은 세간들이 마치 운강으로부터 버림받은 자신을 보는 양 측은했다. 날마다 떨리는 손으로 눈썹을 그리고 분을 토닥이던 자신을 담아내던 경대는 이제 주인을 잃고 먼지 속에 묻혀 갈 것이다.

한때의 기억도, 한때의 아픔도, 한때의 정한도 참으로 붉었으니, 그런대로 장한 삶이 아니었던가. 비록 신산하고 지난하였을지언정 나름대로 잘 살았다. 사랑하고 한때나마 사랑받았으므로 어찌 잘 살았다 하지 않을 수 있겠는가.

중국으로 갈 것이다. 그 너른 땅, 그곳에서 훨훨 나비처럼 살고 싶었다. 푸른 나비처럼 세상을 날고 싶었다. 바람처럼, 구름처럼 그리매인데 없이 살 것이다. 그렇게 한 곳에 마음 두지 않고 살 것이다.

옥봉은 자신의 시들을 몸에 감았다. 친친 감았다. 행여 잃어버릴세라 두르고 또 둘렀다. 사람들 사이에 경황없이 잃어버릴 수도 있었다.

집을 나섰다. 사람들은 황망하고도 식겁한 표정으로 집을 버리고 북쪽으로 북쪽으로 발길을 옮겼다. 어디에도 안전한 곳이 없었지만 지금 당장 몸이 있는 곳보다 더 나은 곳을 찾아 사람들은 잠시도 쉬지 않았다.

죽음의 냄새가 온 산천에 진동했다. 그 죽음의 두려움 앞에서 봄은 허망했고, 삶은 신기루 같았다. 봄꽃들이 차라리 가여웠다. 여기저기서 울음이 터지고, 피비린내가 진동했다.

죽창과 쇠스랑을 들고 나간 아비들은 소식도 없이 죽어나갔고, 아이들은 도망가다 고픈 배를 움켜쥐며 죽어갔다. 여인들은 죽은 아이들을 부둥켜안고 울었고, 왜나라 졸병들에게 몸을 더럽힌 채 스스로 목숨을 끊거나 속절없이 그들의 칼끝에서 생명이 절단됐다. 아비규환. 아비지옥이 따로 없었다.

옥봉은 얼굴에 흙칠을 했다. 왜구의 그 더럽고도 묵은 욕정을 피해 스스로 사람의 모습을 지웠다. 그들의 씨받이가 되느니 차라리 죽음을 택하리라, 모질게 결기를 다졌다.

남장도 마다하지 않았다. 치마를 벗고 바지를 입을 때, 쪽진 머리를 풀고 상투를 틀 때, 비녀를 빼고 갓을 쓸 때 잠깐 자신이 정말로 사내인 듯도 싶었다.

한양은 이미 왜적들의 천지였다. 궁궐 밖, 운강의 본가가 있는 효곡의 초입에서 옥봉은 잠시 망설였다. 차마 옥봉은 그 집으로 들어갈 수 없었다. 하염없이 눈물만 흘렸다.

"아이고, 이게 뉘여? 세상에."

하인이 먼저 알아보고 알은 체를 해왔다.

"그래, 잘 있었는가?"

"잘 있다니요. 어찌 이 난리 통에 잘 있겠습니까?"

하인은 먼저 가슴부터 쓸어내렸다.

"왜? 무슨 일이 있었는가?"

옥봉은 무언가 불길한 예감으로 가슴이 두근거렸다.

"마님과 두 아드님이 돌아가셨습니다요."

"어쩌다가?"

두 아들이 죽다니. 세상에.

"글쎄, 그게⋯⋯ 나리는 전쟁터로 불려나가고 마님과 네 아드님이 피난길에 오르셨지요. 헌데 철원에서 그만 마님과 첫째, 둘째 도련님이 왜적의 칼에 돌아가셨어요."

옥봉은 그만 그 자리에 주저앉고 말았다. 울음이 터져 나왔다. 작은어머니라고 부르던 그 듬직한 아이들이. 운강을 닮아 올곧고 반듯하던 그 아들들이 보고 싶었다.

"나리는? 나리는 알고 계시느냐?"

"아마 모르실 겁니다. 아신다고 해도 이 난리 통에 어찌 오시겠습니까?"

"그래, 그러겠지. 아신대도 아니 오시겠지."

참척의 고통보다도 풍전등화 위태로운 지경에 처한 나라의 운명에 더 가슴 아파 할 운강이었다. 남은 두 아들 마저도 나라가 필요하다면 비장한 마음으로 내어줄 운강이었다. 어찌 제 일신의 영화와 부귀를 위해 작은 일에 낯빛을 바꾸고 언색을 꾸미며 제 살 자리를 찾을 것인가. 그 부귀영화 공명이라는 것이 한순간의 꿈처럼 허망한 것인 줄 운강은 잘 알고 있지 않던가.

"여기 계시다 행여 봉변이나 당할까 걱정이네요."

"가야지. 갈 거야."

옥봉은 자리에서 일어났다. 다리에 짱짱한 힘을 실을 수 없었다. 하지만 미련 없이 떠날 것이다. 이 슬픈 땅을 떠나 원하고 원하던 중국으로 갈 것이다. 그곳에서 새롭게 살아갈 것이다.

가는 길 곳곳이 처참했다. 집들은 불탔고 산천은 찢겨 나갔다. 평양성도 이미 왜군에게 함락이 됐고, 임금이 의주로 피신했다는 소식이 무지렁이 백성들의 분노를 샀다.

백성들을 버리고, 나라를 버리고, 도망치는 군주를 어찌 믿을 수 있을까, 불만의 소리들이 총칼보다도 더 매서웠다. 비록 절반일지언정 그래도 왕실의 후손으로서 옥봉은 부끄러웠다. 부끄러워 피난 행렬에서 벗어나 옥봉은 혼자 길을 찾았다. 그러다 바다를 만났다. 삼척의 바다가 그리웠다.

옥봉은 바다를 바라보고 앉았다. 저 망망대해, 파도는 혀를 날름거리며 끊임없이 해안을 공격해 왔다. 저 바다를 건너갈 방도가 없었다. 사공도 보이지 않았다. 배도 보이지 않았다. 매캐한 연기만이 사방에 운무처럼 깔려 있을 뿐. 게다가 천지가 적인데 어찌 저 바다를 건넌단 말인가.

그러다 문득 옥봉은 서늘한 한기를 느꼈다, 고개 돌려보니 일단의 왜적이 옥봉을 에워쌌다. 적이었다. 그들의 눈에 살기가 보였다.

옥봉은 뒷걸음질을 쳤다. 한 발, 두 발, 세 발…… 더는 물러설 데가 없었다. 옥봉의 뒤로 아득한 단애가 깎아지른 듯 버티고 있었고, 그 밑으로 시커먼 물빛의 바다가 끊임없이 흰 혀를 날름거리고 있었다. 앞으로 나가도 죽고, 뒤로 물러서도 죽었다. 앞으로 나가면 몸이 더럽힌 채 죽을 테고 뒤로 물러서면 순결한 몸으로 죽을 것이다. 그렇다면 나비처럼 죽을 것이다. 저 허공을 훨훨 날아 저승으로 갈 것이다.

왜적들이 다가왔다. 더는 물러설 데가 없음을 알고 그들은 느긋했다.

순간 옥봉은 나비로 날았다. 훨훨. 흰나비 한 마리가 처연하게 날아올랐다.

슬픔은 피처럼 붉고

조희일은 승지의 신분으로 중국으로 가는 배 안에 있었다. 임진왜란 당시 원군을 보내 준 명나라는 후금의 도전을 받아 급격히 기세가 꺾이고 있었지만 원군을 보내 준 명에 대한 신의를 이유로 나라 안, 조정 중신들은 더욱 굳건히 명에 대한 사대주의를 고집하고 있었다.

이번은 또 얼마나 많은 공물을 요구할지 희일은 그저 가슴이 답답할 뿐이었다. 두 번의 전란으로 조선의 재정 형편은 말이 아니었고, 명나라 또한 어렵기는 마찬가지여서 갈수록 더 많은 공물과 감당하기 힘든 요구조건들을 내세우며 조선을 곤란하게 만들었다.

게다가 조선은 가뭄과 역병이 연이어 돌면서 굶어죽는 사람이 속출하고 민심이 흉흉하던 터였다. 그 와중에도 왜구의 위협은 계속되었다. 왜구 역시 오랜 전쟁으로 나라 정세가 예전 같지 않았지만 그럴수록 조선을 넘보며 기운을 모으고 있었다.

희일 역시 그 왜란으로 부모님과 두 형제를 잃은 터였다. 어머니를 구하기 위해 의연히 목숨을 버린 두 형제를 가상히 여겨 임금은 홍살문을 내렸지만 그 홍살문이 두 형제를 대신할 수 없었다. 장난치고 웃고 함께 공부하며 놀던 생때 같던 형제들을 어찌 그 나무 기둥 두 개가 대신 할 수 있을까.

허나 그 많은 상처와 희생에도 불구하고 여전히 조정은 나라를 구하는데 중지를 모으지 않고 그저 당리당략에 따라 사건을 만들고 진실은 참과 거짓을 왔다갔다했다.

그게 답답했다. 바른 말을 했다간 역적으로 몰리기 일쑤였고, 말이 없는 가운데 오가는 무수한 말들을 놓치는 사람은 적인 듯 의심을 샀다.

하지만 희일의 어지러운 마음과는 달리 배는 돛대 가득 바람을 품은 채 중국으로 향해 미끄러져 갔다.

희일은 명나라의 관리가 찾아왔다는 전언에 얼른 자리에서 일어나 흐트러진 옷가지를 바로잡았다. 이 밤에 개인적으로 자신을 만나야 할 이유가 없는데 굳이 자신의 처소까지 찾아온 사정이 무얼까. 희일은 궁금하기도 하고 걱정이 되기도 했다. 행여 무슨 꿈수가 있는 건 아닐는지. 관리가 앞세우고 온 하인의 손에 붉은 보자기가 들려 있었다.

"무슨 일로 이 밤에 저를 찾아오셨는지요?"

희일은 정신을 바짝 차리되 경계하는 내색은 보이지 않았다.

"혹여 조원이라는 사람을 아십니까?"

명나라 관리가 사전 설명은 무지른 채 한 사람의 이름부터 물어왔다. 조원이라니.

"저희 아버님이십니다. 헌데 어찌 제 아버님 함자를 다 아십니까?"

희일은 놀란 얼굴로 되물었다. 머나먼 이역의 땅에서 오래 전에 돌아가신 아버님의 함자를 듣다니.

"그러면 이옥봉이라는 사람은 아십니까?"

이옥봉이라는 이름에 희일의 표정이 당혹스럽게 흔들렸다.

"저의 아버님의 부실이셨습니다. 하지만 40년 전에 이미 인연이 다해 헤어지셨습니다."

"허허. 이게 무슨 인연인고."

명나라 관리의 표정이 기이하게 일그러졌다. 일그러진 표정을 따라 불빛의 그늘도 일그러졌다. 어찌 이 관리가 아버님과 작은어머니를 안단 말인가. 희일은 궁금하다 못해 예를 차리는 것도 잊은 채 채근하듯 되물었다.

"왜 그러십니까? 무슨 연유로 제 아버님과 작은어머니를 아시는지요."

"허허……."

관리는 먼저 탄식과도 같은 숨을 내뱉더니 저간의 이야기를 들려줬다.

"아주 오래 전의 일입니다. 저 밑, 바닷가에 괴이한 주검이 떠돈다는 소문이 돌았습니다. 하도 끔찍하고 망측해 아무도 그걸 건져 내려 하지 않았지요. 하루는 내가 듣다듣다 못해 사람들을 시켜 건져

오도록 했습니다. 헌데 물에서 건져 놓고 보니 여인이었습니다. 정말 말 그대로 끔찍하더군요. 이미 부패해 들어가기 시작한 주검은 퉁퉁 불어 사람의 형체를 잃었고, 시취 또한 고약하기 이를 데 없었습니다.

헌데 괴이하게도 그 여인은 온몸에 종이를 수십 겹 두르고 있었고, 그 위로 칭칭 노끈을 동여매고 있더군요. 그래서 그 노끈을 풀도록 했지요. 풀어내고 풀어내고 또 풀어내고, 그렇게 얼마를 풀어냈을까. 마침내 물에 젖지 않은 종이가 나오는데, 세상에, 그 안에 시가 들어있지 뭡니까. 그 순간 내 눈을 다 의심했습니다. 그래, 찢어지지 않도록 조심스럽게 벗겨 오도록 했지요.

한데 그 시들이 어찌나 빼어나던지. 도무지 그대로 버릴 수가 없었습니다. 한결같이 다 아름다운 시들이었습니다. 그 여인은 시들의 말미에 자신이 누구인지도 밝혀 놓았더군요. 해동 조선국 승지 조원의 첩 이옥봉이라고 말입니다. 허난설헌만 알고 있었는데 그처럼 빼어난 시인이 조선에 또 있었다니 놀라울 뿐입니다. 하여간 그 시들을 버리기 아까워 이렇게 책으로 묶어놓았습니다."

명나라 관리는 비단 책보에 싸온 책을 희일 앞으로 밀어내 놓았다. 희일의 눈가가 파르르 떨렸다. 자신이 어렸을 때 먹을 갈아주며 자신을 격려하던 작은 어머니의 모습이 눈앞에 어른거렸다.

희일은 그 시들을 한 장 한 장 넘겨 보았다.

희일은 저도 모르게 눈가에 물기가 돌았다. 그 물기에 촛불이 불어터진 것처럼 흐려지더니 무지개 빛살이 사방으로 퍼졌다. 늘 그림자처럼 아버지를 따르던 여인. 시를 아버지와 맞바꾸었지만 결국 시에게도 버림받고, 아버지에게서도 버림받았던 비운의 여인이 지은 시였다. 그 여인의 치마폭 같은 이 비단 표지의 책 속에 눈물로 한 세월을 살았을 그 여인의 슬픔이 오롯이 담겨 있었다.

"이걸 가져가도 되겠습니까?"

"그러시라고 가져온 겁니다. 시들이 그리 애절한데 혼백이라도 가져가야지요. 그런 당신의 아버님이 같은 남자로서 부럽기만 합니다. 세상 어디 이런 여인이 있겠습니까?"

그랬던가. 아버님도 행복하다 여겼던가. 희일은 관리의 말에 멋쩍은 웃음을 지어보였다.

"여기 이 시를 보시지요. 얼마나 사무쳤으면 꿈속에라도 찾아간 자신의 자취에 돌길이 모래밭이 되었다 하겠소? 절창이 아니겠소?"

관리는 직접 시 한 수를 소리 내어 읊었다. 그 밤에 절절한 시가 적 묵한 어둠을 타고 사방으로 퍼져 나갔다.

요사이 안부 묻사오니

어떠 하신지요

창문에 달 비치니

이 몸의 한은 끝이 없사옵니다

제 꿈의 혼이 발자취를 낸다면

임의 문앞의 돌길은 모래가 되었아오리.

近來安否問何如, 月到紗窓妾恨多

若使夢魂行有跡, 門前石路便成沙

—홀로 읊노니, 원제: 自述

희일은 눈을 감고 말없이 들었다. 관리의 낭랑한 소리가 희일의 가슴을 난도질했다.

아버지는 작은어머니를 내치시고 한 번도 그녀를 입에 담거나 떠올리지 않았다. 오히려 당신이 앉았던 자리나 지나온 자리를 다시 한번 되돌아보며 몸가짐을 조심했을 뿐, 한 여인의 마음이 어떠하리라 살피거나 그 빈자리에 마음 두지 않았다. 오히려 그 빈자리에 희일의 마음이 짠해졌을 뿐.

희일은 그 밤 오랫동안 시집을 앞에 두고 석물처럼 굳어져 있었다. 희일에게 옥봉은 시가 되어 속살거렸고, 적묵한 밤에 그 시들은 또 다른 울음으로 풀어져 갔다. 그 어둠 속에서 그 울음이 낭자했다.

당신 곁으로

나는 당신을 사랑하였습니다. 내 목숨보다 더 당신을 사랑하였습니다. 내 피가 마르도록, 내 가슴이 갈기갈기 찢겨 나가도록 당신을 사랑했습니다. 내 육신이 허랑하게 바다 위를 떠돌 때도, 내 혼백이 푸른 불티들로 떠돌 때도 늘 당신에게 가고자 했습니다. 아쉬운 것은 당신을 더 사랑하지 못한 것입니다. 왜 그것 밖에 사랑할 수 없었을까요. 그토록 피가 뜨거웠는데, 그토록 간절했는데, 그토록 사무쳤는데, 왜 그 정도 밖에 사랑할 수 없었을까요.

비록 당신은 나를 거부했지만 나는 죽었다 다시 태어난다 해도 당신을 사랑할 것입니다. 왜냐면 내 삶에는, 내 기억에는 당신 밖에 없기 때문입니다. 내 피는, 내 가슴은, 내 영혼은 온전히 당신 밖에 담을 수 없기 때문입니다. 당신은 내게 우주였고, 세상이었고, 시였고, 내 전부였습니다.

내 염원이 당신의 아들을 이곳으로 불러들였습니다. 내 소원이 당신의 아들을 이곳으로 이끌었습니다. 이제 나는 당신에게 갑니다.

내 사랑. 비록 육신은 머나먼 이국 땅에 버려진 듯 묻혔지만, 당신에 대한 사랑으로 쓰라린 이 글들은 나인 듯 받아주십시오. 당신에게는 비록 넝마일지 모르지만 나로서는 혀 깨물며 쓴 당신에 대한 혈서입니다.

 한스러운 것은 다만 당신 곁에서 죽음을 맞이하지 못한 것일 뿐. 그러니 내치시지 말고 받아주십시오. 당신에게 버림받고 피폐한 목숨으로 떠돌다 생을 마감한 이 몸, 안쓰럽다 여기고 받아주십시오.

 내 사랑, 당신, 부디 안녕히.